醫女出頭天 4

完

文創風 783

陌城 著

風 文創 783

目錄

第八十七章 落水

果不其然，在看到姚婧婧抬頭的一瞬間，那位不可一世的衛國公府嫡出大小姐衛萱兒立刻變了臉色。

「果然是妳，剛才在禮堂時我就覺得不對勁。妳這個厚顏無恥的庸醫害死了我的祖父，要不是我爹一直攔著，我早就把妳大卸八塊給他老人家償命了。這才過了多久，妳就又跑出來作孽，果真是膽大包天。」

姚婧婧對衛萱兒如此誅心的指責似乎並不感到意外，她抬起手移開衛萱兒抵在自己鼻尖的手指，臉上的神情淡然而冷漠。「這麼長時間不見，衛大小姐的性子依舊一點也沒有變，妳要是真覺得國公老爺的死與我有關，大可以到知府大人那裡告發我，何必到處宣揚這些無稽之談？」

「妳這個賤人，死到臨頭了還敢大放厥詞，我告訴妳，以往是有陸倚夢給妳撐腰，再加上祖母的偏袒，我才容忍妳在我面前作威作福，如今那個死丫頭遠在京城，我祖母也久不管事，妳今日就是插上翅膀也難逃我的掌心。」衛萱兒越說越氣，最後直接揚起巴掌朝著姚婧婧的臉上揮去，那盛氣凌人的架勢就像在責打自己的奴僕般。

姚婧婧忍不住輕皺眉頭，一個側身躲了開來。「衛大小姐，我想我有必要提醒妳一句，這裡並不是衛家，我和妳一樣是被邀請來參加喜宴的賓客，還請衛大小姐能夠顧及父兄的顏面謹言慎行，不要像個潑婦一樣白白地惹人笑話。」

「敢說我是潑婦？妳、妳簡直就是找死！來人，把這個賤人給我綁起來，我今日就是要跟妳過不去，看看有誰能把我怎麼樣？」衛大小姐動了真怒，連自己來這裡的目的都忘了。

跟在身後的幾個丫鬟、婆子雖然覺得有些不妥，可主子有令，她們只有依言行事。

姚婧婧自知力量懸殊，沒有做無謂的抵抗，任憑那些如狼似虎的下人一窩蜂地湧上來綁住了自己的雙手。這裡畢竟是王家，衛萱兒就算再氣，頂多只會想辦法羞辱她一頓，自己忍忍也就過去了。

可事實證明，她還是太小瞧了衛大小姐的愚蠢，嫉恨蒙蔽了她的雙眼，她命人將姚婧婧帶到一處偏僻的小池塘，叫囂著要將她推下去。

嚴小姐膽子最小，看到這一幕立即嚇得變了臉色，神情緊張地拉著衛萱兒的衣角。「衛姊姊，這可不是鬧著玩的，這池塘裡的水看起來挺深的，萬一出了人命就糟糕了。」

衛萱兒將眼睛一瞪，滿臉不屑地回道：「怕什麼？反正是賤命一條，死了就死了，當初她和陸倚夢設計將我推入水裡，害得我吃盡苦頭，今天我也非要讓她嚐嚐這種滋味不可！」

嚴小姐心急如焚地繼續勸道：「衛姊姊，妳要懲戒這位姑娘有的是辦法，這裡畢竟是知府大人的官邸，王大人行事一向較真兒，事情鬧大了對妳也沒什麼好處，萬一到時候王大人追究下來……」

「笑話！我堂堂衛國公府，難道還怕他區區一個知府？就算真的有事也由我衛萱兒一人承擔，妳們只須跟著一起看熱鬧就行了，其他的話不必再說。」

衛萱兒底氣如此強硬也是有理由的，原本依照規矩，老衛國公死後衛家就會被削爵降位，宗人府甚至已將相關的文牒都準備好了，只等皇帝陛下點頭，曾經顯赫一時的衛國公府就會變為衛國侯府。

可誰承想，在這節骨眼上，被衛家上下寄予厚望的嫡長孫衛然竟然開始在陷陣大軍中嶄露頭角，一連數十場不敗的戰績再加上威龍大將軍蕭元時的極力舉薦，他連跳了三級成為大楚有史以來最年輕的二品撫軍大將軍，人稱衛將軍。

衛家的子孫立下如此赫赫戰功，皇帝自然不好意思再提降爵的話，於是乎，衛家成功地保住了國公府這塊招牌，衛萱兒的父親衛良弼也成為了新一任的衛國公。

這一下，衛萱兒的屁股幾乎快翹到天上去了，為了顯示自己與眾不同的地位，她走到哪裡都是一副頤指氣使的高傲模樣。

那些地位稍低的官家小姐雖然心裡看不上她這樣的做派，可為了家族利益不得不在她面前伏低做小，也是委屈至極。

姚婧婧終於感到有些不妙，她雖然不是旱鴨子，可這樣被人綁住雙手丟下水，就算是換成「飛魚」菲爾普斯來也難逃一死啊！

「衛大小姐，衝動是魔鬼，妳這樣做除了洩憤，對妳來說沒有任何好處。妳一個堂堂國公府的嫡出大小姐，身分如此高貴，前途不可限量，若是因為我而背上污名，可就是因小失大了。」

「是啊，郡王殿下說不定已經來了，咱們還是先別管這丫頭了，否則殿下若是知道了，還以為咱們在這裡仗勢欺人呢！」

此話一出，衛萱兒的表情更為陰狠了。她之所以如此痛恨姚婧婧，有很大一部分原因就是因為蕭啟，這個不知天高地厚的死丫頭竟然敢妄想她看中的男人，這讓她如何能忍得下這口氣？「趕緊把她給我丟下去！」衛萱兒見下人們臉上有些猶疑，索性直接衝上去猛地推了一把。

姚婧婧絕望地閉上眼睛，撲通一聲墜入了池塘中。

「哈哈哈！」站在岸邊的衛萱兒雙手扠腰，笑得眼淚都快流出來了。「妳不是能幹嗎？妳不是很厲害嗎？我看妳還能撲騰到幾時，妳這個臭不要臉的狐媚子，今日就讓妳嚐嚐本小姐的厲害。」

池塘裡的情況比姚婧婧預想中更加糟糕，那些渾濁的污水堵住了她的鼻孔，迷濛了她的雙眼，讓她隨時都有窒息的危險。由於雙手被綁死，她只能一刻不停地踢著雙腳，讓自己的身子勉強在水中浮沈，可她心裡也知道，自己根本就堅持不了多久；若是衛萱兒再不及時停止這場鬧劇，她今日說不定真的會冤死在這裡。

也許是姚婧婧的模樣太過狼狽，在場的各位小姐都看不下去了，紛紛圍上前勸說衛萱兒。

「衛姊姊，您大人有大量，那姑娘看著實在可憐，她現在應該也得到教訓了，您就讓人把她拉起來吧！」

衛萱兒卻絲毫沒有鬆口的意思，看到姚婧婧依舊在拚死掙扎，她竟然蹲下身子拾起幾顆石子朝著姚婧婧的腦袋砸去。

糟糕！姚婧婧剛剛躲過那些從天而降的攻擊，突然覺得身子一沈，似乎有一堆淤泥裹住了自己的雙腳，將自己不停地往水裡拉去。

她一連喝了好幾口水，卻連咳嗽的力氣都沒有，那種無助又無力的感覺讓她第一次覺得死亡離自己如此之近；然而她的心裡卻並不感到害怕，異世的生活比她想像中更加不易，她的身心早已疲憊不堪，或許她可以借此機會重新回到現代，變回原來的那個自己。

嚴小姐看情況不對，急得險些哭出了聲。「衛姊姊，她好像不行了，妳趕緊住手哇！」

衛萱兒雖然停下了手上的丟擲動作，可依舊沒有下令救人，只是斜著眼睛，一臉懷疑地瞪著水裡的姚婧婧。衛萱兒自然沒有傻到在知府官邸當眾殺人的地步，可在她的印象中，這個死丫頭向來是一肚子壞水，她可不能輕易上當受騙。

「果然是個廢物，一點都不頂用，沒意思，實在是太沒意思了。」衛萱兒癟了癟嘴，有些意興闌珊地衝著身後的下人揮了揮手，示意她們把眼前這隻落水狗給撈起來。

誰知那幾位丫鬟、婆子中連一個懂水性的都沒有，即使急著想要救人，卻沒一個敢跳下池塘，只是找來幾根長長的竹竿伸到姚婧婧面前，想把她給鉤上岸來。

然而池塘裡的姚婧婧已經徹底停止了掙扎，她的嘴角泛起一絲微笑，恍惚中，她好像看到朱顏鶴髮的爺爺正拄著枴杖朝她招手，而她則迫不及待地伸出雙手朝他狂奔而去。

「姑娘！醒醒啊，快抓住！快抓住！」

正當眾人覺得不知所措時，突然，有個人影像陣疾風般從眼前一掠而過，輕輕巧巧地跳進了池塘中。

在場的人還沒有反應過來，那個人就已抱著昏迷的姚婧婧跳上了岸，速度之快讓人驚嘆不已。

衛萱兒心裡一驚，這個人影看著怎麼如此眼熟？她正準備失聲尖叫，前方突然響起一陣嘈雜的吵鬧聲，只見知府大人領著一大堆賓客蜂擁而至。

嚴小姐的心終於定了定，剛剛見勢不妙，她悄悄地派遣自己的貼身丫鬟前去向主家報信，雖然來得不算及時，可好歹還沒釀成大禍。

衛萱兒如夢初醒，猛地指著眼前那個滿身泥水的男子驚呼道：「郡王殿下，是您？真的是您！」

其他幾位姑娘神色皆為一愣，誰能想到傳說中放蕩不羈的京城第一紈袴竟然會為了救一個名不見經傳的小丫頭跳進髒兮兮的池塘裡。

緊隨而來的王大人更是嚇得魂都沒了，那可是正兒八經的龍子龍孫啊，萬一有所損傷，自己就算渾身是嘴也說不清楚了。「郡王殿下，您有沒有受傷？趕緊傳大夫、傳大夫！」

此時的蕭啟卻沒有心思顧及這些，他小心翼翼地將姚婧婧抱在懷裡，抬手抹掉她臉頰上的泥水，口中不斷地輕呼她的名字，試圖將她喚醒，然而懷裡的女子卻沒有絲毫回應。半年多不見，她的眉眼似乎長開了不少，只是原本圓潤的巴掌小臉卻生生地瘦尖了。

他的心裡莫名一痛，原本以為沒有自己，她的人生就會變得輕鬆而順暢，可現實似乎和他想像中相距甚遠。

作為皇家最無所事事的閒雜人員，他經常會受命出席這樣的場合。今兒他本想和往常一樣放下賀禮就走，可當他看到前來敬酒的新郎官那張似曾相識的面龐時，心裡的震驚幾乎史無前例地讓他險些失態於人前。

終於，一身紅衣的孫晉維在阿慶的攙扶下也氣喘吁吁地趕過來。剛才在宴席上，一個小丫鬟匆匆忙忙地衝進來喊著救命，說有一個醫女落水了，他的心裡就有一種不祥的預感。

誰知還不等他有所反應，這位身分最尊的客人就扔下酒杯，第一個衝了出去。如此一來，其他人就算再不願意也只能匆匆地跟了過來。

「真的是大東家！少爺，怎麼辦？怎麼辦？」阿慶看著姚婧婧那緊閉的雙眼、青白的嘴唇，心中懊悔萬分。都怪他太過大意，如果剛剛他堅持將大東家送出門，她也不會遭此一劫。

孫晉維藏在袖子裡的手死死地攥成一團，他從來沒有哪一刻像現在這樣痛恨自己。

看著蕭啟旁若無人的表露自己的心痛與緊張，衛萱兒的臉色越發陰沈，沒想到自己的莽撞行為反而幫助姚婧婧成功引起了蕭啟的注意，事到如今，她只能不停地在心裡詛咒這個賤人最好永遠都不要醒過來。

「大夫呢？怎麼還不來！」一直低著頭的蕭啟突然爆出一聲怒喝。

王大人嚇得渾身一顫，險些跌坐在地，此時的他完全摸不清楚眼下到底是什麼情況。

「快了、快了，殿下別著急。」

如此生死攸關之事，蕭啟如何能夠不急？此時此刻，他恨不得代替這個嬌弱的女子承受這樣的無妄之災。如果姚婧婧真的就這樣死在他的懷裡，那他這輩子都將無法原諒自己。

電光石火之間，他突然想起之前他瀕臨絕境時，姚婧婧拚盡全力將他從鬼門關前拉了回來。那樣的親密接觸讓他久久難以忘懷，為此回京之後他還專門請教了經驗豐富的老御醫，學會了一些相關的急救措施。

「都給本郡王讓開！」蕭啟大手一揮，掃出一片空地，小心翼翼地讓姚婧婧平躺下來。

眾人以為郡王殿下終於恢復了正常，正準備悄悄地鬆一口氣，可接下來的一幕卻讓所有人集體驚掉了下巴，偌大的知府官邸頓時變得鴉雀無聲。

蕭啟幾乎沒有一絲猶豫，深吸一口氣後將自己稜角分明的薄唇覆於姚婧婧那烏青蒼白的小嘴上，用略顯粗魯和笨拙的動作將能夠救命的空氣渡於她的口中。

「郡王殿下，您在幹什麼?!您怎麼能對這個賤人做出這樣的事？瘋了、瘋了！」受到衝擊的衛萱兒簡直快要抓狂，一邊驚嚎著一邊想要撲過去將兩個人分開。

她身後的下人自然知道其中的厲害，拚了命地將她按了下來。

王大人心中叫苦不迭，誰都知道這位郡王殿下放蕩不羈、風流成性，可沒想到他竟然在光天化日之下當著眾人的面去輕薄一個命懸一線的小丫頭，此事實在是荒謬至極，他有心勸阻，卻又實在不知該如何開口。

在場的夫人、小姐們早已是面紅耳赤，要麼低頭，要麼轉身，個個咬緊牙關，連半個字都不敢多說。

「大夫來了、大夫來了！」

伴隨著一聲疾呼，一個頭髮花白的老郎中揹著一只藥箱，顫巍巍地跑了過來，一邊大口喘著粗氣，一邊慌裡慌張地問道：「病人在哪兒?病人在哪兒？」

王大人握了握拳頭，正準備硬著頭皮走上去將離經叛道的蕭啟拉開時，躺在地上的那位姑娘卻突然開始劇烈地咳嗽起來。

蕭啟面色一喜，連忙直起身，扶著姚婧婧重新坐起來，用掌心猛敲她的背部。很快地，一口污水從她的口中吐出來，人便奇蹟般地活了過來。

老郎中見狀，立刻上前幫助清理姚婧婧口鼻中的穢物，隨後又從藥箱中拿出一粒保心丸給姚婧婧服下，過了一會兒，姚婧婧終於慢悠悠地睜開了眼睛。

「醒了！大東家醒了！大少爺，您看到了嗎？」阿慶一邊偷偷地抹著眼淚，一邊抓著孫晉維的胳膊悄聲道，激動的心情溢於言表。

孫晉維目不轉睛地盯著面前的那對璧人，眼中彷彿能滴出血來，面色簡直比池中的渾水還要陰暗，誰也無法瞭解此時此刻他的心裡究竟在想些什麼。

第八十八章 宣示主權

待姚婧婧逐漸清醒過來之後，蕭啟才輕輕地開口問道：「姚姑娘，妳還好嗎？大夫在此，有什麼不舒服的地方儘管說。」

此時的姚婧婧只覺得自己渾身上下每一個細胞都痠疼無比，但比起身體上的不適，她的心中卻更加懊惱。明明還差一步，她就可以回到最敬愛的爺爺身邊，享受家人無微不至的照料了，究竟是誰這麼不長眼，非要斷了她的美夢？

「怎麼會是你？」當姚婧婧看清楚自己頭頂上方那張充滿魅惑的俊臉時，她的第一反應就是想要跳起來，逃脫這個滿是陷阱的危險懷抱。

然而剛剛死裡逃生的她別說是站起來了，就連多說一句話的力氣都沒有，因此她只能逼迫自己瞪大眼睛，用警惕的目光注視著眼前這個男人的一舉一動。

「姑娘，妳可要好好感謝這位大人，要不是他處理得及時妥當，妳這條小命怕是無論如何都保不住了。」

老郎中此話一出，眾人才恍然大悟。原來是他們自個兒想岔了，郡王殿下的行為看似荒誕，實則是為了救人啊！

知府王大人畢竟混跡官場數十載，此時也漸漸看出了一些端倪。蕭啟如此緊張這個丫頭絕非一時興起，兩人看起來不僅是舊識，而且還關係匪淺；雖然這位姑娘此時狼狽至極，可在這樣的處境之下依舊能保持鎮定，這份氣度與魄力就足以讓人感到驚訝。

「大家別被這丫頭的可憐相給騙了，這是她一貫使用的狐媚手段，專門在男人面前裝可憐、扮柔弱，想想就讓人覺得噁心。一個卑賤的鄉野村姑不老老實實地做人、做事，居然整天妄想著攀龍附鳳，如今連老天爺都看不過眼，這就是給她的報應。」

事到如今，衛萱兒不僅毫無悔改之意，反而繼續在這裡大放厥詞，姚婧婧非常厭惡地閉上了眼睛。對於這種是非不分的女人，簡直沒有半點道理可講。

蕭啟的眉頭越皺越深，這衛萱兒這些年給他添了不少麻煩，他看在老衛國公的分上一直對她頗為容忍，可今日她的行為卻是觸犯了他的底線，他若是不給她點顏色嚐嚐，只怕她以後會更加肆無忌憚。

衛萱兒繪聲繪色地控訴著姚婧婧的「惡行」時，冷不丁地發現蕭啟的目光落在自己的身上，仰慕了這麼多年的男人終於注意到自己了，這樣的時刻以往只會在夢中出現，衛萱兒頓時覺得受寵若驚，就連心跳似乎都漏跳了一下。

「衛小姐，妳的意思是，姚姑娘落水與妳全無關係？」蕭啟的聲音如同這一汪早已恢復平靜的池水，沒有一絲波瀾，讓人完全聽不出喜怒哀樂。

「當然，光天化日之下，這麼多雙眼睛看著，我難道會為難她一個比泥土還要低賤的丫頭片子？那不是平白辱沒了自己的身分？」衛萱兒回答得理直氣壯，一邊說還一邊用警告的眼神瞪了一眼身後的官家小姐們，嚇得她們一個個斂聲屏氣，低下頭不敢出聲。衛萱兒有些得意地揚聲道：「郡王殿下，這個女人就是一個狐狸精，一個害人的禍水，我奉勸您還是離她遠一點兒，千萬不要被她給連累了。」

蕭啟的嘴角突然泛起一絲笑意，看得眾人一頭霧水，實在捉摸不透這位郡王殿下的脾氣。

「話可不能說得太滿，若今日落水的是衛小姐自己，難道也是天意？」

「郡王殿下開什麼玩笑？我行得端、坐得正，絕不會有此橫禍——」

眾目睽睽之下，衛萱兒的話還沒說完，突然腳下一歪，整個人就像是中邪了一般，直直地向後倒去。衛萱兒原本就站在池塘旁邊，這一倒，整個人以一種倒栽蔥的姿勢墜入了水中，連一聲救命都沒來得及喊。

這突如其來的詭異一幕讓在場的所有人都忍不住發出一聲驚呼。

尤其是跟隨衛萱兒一起來的那幾個下人，更是嚇得魂都沒了。此次回臨安是衛大小姐臨時起意的，她的母親，也就是新一任的衛國公夫人並未隨行，萬一大小姐要是出了什麼事，那她們這些下人一個、兩個都得吃不了，兜著走了。「大小姐！大小姐您怎麼樣了？快來人啊，趕緊救救我們家小姐啊！」

王大人瞬間出了一身冷汗，在旁人眼中，他為官還算公正廉潔，可人在官場，有些事卻是身不由己。臨安城的情況原本就非常複雜，他能夠坐穩這個知府的位置離不開衛家暗中的支持。衛大小姐是衛國公夫婦的掌上明珠，無論如何他都不能讓她在自己家中出一丁點兒意外。「還愣著幹什麼？趕緊救人啊！」王大人扯著嗓子發出一聲怒吼。

護衛在一旁的那些衙差立刻蜂擁而至，跳下池塘裡七手八腳地將衛萱兒給拉到岸上。

雖然時間並不長，可毫無準備的衛萱兒還是嚇得不輕，再加上滿頭滿臉的污泥、爛葉，那副模樣看起來簡直比姚婧婧還要窘迫一百倍。

「唉，本郡王就說嘛，衛小姐以後一定要謹言慎行，否則這報應若是真的落在自己身上，那滋味可是不太好受啊！」蕭啟的感嘆中似乎暗含著幾絲惋惜，可嘴邊的笑意反而更濃了。

「我……我……」此時的衛萱兒倒在丫鬟懷中，渾身上下抖個不停，心中的驚懼簡直無法形容。她實在是想不通，好端端地，自己怎麼會突然間覺得渾身一麻，就像是被施了法術一般？難道真如蕭啟所說，這是老天爺對她的懲罰？

古人大多相信神靈，雖然在場的有一部分人覺得此事十分蹊蹺，可衛萱兒的確是在大家的眼皮子底下自己掉入水中的，因此大家除了不痛不癢地安慰幾句，也不敢多說什麼。

然而衛大小姐越想越覺得委屈，最後也顧不上顏面，蒙著臉就嚎啕大哭起來。

躲在蕭啟懷中的姚婧婧輕輕地翻了一個白眼，別人搞不清楚內情，她卻看得真真切切。剛才蕭啟趁著衛萱兒仰著臉說話的工夫，用快如閃電的速度射出了一枚暗器，直擊衛萱兒腿上的梁丘穴，讓衛萱兒瞬間失去平衡，跌落水中。

蕭啟的做法雖然有失厚道，可姚婧婧心裡卻覺得十分解氣，對於衛萱兒這種人就是要以暴制暴，否則她還真以為自己是螃蟹，走到哪裡都可以橫行無阻了。

「趕緊將衛小姐帶到客房休息，再讓管家親自去衛老夫人那裡走一趟，把事情的始末給她老人家解釋清楚。」王大人急得直跺腳。原本大喜的日子卻鬧出這麼多么蛾子，事到如今，他只能在心裡默默祈禱這件事不要影響了他和衛家的關係，否則就真的是得不償失了。

「郡王殿下，姚姑娘看來也是元氣大傷，要不下官也讓人安排一處房間讓她好好休息一下，您意下如何？」

王大人原本只是試探地問一句，誰知蕭啟想也沒想就乾脆俐落地拒絕了。

「不必了，本郡王的女人哪裡需要麻煩王大人照看，本郡王這就將她帶走。只是今日出了這種事，本郡王看她和您這知府官邸是八字不合，以後還是少來為妙。」蕭啟說完倏然站起身，兩隻手將姚婧婧穩穩地抱在懷中。

那寵溺的姿態，看得一幫世家小姐們眼紅心跳。

以王大人為代表的一眾地方官忍不住倒抽一口氣，據他們所掌握的消息顯示，這位郡王殿下雖然風流成性，可以往與之有瓜葛的大多是一些風月場所的鶯鶯燕燕，為了避免惹上一些不必要的麻煩，對於衛萱兒這樣的世家女他一向是敬而遠之的。這姚婧婧雖然出身低微，可畢竟是有名有姓的良家女，郡王殿下在公開場合這樣宣示，難道只是一時興起？

此時姚婧婧兩隻眼睛瞪得像銅鈴一般大，用一種難以置信的目光盯著蕭啟那稜角分明的下巴。這個男人是不是瘋了？他究竟知不知道這樣做會給她帶來多少麻煩？她和幾位夥伴一路奔波，一路辛苦，好不容易才在臨安城站穩腳跟，不能因為他的幾句胡言亂語就功虧一簣。「你……放開我！」姚婧婧雖然覺得渾身上下一點力氣都沒有，可還是拚了命地開始掙扎，想要掙脫蕭啟的懷抱，與這個男人徹底劃清關係。

蕭啟似乎察覺到懷中小人兒的異動，雙手輕輕一用力便將她抱得更緊了，甚至還當著眾人的面低下頭用自己的額頭蹭了蹭她的頭頂，那親暱的姿態就像在撫慰一頭不安的小獸。

姚婧婧的身子瞬間僵住了，被他接觸過的那塊皮膚就像是被細小的電流擊中一般，那種酥酥麻麻的感覺讓她感到無限的恐慌。

為了防止這個男人再做出更加驚人的舉動，她只能握緊拳頭、繃直身子，動都不敢再動一下。

蕭啟如此輕佻的行為在講究世俗禮節的古代簡直是大逆不道，雖然在場的眾人礙於地位不敢多說什麼，可一個、兩個都羞紅著臉別過頭去，堅守著非禮勿視的君子守則。

這樣的反應似乎讓蕭啟感到很得意，只見他大笑一聲後便邁開步伐，抱著懷中的佳人揚長而去。

也許是真的太累了，還沒等蕭啟走出王家的大門，姚婧婧原本緊繃的神經就漸漸地放鬆下來，到最後竟然直接昏睡了過去。

這一覺睡得又深又沈，連一絲夢境也無。

當姚婧婧再次睜開眼睛時，發現天竟然都已經黑了，而她身處的地方卻是極盡奢華，不說別的，單單她身下躺著的這張拔步床，就比普通人的臥室還要大。

姚婧婧立刻警覺起來，以蕭啟那遍布大楚的耳目，想要找到她在臨安城的住處應該是易如反掌的事，可他非但沒有送她回去，反而趁著她睡著時把她帶到這麼一個奇奇怪怪的地方來，到底居心何在？

姚婧婧還沒來得及想清楚，便覺得口渴難耐，於是她強撐著痠楚的身子想要起身倒杯水喝，沒承想門口處立刻響起一陣聲響。

「姚小姐，您終於醒了。」一位打扮得體、看起來非常機靈的大丫鬟快步走了進來，不用人吩咐徑直從桌上拿起茶壺倒了一杯冷熱適宜的茶水遞到姚婧婧嘴邊。

姚婧婧也顧不上客氣，就著大丫鬟的手將杯中的茶一飲而盡，心裡頓時覺得一陣舒坦。

「姚小姐，您感覺怎麼樣？要不要再給您倒上一杯？」

姚婧婧一臉感激地搖搖頭。「不用了，謝謝妳，敢問姑娘如何稱呼？」

「奴婢彩屏見過姚小姐。您實在是太客氣了，殿下臨走時囑咐我們一定要盡心伺候好您，您有任何吩咐都請儘管開口。」

這位叫彩屏的大丫鬟一邊說，一邊恭恭敬敬地屈身給姚婧婧行了一個大禮，把她弄得有些坐立難安。

「彩屏姑娘快快請起，原來妳是郡王殿下身邊的人，他出去了？什麼時候走的？天都這麼晚了怎麼還沒回來？」

姚婧婧問得如此急切，讓彩屏心裡忍不住想笑，剛剛聽其他人說這位姚小姐是郡王殿下的新歡，她原本還有些懷疑，此刻看姚婧婧這焦急的模樣，她終於有些相信了。

「殿下最討厭別人打探他的行蹤，所以這些問題恕彩屏一個都回答不了；不過請小姐放心，連我們這些做下人的都可以看出來殿下是真的很關心您，要不是真的出了急事，他怎麼可能捨得出門？所以我猜他一定很快就會回來的。」

姚婧婧知道這位彩屏姑娘誤會了她的意思，她也懶得解釋，蕭啟不在對她而言可是一個天大的好消息，此時不走，更待何時？一想到這兒，她立即跳下床穿好鞋子就要往外衝。

彩屏嚇得連忙招呼了幾個小丫鬟，一齊將她攔了下來。「姚小姐，您這是要去哪兒啊？仔細腳下，可千萬別摔著了。」

姚婧婧只得停下腳步，對著眾人拱了拱手。「彩屏姑娘，我突然想起家中有一件急事亟需我去處理。謝謝各位的照顧，我先走一步。」

彩屏的神色立即變得嚴肅起來。「那可不行，殿下臨走前特意交代了，在他沒回來之前一定要把您留下來，您要是現在走了，等殿下回來咱們幾個都得遭殃呢！」

姚婧婧哪裡顧得上這些，她出來已經整整一天了，若是再不回去，白芷他們非急瘋了不可，軟的不行就來硬的，她伸手推開擋在前面的彩屏，今日她吃的癟已經夠多了，若這幾個丫鬟想要強行將她留下，那她就算豁出這條命也要與她們拚上一拚。誰知她剛衝到門口，身後的彩屏突然帶著幾個小丫鬟一起跪了下來，聲淚俱下地哭訴著。

「姚小姐，您就可憐、可憐我們吧！」

姚婧婧腳下猛地一頓，忍不住嘆了一口氣，沒辦法，誰讓她生平最見不得這樣的場面呢！「妳們這又是何苦呢？郡王殿下要是問起來，妳們就說是我鐵了心要走，妳們攔不住，想必他不會太過為難妳們的。」

「姚小姐，您是不知道殿下的脾氣，平日裡雖不常訓誡我們這些下人，可一旦他親口安排的差事沒有辦妥，那後果不是一般人能承受的。前兩日在來臨安的途中，就有一位管事因為沒將一封該發出的信件及時發出，當場被殿下派人打了二十大板，送回京中發賣了。」

彩屏說著說著，臉色變得煞白，看得出來她是打心眼裡懼怕自家主子，而其他幾個小丫鬟的模樣比彩屏還要誇張，有兩位甚至伏在地上嚶嚶地哭了起來。

「好了、好了，不要哭了，大不了我現在不走了，等妳們家主子回來再說吧！」姚婧婧長長地嘆了一口氣。這個蕭啟莫非是打仗打多了？竟然用治軍的手段來對待身邊伺候的人，未免也太嚴苛了些。

「姚小姐果然是人美心善，您一定會有福報的。」欣喜之下，彩屏帶頭給姚婧婧磕了幾個響頭，最後才忙不迭地站起身，將姚婧婧扶到貴妃榻上坐下。「姚小姐睡了大半天，估計早就餓了吧？奴婢早早就讓廚房備下了一桌飯菜，請您稍等片刻，我這就讓人給您端來。」

「不著急，彩屏姑娘，這裡到底是什麼地方？難道郡王殿下在臨安城也有這麼大的府邸嗎？」姚婧婧剛剛從窗戶往外瞟了一眼，發現她所在的這宅子不僅裝潢得十分華美，就連面積和規格也是相當驚人。

彩屏搖搖頭笑著答道：「姚小姐難道不知道，在這臨安城裡，像這樣具皇家風範的宅子，數來數去也就只有這一座，殿下每次來臨安都是借住在這裡的。」

姚婧婧心中一動，忍不住發出一聲驚呼。「難道這裡是……淮陰長公主府？」

「沒錯，姚小姐果然聰慧過人，怪不得殿下對您如此上心。奴婢從小就在殿下身邊伺候，從來沒見過他當著眾人的面對旁人如此呵護備至呢！」正所謂當局者迷，旁觀者清，彩屏幾乎可以肯定眼前這個姑娘在自家主子眼裡是最特別的存在。

姚婧婧不屑地癟了癟嘴，正準備出言反駁時，一股撲鼻的異香突然鑽入她的鼻孔，讓她忍不住偷偷嚥了嚥口水。

「飯菜來了，請姚小姐準備用膳吧！」彩屏十分殷勤地扶著姚婧婧坐到桌邊。

這屋裡的任何一個陳設都大得驚人，就拿這張吃飯的桌子來說，若是兩個人相對而坐，估計連說一句話都要用吼的。

更讓姚婧婧跌破眼鏡的是，明明用膳的人只有她一個，可上菜的丫鬟卻排成了一個長隊魚貫而入，不一會兒就把整張桌子擺得滿滿當當，那排場比起滿漢全席也差不了多少了。

「這也太誇張了，妳們弄這麼多菜，我一個人怎麼吃得了？這不是暴殄天物嗎？」

「姚小姐千萬別客氣，您可是殿下的貴客，若是招待不周，殿下怪罪下來，咱們吃罪不起。由於不知道您的喜好，奴婢就讓廚房每一樣都做了一點，您快嚐嚐合不合胃口。」

彩屏一邊說，一邊帶著兩個小丫鬟給姚婧婧布菜，骨頭、魚刺都剔得乾乾淨淨，入口的溫度也恰到好處，姚婧婧只需要張嘴，各種珍饈佳餚就落到了嘴裡。

一直吃到肚兒圓圓，姚婧婧才打了一個飽嗝，癱軟在椅子上。望著桌上堆成山的剩飯、剩菜，她在心裡默默地唸了一聲「罪過、罪過」。

彩屏一聲令下，守在外面的丫鬟們又毫無聲息地走進來，很快將那些碗盤碟杯撤個乾淨。

緊接著，一個小丫鬟又奉上一碗新茶。

姚婧婧嚐了一口，發現這茶湯色清冽，帶著一種獨特的回甘，讓人瞬間感覺神清氣爽。

看到姚婧婧露出疑惑的神色，彩屏立刻上前解釋道：「姚小姐，此茶名為荷葉茶，是用荷花的花、葉、果煮製而成，京中的貴婦們用完膳之後，大多都要飲上一杯才肯安歇呢！」

姚婧婧點了點頭，荷葉最大的作用就是去油，看來減肥這件事無論古今，永遠是女人們最關心的話題。

吃飽喝足之後，彩屏又吩咐下人抬了一桶沐湯進來，姚婧婧這才意識到自己身上的髒衣服雖然已被換掉，可渾身上下還是散發著一股淡淡的腥臭之氣。難怪剛才她剛一起身，就有幾個丫鬟進來將床上鋪的、蓋的全部換成新的，這麼邋遢的自己也真夠丟臉的。

「姚小姐，聽說您今日受驚過度，奴婢特意在這沐湯裡加了沉香，不僅能舒筋解乏，還能放鬆心情，您一定要多泡一會兒。」

姚婧婧自然不好意思拒絕，也多虧這些丫鬟們，明明被熏得不行，還要忙前忙後地伺候。姚婧婧婉言謝絕了彩屏要幫她搓背的請求，三下五除二地將自己從頭到腳洗了一遍後，匆匆爬起來找了一套乾淨的新衣穿戴整齊。

彩屏替她絞乾頭髮之後，忍不住伸頭朝窗子外面看了一眼。「奇了怪了，眼看都要三更了，殿下怎麼還沒回來？」

姚婧婧心下了然，蕭啟此行表面上是替自己的姑母前來給知府大人送賀禮，可暗地裡肯定還有許多不為人知的任務等著他去完成，看樣子一時半刻只怕是回不來了。

「彩屏姑娘，妳們辛辛苦苦伺候了我大半天肯定都累極了，還是趕緊回去休息吧！」

面對姚婧婧的提議，彩屏這丫鬟卻堅決地搖搖頭。「能伺候姚小姐是奴婢們的榮幸，奴婢們一點兒也不覺得累。」

彩屏的話還沒說完，站在她身後的一個小丫鬟就偷偷捣著嘴打了一個哈欠。姚婧婧很是無奈，看來她們一個個硬撐在這裡是害怕自己乘機逃跑呢！

「妳們不睡我可要睡了，熬夜傷身，萬一明天長出一對黑黑的眼圈可就不好看了。」姚婧婧說完，對著那群丫鬟擺了擺手，自顧自地爬上床休息去了。

彩屏站在床邊呆呆地看了一會兒，終於躡手躡腳地轉過身，輕輕地將燈熄滅，招呼那些小丫鬟們到外間休息去了。

第八十九章　值夜

也許是白天睡多了，姚婧婧躺在床上翻來覆去卻沒有絲毫睡意。

這一次蕭啟不僅當著眾人的面救了她的性命，還大張旗鼓地將她帶回自己的住所，可以想像，明日一早關於兩人的風言風語必將傳遍整個臨安城。從此以後，估計再沒有任何一個男人敢和她走得太近，她這輩子注定只能在這異世中孤獨終老了。

也罷，反正一切都是天意。

姚婧婧正閉著眼睛胡思亂想著，突然聽到頭頂處響起一陣窸窸窣窣的聲音。

「誰？」她心中一動，立即一個激靈直起身。

「小姐別怕，是我。」

月光下，一個熟悉的身影悄然出現，緊接著姚婧婧就看到白芷那張滿含興奮與激動的小臉。姚婧婧一把拉住她的胳膊，難以置信地問道：「真的是妳？白芷，妳怎麼找到這裡來了？」

「您這麼長時間沒回去，大夥兒都急得不行，我和胡文海一起去王家要人，誰知卻剛好碰到消失數月的阿慶，我們這才知道，原來今日和王大小姐成親的人竟然是孫大少爺。」

「好了，此事回去再談，妳還是先帶我出去吧，等天亮之後怕是想走都走不了了呢！」

姚婧婧突然覺得身邊有這麼一個會飛簷走壁的人的確是一件非常酷的事。

轉眼間，白芷帶著姚婧婧來到了公主府中最高的一處屋頂，姚婧婧甚至一眼就能看到圍牆外面停著的那輛由胡文海駕駛的馬車。

「小姐，您扶穩了，咱們馬上就可以離開這裡了。」白芷說完便深深地提了一口氣，準備一鼓作氣飛出這座深宅大院。

可就在這時，黑暗中突然響起一個冷冰冰的男子聲音。

「這麼晚了姚姑娘還急著走，難道是嫌棄本郡王招待不周？」

姚婧婧和白芷兩人頓時僵在那裡，好半天才慢慢地回過頭去。

一身黑衣的蕭啟在她們身後兩步遠的位置迎風而立，在月光的映襯下顯得格外風度翩翩，器宇不凡。

姚婧婧不由得感到一陣懊惱，再快一步她就可以恢復自由之身了，此時此刻她是真的不願意跟眼前這個男子多做糾纏。

「是你。」

姚婧婧還沒來得及開口回答蕭啟的問題，身旁的白芷卻像是見了鬼一般，露出一臉驚恐的表情。

姚婧婧忍不住奇怪地問道：「怎麼？妳認識他？」

白芷慌忙否認道：「不，不認識，我一個身分卑微的小丫頭片子，怎麼可能認識這樣的顯貴之士？」

「妳就算認識本郡王也沒什麼好稀奇的，誰讓本郡王英俊瀟灑、風流倜儻，聲名響徹整個大楚，想默默無聞都不行，實在是讓人頭疼。」

蕭啟竟然當著兩人的面開始自吹自擂起來，只見他一邊說、一邊往前跨了兩步，那遊刃有餘的姿態好似在閒庭漫步一般，讓大半個身子都攀在白芷身上、連站都站不穩的姚婧婧恨得牙根發癢。

「今日之事多謝郡王殿下仗義相救，他日若有機會，民女一定湧泉相報；只是民女身分低微，這公主府的確不是民女該待的地方，民女不多打擾，就此告辭了。」姚婧婧勉強衝著蕭啟拱拱手，暗暗地用胳膊戳了戳白芷的側腰，示意她趕緊開溜。誰知白芷整個人像傻掉了一般，瞪著兩隻眼呆呆地看著蕭啟，完全沒有領會到她的意思。姚婧婧不由得扶額暗嘆，這個蕭啟究竟有什麼魅力，竟然讓一向視男人為糞土的白芷也淪陷了？

「舉手之勞，何足掛齒？當初姚姑娘為了救本郡王犧牲頗大，本郡王只能算是有樣學樣、投桃報李罷了。」蕭啟說話的聲音滿含戲謔，說完之後還不忘伸出右手的大拇指在自己的下唇處摩挲了一番，好似在回味什麼美妙的滋味一般。

姚婧婧的臉頓時羞得通紅，算起來她和蕭啟已經有了兩次這樣的親密接觸，雖然都是為了救人的權宜之計，可被蕭啟用這種暗示性十足的口吻說出來，還是讓人覺得難以接受。

姚婧婧顧不上再繼續繞彎子，用盡力氣掐了白芷一把，揚聲命令道：「白芷，我們走！」

「走？沒錯，白芷姑娘，妳的確該走了，如此良辰美景，本郡王陪妳家小姐在這裡賞賞月、對對詩，豈不是美事一樁？妳就不必杵在這裡當木頭了，本郡王一定會替妳照顧好妳家小姐的。」

「開什麼玩笑？白芷又不是你的丫鬟，她憑什麼要聽你的？」姚婧婧剛一張口就發現事情有些不妙，因為一向天不怕、地不怕的白芷竟然默默地低下頭，往後退了一步。

「小姐，對不起，我在外面等您。」白芷說完竟然猛地抽出手，不顧姚婧婧的呼喚，兩腳輕輕一點，自顧自地飛走了。

「欸，妳別走啊，白芷，救命啊！」屋頂上的瓦片並不平坦，失去平衡的姚婧婧只覺得腳下一滑，整個人往下墜去。

關鍵時刻還是身旁的蕭啟一個箭步追了上來，趕在她落地之前穩穩地接住了她。

姚婧婧的小心臟簡直快要跳出來了，這種只在偶像劇中出現的橋段突然發生在自己身上，那種感覺就像在雲端漫步那麼的不真實。

蕭啟的頭越來越低，姚婧婧甚至能感受到一股男性氣息撲面而來，她想要逃開這種詭異的氛圍，卻發現自己渾身上下都癱軟了，一點力氣都沒有。黑暗中，她甚至偷偷地閉上了眼睛，可蕭啟的臉最終卻在離她只有幾寸的位置戛然而止。

「妳的臉為什麼又紅又燙？老實交代，妳腦子裡到底在想什麼亂七八糟的事呢？」

這個該死的臭男人，又在想方設法地戲弄她！姚婧婧惱羞成怒，直接猛地一抬頭，用自己的額頭惡狠狠地撞向他的下巴。

「哎喲，痛死我啦！妳這個毒婦，想害死本郡王啊！」毫無防備的蕭啟竟然咬中了自己的舌頭，疼得他立刻放開懷裡的姚婧婧，摀住自己的嘴，一邊跳腳，一邊原地打轉。

姚婧婧心中頓時覺得十分解氣，管他什麼封建禮儀，管他什麼皇權威嚴，她一個擁有自由靈魂的現代人就算是到了古代，也不想再這樣小心翼翼地活下去。

「蕭啟，你這個混蛋，本姑娘很忙，非常忙，沒工夫陪你在這裡瞎胡鬧，你趕緊放我回去，否則我就炸了這公主府，看你回去怎麼跟淮陰長公主交代。」

看到姚婧婧突然河東獅吼，蕭啟不但沒惱，反而露出一臉讚賞的表情。「很好，以後對別人都保持這個狀態，本郡王最討厭妳那副窩窩囊囊、受盡委屈的模樣，有本郡王給妳撐腰，妳誰都不用怕。」

姚婧婧大剌剌地翻了個白眼。「郡王殿下，莫非你是真的很閒？你到底想說什麼？」

黑暗中，蕭啟目光如炬，不知在想些什麼，良久才搖搖頭說道：「沒什麼，現在外面都宵禁了，此時出去就是給自己找麻煩。妳今日泡了冷水，夜裡風寒露重地不宜久站，先回房歇息一晚，明日本郡王親自送妳回去。」

「真的？」姚婧婧眉頭一鬆，低頭想了一下，同意了蕭啟的建議。反正該誤會的已經誤會了，現在走和明早走似乎也沒多大區別。打定主意之後，姚婧婧便抬腳準備回房，可剛走出去兩步就不由得傻了眼，偌大的公主府前前後後加起來有百來間房屋，這黑燈瞎火的，她哪裡分得清自己剛才住的究竟是哪一間？

「噗哧！」蕭啟被她呆傻的模樣給逗笑了，最後直接走上前牽起她的手，拉著她往前走。

姚婧婧嚇了一跳，連忙大聲吼道：「你幹什麼？趕緊放開我，你這個流氓！」

蕭啟的心情似乎很好，姚婧婧越是掙扎他就拉得越緊，最後竟然一彎胳膊，將她圈往自己身前。「流氓？本郡王今晚要是不做點什麼，豈不是對不起這個稱號？」

姚婧婧心中大驚，連忙將嘴巴閉上，乖乖地跟著蕭啟的腳步往前走；誰知還沒堅持多久，她又突然吸了吸鼻子，一臉警覺地問道：「你身上怎麼會有血腥味？難道你又……」

「怎麼會呢？本郡王的本領妳是知道的，哪有那麼容易就受傷，可能是那些小賊的血濺到了本郡王的身上。妳莫非是屬狗的？這鼻子也太靈了吧！」蕭啟一邊說，一邊伸手捏了捏姚婧婧的鼻子。

姚婧婧避之不及，卻被他那寵溺的姿態給激起一身雞皮疙瘩。「你剛剛……不會是殺人了吧？」姚婧婧這話剛一問出口就覺得自己實在是多此一問，這位有著多重身分的郡王原本就是在刀口上舔血的人，殺人這種事對他來說只是家常便飯罷了。

蕭啟似乎沒有料到她會突發此言，沈默了片刻後突然湊到她耳邊問道：「怎麼？妳害怕了？」

姚婧婧一臉淡然地搖了搖頭。

彩屏身為蕭啟手下的大丫鬟，一向盡職盡責，此刻她雖然安排其他的小丫鬟都回房休息，可自己依舊在房門口值守。正當她百無聊賴地坐在門墩上打著哈欠時，突然看見郡王殿下摟著一個比自己矮一個頭的姑娘朝這邊走來。

彩屏一個激靈，立刻站起身來，還下意識地回頭望了望。主子這是怎麼了？屋裡不是已經有了一個姚小姐嗎？怎麼又帶回來一個？這到底是什麼狀況？「奴婢參見郡王殿下。」

彩屏只覺得自己一個頭、兩個大，原本以為姚小姐多少能夠專寵一段時間的，可沒想到這一晚上還沒過完就又變天了。

蕭啟走到彩屏身邊，臉色陰沈地質問道：「妳是怎麼當差的？我讓妳看的人呢？」

「啊？」彩屏驀然抬頭，一臉疑惑地回道：「您說姚小姐嗎？她正在屋裡休息呢！」

「彩屏姑娘，實在是對不住。」躲在蕭啟身後的姚婧婧不好意思地走上前，衝著彩屏擠出一個充滿歉疚的笑容。

彩屏的眼睛頓時瞪得比銅鈴還大。「姚小姐，您、您什麼時候出來的？奴婢怎麼不知道。」

蕭啟不耐煩地揮揮手。「好了，妳下去休息吧，這裡不需要妳了。」

一頭霧水的彩屏雖然有一肚子的疑問，可也知道自己犯了大錯，惶惶地行了一個大禮後，很快退了下去。

「時候不早了，殿下也回去休息吧！希望你能說話算話，明日一早就放我回去。」姚婧婧說完，一個閃身跳入房中，以迅雷不及掩耳之勢將房門反鎖，這才靠在門上長長地舒了一口氣。

門外的蕭啟揚起嘴角，無聲地笑了笑，轉過身凝視著天上的明月，最後竟然在彩屏剛剛坐過的門墩上坐了下來。

這一夜姚婧婧睡得格外香甜，朦朧中她好像感覺有一個人一直坐在床邊看著自己，她心中一驚，猛然睜開眼睛，卻發現是彩屏那丫鬟滿臉堆笑地探過頭來。

「姚小姐，您終於醒啦？」

姚婧婧鬆了一口氣，爬起身來，一臉迷茫地問道：「我是不是睡過頭了？現在什麼時辰了？」

「不急、不急，殿下說了，一定要讓您休息好才不會染上風寒，奴婢怕您睡的時間太長，腹中饑餓，這才進來瞅一眼的。」

「聽妳這麼一說，我還真覺得有點餓了，只是這府裡的伙食也太奢侈了，我真怕多吃幾頓之後把自己的嘴都給養刁了。」姚婧婧一下子從床上跳下來，拒絕了彩屏的好意，自己動手將衣裳穿戴整齊。

彩屏站在一旁，有些不知所措。「姚小姐，您就讓奴婢們伺候您吧！昨晚咱們沒將您照顧好，今天一早殿下就將我們一頓好罵，再這樣下去，估計離被攆出府的日子也不遠了。」

姚婧婧一臉驚奇地問道：「哦？你們殿下已經來過了？」

「姚小姐竟然不知道？昨晚殿下把奴婢打發走後，自己卻在門外守了一夜，一直到天亮才回房歇息呢！」

「怎麼可能？」姚婧婧頓時一臉懵，這個蕭啟莫非是吃錯了藥？大半夜的不回房睡覺，守在她們門口做什麼？難道還怕有歹人會潛進這堂堂公主府嗎？實在是多此一舉。

彩屏忍不住偷偷吐了吐舌頭，她跟隨殿下這麼多年，也是第一次看到他如此反常。

以往他出門在外時，偶爾也會大張旗鼓地光臨一些花街柳巷，可頂多是在那些姑娘們的房中歇息一夜就立刻離開，像這樣蹲在大門口給一個姑娘守夜，還真是破天荒頭一回。

「姚小姐，有一個問題奴婢想了一宿也沒想明白，您昨晚到底是怎麼從房間裡跑出去的？最後居然還跟殿下一起回來了，難道真是我眼花了，連個大活人都看不住？」

看著彩屏抓耳撓腮，一副懷疑人生的模樣，姚婧婧憋著笑拍了拍她的肩膀。「這其中的緣故妳還是不知道得好，反正我已經回來了，妳家主子也不會為了這個原因而責罰妳，這件事就算是翻篇了啊！」

彩屏雖然心有不甘，也不好意思過多追問，只能悄悄癟了癟嘴，召來那些早已候在門口的小丫鬟們伺候姚婧婧漱洗梳妝。

這邊才剛剛整理好，門外突然響起一陣熟悉的腳步聲。

「姚小姐，殿下又來看您了，您趕緊起身迎候吧！」彩屏的聲音裡充滿緊張之意，剛說完便帶著滿屋子的小丫鬟跪了下去。

姚婧婧卻依舊坐在椅子上動也沒動，甚至連頭都懶得回一下。以她對蕭啟的瞭解，這些虛禮於他而言實在是多此一舉。

果然，蕭啟進門之後並沒有絲毫追究姚婧婧的意思，反而揮了揮手，將一屋子的丫鬟全趕了出去。

彩屏臨走時小心翼翼地問道：「殿下，姚小姐已經梳妝完畢，您看是現在讓廚房上菜還是……」

蕭啟一屁股坐在椅子上揚聲道：「趕緊上，眼看就要晌午了卻連早膳都沒吃上，本郡王早就餓得前胸貼後背了。」

姚婧婧自然聽出了蕭啟的弦外之音，他這是在諷刺自己太懶，耽誤他吃早飯了。可天地良心，自己從來沒有要求過讓他等自己一塊兒用膳呢！

「殿下公務繁忙，民女在這裡實在多有不便，謝謝殿下的盛情招待，民女這就告辭了。」想著白芷他們應該還在府外等著她，姚婧婧起身朝蕭啟屈了屈身子，抬起腳就想往外衝。

「慢著，反正都已經這個時辰了，姚姑娘還著什麼急呢？我皇爺爺在世時曾經教導過我們，這早膳啊一定要吃好、吃飽，方為養生之道。」

說來也怪，眼前的蕭啟氣色紅潤，完全不像熬過夜的人，而且他看起來似乎很有興致，竟然開始在姚婧婧面前大談皇室的養生之道。

姚婧婧對此卻無絲毫興趣，耐著性子聽了一會兒便毫不客氣地打斷他。「民女是粗人一個，以往遇到天災時，一連幾天粒米未進也是有的，比不上郡王殿下身嬌體貴。這用膳呢還要講究一個好心情，民女笨口拙舌，就不在這裡打擾殿下了，祝殿下吃好、喝好，身體康泰，長命百歲。」

姚婧婧這話說得牛頭不對馬嘴，把蕭啟聽得一愣一愣的，最後索性直接一拍桌子，大吼一聲。「妳給本郡王回來，妳以為本郡王是吃飽了撐著，非要送妳？」

姚婧婧心中一動，連忙轉身問道：「這是什麼意思？難道出什麼事了？」

「姚姑娘是個聰明人，自然不用本郡王多說，乖乖地陪本郡王用完早膳，否則今日妳只怕是有家都回不去了。」

蕭啟的樣子並不像是在威脅她，姚婧婧只能耐著性子在他對面的椅子上坐下來。

好在彩屏很快就帶著丫鬟將早膳擺上了桌，這一頓沒有昨晚那麼誇張，只有七、八個看起來清爽素淡的小碟，外加一大鍋熱氣騰騰的小米鮮貝粥。

這些食物明顯是按照蕭啟的喜好準備的，他不用人伺候，自己動手盛了一大碗粥，兩、三口就喝進肚中，緊接著又給自己添上一碗。

姚婧婧原本一直忍著沒有動筷，沒奈何蕭啟的吃相實在是太過誇張，就像是故意在炫耀一般，她肚中的饞蟲很快開始蠢蠢欲動，逼得自己忍不住偷偷嚥了幾口口水。

「鋤禾日當午，汗滴禾下土，誰知盤中飧，粒粒皆辛苦。」蕭啟吃著吃著，竟然開始搖頭晃腦地吟起詩來。「如此美味的食物要是放在戰場上，那可是能救好幾條人命的，只是本郡王的肚子著實有限，就這樣白白浪費了，實在是可惜啊！」蕭啟感嘆了幾句之後突然放下碗筷，回首準備招呼外面的彩屏進來撤席。

「等等，我還沒吃呢！」姚婧婧飛快地拿起一塊紅豆餑餑塞進嘴裡。她突然覺得有些好笑，自己這是生的哪門子氣呢？今日說不定還有一場惡戰，若是不提前填飽肚子，到時哪有力氣上陣殺敵呢？

蕭啟目不轉睛地看著她，嘴邊的笑意越加濃厚，最後竟然親自動手盛了一碗粥放在她的面前。「慢點吃，別噎著，本郡王有的是時間等妳。」

候在門口的彩屏將這一切盡收眼底，此時她的嘴巴張得簡直能塞進好幾個大鴨蛋。一向對人疏離、冷淡的主子竟然也能露出這樣寵溺的微笑，自己這些年真算是白活了。

第九十章　鬧場

好不容易用過了早膳，姚婧婧又陪著蕭啟喝了一盅茶，最後兩人才慢悠悠地晃出公主府的大門。

「大東家，您終於出來了。」

一臉鬍子拉碴的胡文海顯然是在這裡等了一夜，那輛馬車依舊停在昨夜姚婧婧看到的那個位置。胡文海的話音剛落，一臉焦急的白芷就掀開簾子衝了過來。

「小姐，您怎麼樣了？」

姚婧婧瞪了她一眼。「文海，你在前面帶路，我乘殿下的馬車跟在後面，咱們立刻前往杏林堂。」

胡文海從大東家嚴肅的口吻中聽出不妙，立刻點了點頭，轉身跨上馬車。

「白芷姑娘，趕緊上來啊！」

白芷可憐兮兮地瞅著姚婧婧，無奈姚婧婧還在氣頭上，絲毫沒有安撫她的意思，她只能一步三回頭地上了胡文海的馬車。

以往姚婧婧見到蕭啟時，他乘坐的車馬都是灰溜溜的，丟在人堆裡看不出來的那種，更多的時候他甚至會單人單馬，執劍走江湖。

可今日他準備的馬車卻讓姚婧婧大開眼界，說是馬車，其實就是一間行走的小房子，不僅規格巨大，裡面的陳設也是極盡奢華，吃的、用的、坐的、躺的一應俱全，甚至還有幾名身著華服的丫鬟側立在兩旁，為主人端茶遞水、擦汗打扇。

姚婧婧一邊嘖嘖，一邊伸頭望了望身後那一串長長的、一眼望不到盡頭的隨侍，心裡忍不住感嘆一聲，這排場也太太太過了吧！

「殿下不是一向喜歡來無影、去無蹤嗎？此趟前來臨安怎麼會帶這麼多隨從？您倒是不覺得累贅。」姚婧婧原本只是想譏諷他一番，誰知蕭啟聽後立刻露出一張苦瓜臉。

「姚姑娘果然是本郡王的知音，這些奴才蠢頭蠢腦的，腳程又慢，走到哪裡都要扯本郡王的後腿，本郡王作夢都想甩掉他們；可沒辦法，這些都是皇姑母特意交代非要本郡王帶在身邊的，說是本郡王堂堂一個二品郡王，出門在外身邊卻連個伺候的人都沒有，實在是有失皇家威嚴。」

蕭啟的鄙視可謂不留一點情面，姚婧婧有些同情地望了一眼侍立在側的彩屏，誰知她卻跟沒聽見一般，一臉淡然地繼續沖水泡茶，姚婧婧只能將頭轉向一邊，佯裝觀賞窗外的風景。蕭啟如此這般也不是一日、兩日了，淮陰長公主怎麼會突然介意起所謂的皇家威嚴？

唯一的解釋，就是皇帝已經對蕭啟起了疑心，而淮陰長公主弄出這麼大陣仗就是為了幫他撇清嫌疑，只是效果如何還有待商榷。

車隊一路浩浩蕩蕩地走來，很快就行至最繁華的朱雀大街，姚婧婧遠遠地望著，發現杏林堂門口萬頭攢動，看起來分外熱鬧。

「你們這幫烏合之眾，趕緊給本小姐讓開，否則今日我連你們一塊兒料理了。這個臭不要臉的狐狸精既無醫德、也無醫術，就是一個誤人性命的江湖騙子，她還有臉在臨安城裡開藥鋪？今日本小姐要是不把這間鋪子砸個粉碎，本小姐就不姓衛！」

休息了一個晚上，衛萱兒一掃昨日落水的狼狽與慌張，又重新變回那副盛氣凌人、不可一世的驕傲面孔。

今日一早她聽下人們說起那個賤人竟然陪同蕭啟在公主府裡待了整整一宿，她心裡的嫉恨便如熊熊燃燒的火焰，一發不可收拾。

從第一次見到蕭啟開始，她就深深愛上了那個身分高貴又桀驁不馴的男子，這些年她無視父母的規勸，不辭辛勞地追隨他的腳步，只為了能多看他一眼，有機會和他多說一句話。

一個女子的清譽就如同她的性命，而她為了愛他，已經成為整個大楚貴族圈中的一個笑話，可她對此卻絲毫不在意，只希望有一日這個男子能夠轉身注意到她的存在，為此她甚至在家中設了一個神壇，日日夜夜禱告不停。

她知道蕭啟一向風流成性，這在她眼中並不是什麼大事，男人嘛，大多好色，就連她一向正直的父親身邊也有好幾個通房丫鬟，也會時不時地藉著公事之名光臨那些煙花柳巷之地，母親對此卻是睜一隻眼、閉一隻眼，因為她知道這些女子在男人眼中只是消遣的玩物，永遠上不得檯面，更不可能影響自己在丈夫心中的地位。

於是耳濡目染的衛大小姐可以接受蕭啟狎妓，因為那只是金錢與肉體的交易，不夾雜一絲情感；可姚婧婧就不同了，她竟然敢跟著蕭啟一起住進淮陰長公主府，那是何等高貴之所，豈是她這種身分卑微的賤人可以覬覦的？蕭啟對待她的態度明顯與旁人不同，這又說明了什麼？

衛萱兒越想越生氣，越想越恐慌，她一定要在更壞的結果出現之前將姚婧婧攆出臨安城，讓她永生永世都無法翻身。

一知道姚婧婧近來因為那些功效齊全的藥品而備受推崇，這讓天生善妒的衛萱兒如何能嚥得下這口氣？因此她要做的第一件事，就是毀掉剛剛在臨安城站穩腳跟的杏林堂。

此次前來杏林堂，她早已做好充分的準備，不僅從府裡帶了十幾個手持棍棒的家丁準備大肆打砸一番，還帶來了幾大桶紅色的桐油漆，在杏林堂的大門口和旁邊的牆壁上寫了許多不堪入目的話來辱罵姚婧婧、詆皾杏林堂，就連一旁的玲瓏閣也跟著遭了殃。

「草民齊慕煊請衛大小姐高抬貴手，俗話說得好，和氣生財，您若與姚老闆有什麼私人恩怨自可私下協商解決，您這一上來就喊打喊殺的，實在是嚇破了草民的膽，草民替姚老闆給您作揖了。」姚婧婧遲遲未歸，齊慕煊實在無法坐視不理，只能硬著頭皮出來相勸。

誰知衛萱兒一見他，眼中就露出一股鄙夷之色。「看你一副瘦弱的模樣，一陣大風都能把你吹倒，竟然敢替那個賤人出頭，莫非你也是她的裙下之臣，否則怎麼可能無緣無故地讓出這麼大一塊地方給那個賤人開店？」

衛萱兒的話可謂是無禮至極，齊慕煊原本臉皮就薄，這下更是氣得渾身顫抖，連一個字都說不出來。

「沒那金剛鑽兒就別攬那磁器傢伙，趁本小姐還沒翻臉之前趕緊滾蛋，否則我今日連你的玲瓏閣一塊兒砸了！」衛萱兒不耐煩地揮了揮手，兩個凶神惡煞的家丁立即衝上前，將齊慕煊高高架起，像拋沙袋一樣拋得遠遠的。

齊慕煊的身子原本就很虛弱，哪裡禁得起這樣慘無人道的重摔，頓時趴在地上，半天也爬不起身來。

秦掌櫃見狀，立刻挺了挺胸脯，往前跨了一步，瞪大眼睛怒視著面前的衛大小姐，義正辭嚴地揚聲斥道：「我杏林堂規規矩矩做生意，一不違法，二沒犯罪，光天化日之下，妳憑什麼帶著人前來鬧事？我不管妳身分有多麼高貴，如此無法無天之事跟土匪強盜又有什麼區別？」

衛萱兒作夢也沒有料到姚婧婧手下的幾個人都這麼硬氣，那個賤人的手段比她想像中更加厲害，竟然能哄得這麼多男人死心塌地地為她賣命，這群有眼無珠的蠢貨，看來今日她不給他們點厲害嚐嚐，他們還真不知道得罪她衛大小姐的下場。

「把他們幾個全都給本小姐綁在前面的街上示眾，我倒要看看以後還有哪個不怕死的敢替那個賤人賣命？」

衛大小姐一聲令下，那群家丁就如狼似虎地撲上前。

秦掌櫃他們畢竟勢單力薄，縱然奮力抵抗，依舊很快就被那些家丁打翻在地。

衛萱兒洋洋得意地走上前，臉上現出一絲瘋狂之色。「哈哈哈，你們幾隻看門狗知道本小姐的厲害了吧？本小姐可以再給你們一次機會，如果你們願意跪地乞求，承認自己的東家就是一個徹頭徹尾的賤貨，本小姐可以網開一面，當場放了你們。」

「我呸！妳這個瘋女人，連給我們大東家提鞋都不配，多行不義必自斃，妳早晚會遭到報應的！」

「敬酒不吃吃罰酒，給我打，狠狠地打，朝死裡打！本小姐今日就是要殺雞儆猴，你們一個個自以為是忠心護主的忠僕，為了保護一個爛鋪子不惜犧牲生命，可你們知道你們心心念念的大東家此時在做什麼嗎？我告訴你們，她正陪著男人尋歡作樂，根本沒工夫管你們，你們在她眼裡根本就一文不值。」

「住手！你們都給我住手！郡王殿下在此，誰敢造次！」

先一步趕到的胡文海和白芷大老遠就看到自己的夥伴正慘遭蹂躪，急得他們一個箭步跳出馬車，飛身而來。

性格暴烈的胡文海抄起地上的一根長棍，對著那群家丁就是一頓劈頭蓋臉地亂打，那些毫無防備的家丁只能抱頭鼠竄，場面頓時混亂無比。

衛萱兒一看，氣得肺都快炸了。「一群廢物、蠢才，都去死吧！」

「世界如此美好，衛大小姐因何如此暴躁？這樣不好、不好。」此時蕭啟的馬車恰好停在了杏林堂門口，姚婧婧卻沒有急著下車，而是從窗戶伸出頭來，以一種居高臨下的姿態俯視著衛萱兒，毫不掩飾臉上的譏諷。

俗話說得好，打蛇打七寸，姚婧婧很清楚衛萱兒的要害，因此要在第一時間擊潰衛萱兒的心理防線，讓她明明白白地知道自己之所以對她百般忍讓並不是因為怕她。

果不其然，面對著這樣赤裸裸地挑釁，衛萱兒立即就沈不住氣了，一把推開身旁的丫鬟，衝到馬車前指著姚婧婧的鼻子破口大罵。

「妳這個厚顏無恥的賤人，這樣的皇家儀仗豈是妳能夠沾染的？妳趕緊給我滾下來，否則、否則我……」

「衛大小姐又想做什麼？」靠坐在榻上的蕭啟一聽到衛萱兒的聲音就忍不住皺起了眉頭，一臉厭煩地揮了揮手。

侍立在一旁的彩屏立即帶著小丫鬟將四周的車簾全部拉起，車內的景象頓時暴露在眾人眼中。

這一下不僅是衛萱兒，包括在場那些毫無干係的圍觀眾人都忍不住倒抽了一口氣，發出一陣驚愕又帶著興奮的呼聲。

原來不知什麼時候，姚婧婧竟然旁若無人地坐到了蕭啟的大腿上，一隻胳膊還攀上了他的脖子，遠遠望著，整個人就像是掛在蕭啟的身上。

而蕭啟顯然也很享受這種美人在懷的感覺，一隻手摟著姚婧婧的腰，另外一隻手則在姚婧婧臉上不停地摩挲，頗有挑逗的意味。

看到此情此景，衛萱兒腦子一怔，險些暈了過去。雖然昨日兩人親也親了、抱也抱了，可一切的初衷畢竟是為了救人；然而今日就不一樣了，這個賤人居然當著全城百姓的面如此肆無忌憚地勾引蕭啟，其中的算計與心眼簡直是深不可測。

「郡王殿下，您不能被這個狐狸精給迷暈了頭，若萱兒沒有看錯，這輛鳳駕是當今聖上破例賜給淮陰長公主的儀仗，郡王殿下擅自動用已屬逾矩，怎可讓這個身分低微、不知廉恥的賤人沾染？若是聖上有知，一定會龍顏大怒的。」

「啊！」姚婧婧似乎被衛萱兒的話給嚇到了，像觸電一般，一下子從蕭啟的懷中跳起來，臉上露出惶恐不安的神情。「這馬車竟然是御賜之物？這如何了得！殿下都怪您，我說了我不坐，您卻偏偏非要我陪著您坐，這下闖禍了吧！您到時候該怎麼跟淮陰長公主交代呢？」

蕭啟站起身，輕輕地拍了拍姚婧婧的肩膀，一臉溫柔地寬慰道：「別擔心，天塌下來有本郡王替妳撐著，妳怕什麼？」

姚婧婧似乎對這樣的回答非常滿意，竟然當著眾人的面摀著嘴格格地笑了起來。「那民女就多謝郡王殿下的庇護了。衛大小姐，妳聽清楚殿下所言了嗎？」

衛萱兒的臉由紅到白、由白到青，此時她也看出來了，姚婧婧如此惺惺作態就是在故意氣她，可有蕭啟在背後為姚婧婧撐腰，自己一時半刻竟然真的奈何不了她。

「殿下，您為什麼非要向著這個賤人？明明我才是這個世上最愛您的女人，其他人之所以想方設法地靠近您都是別有用心的，為什麼您就是看不明白呢？」

「衛小姐，妳好歹也是出身名門，可行為舉止卻與潑婦無異，不知衛國公夫人平日裡是如何教導的？老衛家的臉都被妳丟盡了。」蕭啟的斥責可謂是不留一絲情面。

衛萱兒心中惱恨不已，卻連一句反駁之語都說不出口。

姚婧婧在彩屏的攙扶下，一步步走下鳳駕，來到衛萱兒面前。「衛小姐出身高貴，平日裡在家中如何放肆驕縱都無可厚非，可妳身為大楚的子民就得遵守這個國家的律法，妳無緣無故將齊老闆和我鋪子裡的幾個夥伴打成這樣，是否該給我一個說法？」姚婧婧的眼中現出一絲冷意。

衛萱兒對此卻絲毫不以為意，反而將她那插滿珠翠的頭高高地揚起。「哼！幾個賤奴而已，誰讓他們一個、兩個有眼無珠地衝撞了本小姐，本小姐沒有讓人將他們打死已屬格外開恩。」

「衛大小姐此言差矣，這幾個人雖然沒有像妳一樣顯赫的家境，可他們無一例外都是自由之身，是受大楚律法保護的良民百姓，別說衛大小姐只是一個無品無級的閨閣小姐，就算是妳那身為社稷重臣的父兄親臨，也沒有任何理由責罰他們。」姚婧婧說話的聲音猛然拔高，臉上也現出一絲震懾人心的厲色。

衛萱兒被嚇到了，猛地向後退了一步。

一旁的丫鬟連忙上前扶住她。

衛萱兒很快回過神來，衝著姚婧婧聲嘶力竭地大吼。「妳、妳這個瘋子，怎麼，妳還想為了這幾個奴僕找本小姐算帳嗎？本小姐今日就站在這裡，看妳這個賤人能把我怎麼樣。」

「我只是一個人微言輕的大夫，自然不能把衛小姐怎麼樣，只是我身為東家，有責任保護好自己的屬下，如果今日我不能為他們討回一個公道，以後還會有誰信服於我？」

姚婧婧一個眼神，胡文海立即將手中的長棍在空中舞出一片漂亮的棍花，最後硬生生地橫擋在衛萱兒面前。

衛萱兒頓時嚇了一跳，這個男人看起來身手不凡，剛剛就以一人之力橫掃她帶來的十幾名家丁，她一個細胳膊、細腿的嬌小姐可挨不起這一棍子。「妳、妳想幹什麼？」

「話沒說清楚之前，誰都別想離開這裡。」胡文海面色陰冷，說出的話卻堅硬如刀鋒，絲毫不容人拒絕。

衛萱兒猛地一跺腳，梗著脖子嘶吼道：「腳長在我自己腿上，我自然是想走就走，我看誰敢阻攔。」

說話間，那群家丁又一擁而上圍在自家小姐面前，揮舞著手中的武器和胡文海對峙著，眼看著一場惡戰即將展開。

「住手！都給我住手！」

關鍵時刻，身後突然響起一個婦人的呼聲。

姚婧婧心中一動，這個聲音對她來說實在是有些熟悉啊！

第九十一章　道歉

就見衛萱兒瞬間變了臉色，連知府大人都不放在眼裡的她竟然下意識地縮了縮脖子，看來此人對她頗具震懾力。

「衛老夫人，您怎麼來了？」看著一身素服的老衛國公夫人拄著枴杖，顫巍巍地走過來，姚婧婧不由自主地上前虛扶了一把。

「實在是對不住，這個死丫頭自小被她爹娘給寵壞了，我身為祖母沒能約束好她，以至於讓她接二連三地出來給郡王殿下和姚姑娘添麻煩，我在這裡替她給兩位賠罪了。」衛老夫人一臉的愧色，說著說著就作勢要屈身行禮。

「使不得，萬萬使不得！」姚婧婧立刻彎下腰將衛老夫人緊緊地拉住。

就連蕭啟都不自覺地坐正了身子。

老衛國公雖然已經離世，可這位老衛國公夫人卻依舊是手握金冊的一品誥命夫人。淮陰長公主不在，她就是這個臨安城裡身分最為尊貴的婦人。

「衛老夫人，您身子可還好？臨行之前皇姑母特意交代本郡王給您帶了一箱野生的鹿茸來，昨日本郡王特地派人給您送到了府上，不知您是否收到了？」

衛老夫人眼含熱淚地朝著京城的方向低頭示意。「收到了、收到了，妾身叩謝長公主殿下的大恩大德，難為她還惦記著我這把沒用的老骨頭，只是我這身子怕是沒用了，再貴重的東西給了我也只是暴殄天物而已。」

蕭啟眉頭輕皺，沈聲道：「老夫人千萬不要說這麼喪氣的話，老國公一生鞠躬盡瘁，為了大楚的安危耗盡心血，這些世人都看在眼裡，記在心裡，您身為她的遺孀，自當秉承他的遺志，無論再艱難也要好好地活下去，就當是給您的兒孫積福了。」

衛老夫人似乎被蕭啟的言語所感動，一時情不自禁，摀著臉久久無法平復。

「祖母，您怎麼了？祖母。」衛萱兒一時有些心慌，在她的印象中，自己這位祖母最是要強，在外人面前永遠是一副端莊持重的模樣，今日卻不知為何會如此失態。

良久，衛老夫人終於收拾好心情，看著衛萱兒。「妳還知道我是妳祖母？我老早就跟妳說過，妳在妳爹娘面前如何放肆囂張我管不了，可妳既然回了臨安城，凡事就得守規矩、知禮數，否則就趁早給我滾回去，免得我看見妳就心煩意亂。」

衛萱兒急急忙忙地解釋道：「祖母，您不知道，明明是這個賤人——」

「妳給我閉嘴！事到如今還不知悔改，以妳這樣的性子，若不是身在衛家，只怕早就被人給打斷了腿。」衛老夫人氣得摀住胸口一陣猛咳，望著姚婧婧的眼神充滿愧疚，甚至還有一絲絲窘迫的意味。

這大半年來她一直躲在府裡足不出戶，一方面是因為自己身體的原因，另一方面卻是她打心眼兒裡害怕讓曾經熟識的人看到她如今這種蒼老而衰弱的狀態。

衛萱兒心中憤憤不平，噘著嘴高聲嚷道：「祖母！」

衛老夫人的臉色越發陰沈。「快給姚姑娘道歉，否則我立刻修書一封給妳父親，以後妳哪裡也不用去了，就待在這臨安城裡陪伴我這個孤苦伶仃的老婆子吧！」

「不要啊！」衛萱兒的眼睛頓時瞪得比銅鈴還大。她之所以不辭辛勞、千里迢迢奔來臨安城，只是為了追隨蕭啟的腳步，要她一直待在這裡和凶巴巴的祖母一起生活，那簡直比殺了她還要難受。

眼看衛老夫人的神色越發不妙，她連忙擺手解釋道：「祖母，孫女不是這個意思，只是我在京中住慣了……」

「少廢話！趕緊道歉！」

衛老夫人的威脅還是很管用的，衛萱兒心中縱然恨意沖天，也不得不暫且屈服。

只見她紅著眼，僵直著身子走到姚婧婧面前，不情不願地對著她微微頷首。「今日的事是本小姐太衝動了，大不了我付他們雙倍的醫藥費，但我勸妳適可而止，否則的話我——」

衛老夫人舉起手中的枴杖，指著衛萱兒的鼻子厲聲道：「否則妳要怎麼樣？聽聽妳說話的語氣，哪裡有一點認錯的自覺？我看妳分明是想氣死我這個老太婆！」

衛萱兒身旁的丫鬟見勢不妙，連忙輕聲勸道：「大小姐，您就依了老夫人吧！萬一把她老人家氣出個好歹，那您的罪過就大了。」

衛萱兒咬著牙僵持了一會兒後，終於猛地跺了跺腳，草草對著姚婧婧躬了躬身子。「今天的事都是我的錯，姚姑娘大人有大量一定不要和我計較，我保證再也不會有下次了。」

這樣的場景已經不是第一次出現，姚婧婧只是冷眼看著，卻沒有說話，對於衛萱兒的保證，她是半個字都不會相信的。

衛老夫人好像看出了姚婧婧的心思，突然自降身分，主動上前拉住了她的手，一臉慈愛地勸道：「姚姑娘，妳和衛家多少也算有些緣分，今日就當看在老婦的面子上，饒過她這一回吧？我這就把她帶回去嚴加管教，一定不會讓她再給各位添任何麻煩。」

衛老夫人親自開口了，就算是蕭啟也少不得要賣她一個面子，姚婧婧轉過頭，有些歉疚地望著身後那些渾身掛彩的夥伴，今天這事怕是只能暫且委屈他們了。

秦掌櫃一臉了然地衝著姚婧婧點了點頭，他們心裡也知道，眼前這些人個個身分尊貴，沒有一個是他們能惹得起的，此事能有這個結果已經算是阿彌陀佛了。

等到衛老夫人他們離開後，姚婧婧這才有時間給齊慕煊他們挨個兒檢查傷勢，搽藥包紮。

好一通忙活之後，姚婧婧突然察覺到店裡的氣氛有些不對，面前的眾人都用一種怪異的眼神盯著門口，好像看到了什麼妖怪。

姚婧婧猛地一轉頭，發現一身錦衣紈褲的蕭啟不知什麼時候竟然從鳳駕上走了下來，信步走進了杏林堂的大廳裡。

姚婧婧頓時覺得有些窘迫，此時此刻當著大夥兒的面，她不知該如何面對這個男人，她不想讓人誤會兩人之間的關係，可這樣的誤會明明是她一手造成的。

蕭啟似乎在不知不覺間放下了郡王的架子，自顧自地在鋪子裡轉了一圈，看起來輕鬆又閒適。「怪不得陸雲生那小子總在我面前誇獎妳有頭腦，能成事，這間藥鋪看起來的確有些與眾不同，這些藥都是你們自己研製出來的？」

面對著這位天潢貴冑的發問，旁人都不敢應聲，只有胡文海一臉驕傲地搶著答道：「沒錯，這些藥全部都是大東家的心血，有很多病人都因此得到了幫助。殿下請看，後面的那一面牆上掛著的全都是病人送的錦旗，件件都有名有姓，絕無弄虛作假。」

蕭啟點了點頭，露出一副深以為然的樣子。「你們大東家醫術高明，這一點我比誰都清楚，各位請聽我一言，你們今日的委屈不會白受，抓緊時間好好休息，這杏林堂怕是很快就要被人踏破門檻了。」

一開始眾人並不明白蕭啟的意思，誰知他的鳳駕離開沒多久，杏林堂的門口就變得熱鬧起來，前來診病、抓藥的人一波又一波，簡直是絡繹不絕。

「這……這到底是怎麼回事？」秦掌櫃數錢數到手抽筋，好不容易抽了個空檔喘了口大氣，連忙將心中的疑問說了出來。

正忙著給藥品打包的白芷一臉喜色地伸過頭說：「這還用問，看這些來抓藥的客人多數都是大戶人家的管家，一個個出手也很大方，一定是郡王殿下為了照顧咱們杏林堂的生意，特地給各大世家打了招呼。」

姚婧婧伸手彈了一下她的腦門，冷著臉訓斥道：「就妳機靈！昨天夜裡的事妳還沒給我解釋清楚呢！關鍵時刻臨陣倒戈，妳說我留妳在身邊有什麼用？妳還是趁早收拾收拾回清平村吧！」

白芷立即摀著額頭，慌裡慌張地大叫道：「不要哇，小姐，昨天夜裡郡王殿下冷不丁地冒出來實在是把我嚇了一大跳，況且我一眼就看出他武功奇高，我那三招兩式根本就不是他的對手，何必非要上前惹怒他給您添麻煩呢？」

姚婧婧忍不住翻了一個白眼。「哼！照妳這麼說我還得感謝妳了？妳不怕那個蕭啟心懷歹意，萬一我要是回不來了——」

「怎麼可能！」白芷立即出言打斷她，一臉壞笑地湊上前。「小姐，我看那位郡王殿下對您關愛有加呢！現在外面可都傳瘋了，說你們兩人在王家的喜宴上一見鍾情，這到底是不是真的？」

姚婧婧皺著眉頭警告道：「鍾妳個頭！瞅瞅妳左一個郡王殿下，右一個郡王殿下，我看妳跟那個沒腦子的衛大小姐一樣，被那個蕭啟給迷得失了神智。我告訴妳，我和他之間清清白白，這嘴長在旁人身上，人家願意怎麼說就怎麼說，妳可別跟著一起瞎鬧。」

「啊？這樣啊！我還以為……」白芷的臉上竟然露出惋惜的神色。「可是剛才你們兩人在馬車上時明明舉止親暱，難道都是裝出來的嗎？」

姚婧婧愣了一下，臉上露出一絲苦笑，想起之前兩人的對話。

鳳駕一路前行，眼看就要駛入朱雀大街了，蕭啟突然露出一個莫測的笑容，湊到她耳邊。「姚姑娘是個聰明人，眼下有一個對妳我雙方都有利的交易，不知妳有無興趣？」

姚婧婧驀然抬頭，一臉驚訝地問道：「什麼交易？」

「妳得罪了衛大小姐，她自然會想方設法地打擊報復，首當其衝的便是妳辛辛苦苦創立起來的杏林堂，這世上的人最擅長捧高踩低、見風使舵，到時候只須衛大小姐動動嘴皮子，妳這麼長時間以來的心血可就全部付諸東流了。」

姚婧婧的心不自覺地往下沈了沈，她知道蕭啟所說皆為實情，並無一絲一毫的誇張。

「誰讓衛家位高權重呢？若真走到那一天也是沒辦法的事，大不了我就帶著屬下重新找個地方，一切從頭開始，天下之大，我就不相信沒有我杏林堂的容身之地。」

「哈哈哈，妳倒是想得開。」蕭啟突然發出一聲怪笑，一個抬手扯住姚婧婧的胳膊，輕輕一用力就將她整個人拽到自己懷中。

「你幹什麼？趕緊放開我！」姚婧婧嚇了一跳，立刻用手撐住蕭啟的胸膛，想要從他的懷裡掙脫開來。

然而蕭啟卻絲毫不打算給她這個機會，不僅用強而有力的臂彎圈住了她纖不盈握的細腰，還將自己的一條大腿放在了她胡蹬亂踹的兩條腿上，那曖昧的姿勢讓一旁伺候的丫鬟個個臉紅心跳，紛紛低下頭裝作沒看見。

姚婧婧又羞又惱，簡直連殺人的心思都有了。這個蕭啟自以為救了她一命就可以為所欲為嗎？竟然在光天化日之下當著眾人的面行此輕薄之舉，難道真以為自己拿他沒辦法？

姚婧婧的手朝著自己的袖間摸去，還沒來得及觸碰到那把堅硬的匕首，這個男人就像是看透了她的心思一般，死死地扣住了她的胳膊。

「別動，這外面有好幾雙眼睛盯著咱們呢！姚姑娘行行好，就配合我演一齣荒淫無度、沈迷女色的戲碼給他們看看吧，否則讓他們如何回去給自己的主子交差呢？」

蕭啟的頭深深地伏在她的頸間，在外人看來，兩人是耳鬢廝磨、郎情妾意，難捨難分。

姚婧婧心中一凜，看來她的猜測一點也沒有錯，這些隨行的侍從中莫非有皇帝派來的暗探？姚婧婧突然嘆了一口氣，也罷，反正外面流言已起，自己也沒有什麼名聲可言了，索性就配合蕭啟在眾人面前演上一回，也算是給自己和杏林堂找一個依靠。

然而姚婧婧萬萬沒想到，自己的這個舉動卻讓她和這個男人從此以後有了斬不斷的牽絆。

這絕對是杏林堂開業以來生意最好的一天，一直到日落西山，依然是賓客盈門，可姚婧婧卻堅持提前關門，讓幾個受傷的屬下能夠早點回去休息。

回到住處之後，姚婧婧將自己反鎖在房中，對著案上的一點燭火冥思苦想。她努力讓自己的心緒回到喜堂上的那一刻，一身大紅喜服的孫晉維氣若游絲地躺在她的面前，而她的兩隻手指則緊緊地按住他的脈搏。

藥方寫完之後，她便親自將它交到了秦掌櫃手中。

「秦掌櫃，麻煩你想辦法把這張藥方送到王大小姐手中，就說這個方子能救她夫婿的命；可你要記住一點，無論如何都不能讓旁人知道這方子是出自我之手。」

秦掌櫃沒多問一個字，握緊手中的藥方，轉身消失在暗夜之中。

姚婧婧原本以為蕭啟會很快離開，畢竟依照當今的局勢，應該有很多急事等著他去處理，誰知他卻像個沒事人似的，不僅沒有絲毫打道回府的打算，還三天兩頭地往杏林堂跑，每每像個門神似的，一坐就是半天。

最近鋪子裡的生意節節攀高，姚婧婧整日裡忙得快要飛起來了，還得分神費心地伺候這位大爺，時間一長便耐不住性子了。

「殿下還打算在這裡賴上多久？民女開的是藥鋪，不是茶館，這偌大的臨安城有的是尋歡作樂的地方，您又何苦非要杵在這裡聞這衝鼻的苦藥味呢？」

此時蕭啟正饒有興趣地對著面前的一大桌藥材挑挑揀揀，時不時還拿到鼻子下面仔細聞上一聞，那模樣和鋪子裡兩個剛招進來的小藥僮如出一轍。

「說來也怪，以前本郡王一聞到藥味就頭痛欲裂，最近卻突然感受到一種別樣滋味。古人有云，水聲不絕鳥聲好，藥草香氣人人懷，說的就是這個道理吧！」

姚婧婧忍不住翻了個白眼，蕭啟明擺著就是在裝傻，看來自己的逐客令還是下得太過含蓄。「郡王殿下，最近咱們杏林堂都快變成您的會客廳了，那些想要巴結您的各路神仙，還有慕名來瞻仰您風采的各家小姐都在大門口排起長龍了，您不能一直視而不見啊！」

蕭啟將下巴往前一抬，一臉洋洋得意地說道：「那又怎樣？那些人走的時候可都沒有空著手啊！妳鋪子裡的收入也因此成長不少吧？這可都是本郡王的功勞，妳一定要知恩圖報啊！」

姚婧婧簡直快要被氣笑了，忍不住雙手扠腰衝著他大吼道：「這不是賺多賺少的事，我開的可是藥鋪，被你這麼一攪和，那些真正需要看病、抓藥的病人卻不能得到及時有效的治療，這簡直就是對醫療資源的浪費。」

蕭啟一臉無辜地眨了眨眼，也不知聽沒聽懂姚婧婧所說的話。

好不容易結束一天的工作，姚婧婧看著頭頂高懸的彎月，突然心思一動。再過幾日就是中秋夜了，她離家已有三個多月，不知爹娘和幼弟在家中過得可好？她的心裡還真是有點想他們呢！

蕭啟對她的心思卻全無所知，他只覺得自己聞了一天的藥味，此時早已是腹中空空，便又拉著姚婧婧陪他去吃宵夜。

可已經這個時間了，城中大部分的街道都已宵禁，幾個可憐的轎伕好一通奔走才在一個小巷子裡尋到一個還未打烊的宵夜攤子。

這樣的小攤子自然沒有什麼珍貴的食材，標準配備就是一碗冒著熱氣的小餛飩、一碟剛出鍋的炸果子，再加上幾塊浸滿湯汁的油豆腐。

蕭啟雖出身皇族，卻是個能屈能伸的主，這樣簡陋的環境與粗鄙的吃食並沒有讓他打退堂鼓，他吩咐隨行的下人將轎子停在巷口，自己帶著姚婧婧摸黑走過半條小巷，最後才在露天的小桌旁坐下。

賣宵夜的是一對頭髮花白的老年夫妻，老漢主廚，老婦則負責收拾碗筷、收錢找零。

看著蕭啟餓到不行的模樣，姚婧婧從懷裡掏出兩顆碎銀子塞到老婦手中，讓她趕緊拿現成的多上一些。

蕭啟對這些尋常吃食似乎很感興趣，一頓狼吞虎嚥後，桌上便多了一大疊空碗。

「妳怎麼不吃？這餛飩味道真不錯，妳也嚐嚐吧！」看到姚婧婧坐在那裡一動也不動，蕭啟便自作主張地將一碗剛上桌的餛飩推到她的面前。

姚婧婧呆了片刻，終於慢慢地拿起勺子，可剛剛嚐了一口，眼淚便像決堤的洪水，大顆大顆地滴落下來，在碗裡蕩出幾圈漣漪便消失不見了。

這樣的場景如此熟悉，就連這餛飩湯的味道都這般相像，可當初陪在身邊的那個人，如今卻變得這般悽慘。

蕭啟很快發現了姚婧婧的異常，在他的印象中，眼前這個女人就算面臨瀕死的絕境也沒有當著他的面這樣哭過，這讓他頓時手足無措起來。「怎麼了？發生什麼事了？妳若是不喜歡吃，那咱們就不吃了。」蕭啟一把將她手中的勺子搶過來。

誰知姚婧婧卻哭得更凶了，連一旁收拾桌椅的老婦都被驚動過來。

「你這個莽漢，這大半夜的，你媳婦還肯陪你出來吃吃喝喝，你怎麼忍心惹她生氣？她哭得這麼傷心，看得我這個老太婆都想跟著一起哭了。」

姚婧婧的哭聲戛然而止，媳婦？什麼媳婦？天這麼暗，這位老奶奶只怕連他們兩人的面相都沒看清楚就這麼自以為是地認為他們是兩口子？

可該解釋的還是得解釋，姚婧婧抹了抹眼淚，委委屈屈地說道：「奶奶，您誤會了，我根本就不是他媳婦，我和他一點關係都沒有。」

老婦立即伸出一根手指作噤聲狀。「小閨女，這話可不能瞎說，兩口子過日子哪有不磕磕絆絆的？當初我和我們家老頭子剛成親時，我也經常嚷嚷著不給他們家當媳婦了，現在想想，那時候還真是有趣得緊呢！」

此時攤子上並無別的客人，老漢聽到老妻的話，立即扔掉手中撈麵的漏勺，對著老妻揚聲喊道：「妳還好意思說，當初妳一心想跟妳表哥，結果人家對妳根本沒有半分情意，最後妳才不情不願地嫁給了我，結果成親之後還三天兩頭地在家裡跟我鬧騰，後來我一氣之下給妳寫了一封休書，這才把妳治了下來。」

姚婧婧聽得心裡直犯嘀咕，這對老夫、老妻看起來既和諧、又融洽，那種同甘共苦、相濡以沫的真情流露是騙不了人的，可誰能想到這一切美好的開端卻滿是狗血與瑣碎。

老婦似乎看出姚婧婧心中的疑惑，索性拉過一張板凳在兩人身旁坐下，開始絮絮叨叨地講述她與丈夫這一路走來所經歷的喜樂悲歡。

雖然大多都是一些不起眼的瑣事，可從老婦的嘴裡說出卻多了一絲嬌嗔的愛意。

一旁的老漢一邊忙著手裡的活兒，一邊豎著耳朵仔細地聽著。

雖然兩人都已年近古稀，可不經意間的小小互動卻比剛剛墜入情網的年輕人還要甜蜜。

姚婧婧聽得入神，蕭啟似乎也被這份真摯而淳樸的感情所打動，兩人心中不約而同地生出一絲感悟——也許這才真正叫「執子之手，與子偕老」吧！

第九十二章　大仇得報

由於昨兒夜裡睡得太晚，今天姚婧婧難得地賴了一次床，等她收拾妥當匆匆忙忙地趕到杏林堂時已經臨近中午了。

今日的杏林堂看起來有些古怪，原本任何時候都亂騰騰的後院竟一反常態的安靜，她好奇地伸頭望了望，只看到一個既熟悉、又陌生的身影。

距離孫晉維大婚已過去半月有餘，他的氣色看起來比之前好了很多，只是身材依舊消瘦，一件花青色的玉錦長袍穿在他的身上竟顯得有些空盪盪。

姚婧婧突然感到一陣心痛，自從上次聽阿慶講了這大半年來發生在他身上的事情後，她的心裡便總覺得沈甸甸的，甚至莫名地有一種難以言喻的歉疚感。

如果當初自己不是那樣的絕情，或許這一切的悲劇都可以避免？

「你怎麼來了？身上的傷好些了嗎？快坐下說話。」

孫晉維的眼眶紅紅的，似乎剛剛哭過的樣子，可在轉身面對姚婧婧的一剎那，他的臉上便不由自主地漾起一個溫暖的笑容。

「剛剛路過這裡便不由自主地走了進來，這杏林堂比我想像中更加厲害。婧婧，妳真的很棒。」

姚婧婧扯了扯嘴角，卻擠不出一個豁然的笑容，面對著這位曾經同甘共苦的隊友，她的心裡還是充滿了遺憾。「這是……血！你受傷了？」

就在孫晉維轉身落坐的一瞬間，姚婧婧居然在他的衣角處看到一片殷紅的血漬，看樣子還沒有乾透。

面對著姚婧婧緊張無措的樣子，孫晉維卻擺擺手笑了起來。「別急，這不是我的血，我只是剛剛去了一趟刑場而已。」

姚婧婧愣了一下，好半天才反應過來。「今天是孫夫人和孫晉陽受刑的日子？」

在孫晉維入贅王家的當日，知府大人就下令將那對惡貫滿盈的母子倆給押入大獄，連帶著孫夫人的娘家都受到了影響。

由於此事涉及到知府家人，審案的官員自然是雷厲風行，十分盡心，短短幾日時間不僅搞清楚了他們奪取家財、買凶殺人的事實，還將孫晉陽以往尋釁滋事、姦淫婦女的惡行全都翻了出來。

事已至此，根本無須孫晉維刻意打點，這對囂張了半輩子的母子倆就被判了斬立決。

可讓姚婧婧感到有些意外的是，孫晉維竟然會親自去觀刑，其實這對他來說又何嘗不是一種折磨？

一個是他從小喚到大的母親，另外一個更是與他血脈相連的手足，雖然他們之間有千仇萬恨，可當他親手將他們送上刑場的那一刻，他的內心一定是百感交集、心潮澎湃。

雖然他此刻努力維持著臉上的笑意，可姚婧婧還是輕而易舉地看出了他心裡隱藏的悲涼與哀傷。「法網恢恢，疏而不漏，這原本就是他們咎由自取，你根本不需要有任何負擔。」

孫晉維輕輕地搖了搖頭，嘴角露出一絲苦意。「婧婧，妳不知道我有多羨慕妳，不管是貧窮還是富貴，都有家人不離不棄地守護在妳身旁，這種感覺我只怕窮盡一生都無法體會到了。」

姚婧婧深知畸形的家庭關係對每一位家庭成員都影響深重，然而孫家的每一個人，從孫老爺開始就沒能站穩自己的定位，更沒有肩負起自己身上的責任，因此從某種意義上來說，今日的悲劇是一種必然。

孫晉維終於長長地嘆了一口氣。「也罷，死就死了吧，從此以後我便是孑然一身，落得個逍遙快活。」

姚婧婧抬頭望了望他，忍不住潑了一盆冷水。「你可別忘了，你現在是有家室的人，既然你已明白了問題的關鍵所在，那就從此刻開始盡力彌補，不要讓這種悲劇再一次重演。」

孫晉維微微愣了一下，神情中突然充滿愧意。「岳父一家對我恩重如山，可我卻注定只能讓他們失望；尤其是子衿，明知道我接近她是另有所圖，卻依舊一如既往地對我好，我欠她的，這輩子都無法還清了。」

姚婧婧聽得一頭霧水。「你這話是什麼意思？難道你和她……」

「我和她原本就是兩個世界的人，她單純、驕傲，一看就是一個從小被照顧得無微不至的小姐，我也不知道當初她為何會看上我這個將死之人，即便我需要借助知府大人的力量報仇雪恨，卻不願意因此而欺騙她；可我沒想到她明知我對她沒有感情，卻依然固執地要與我成親，她甚至和我打了一個賭，如果三年之內我沒有心甘情願地愛上她，她就會放手還我自由。」孫晉維說話的語氣間滿是無奈，事實上他早已被這位做事毫無章法、思想天馬行空的千金大小姐給弄得沒了脾氣。

姚婧婧忍不住瞪大眼睛。「這位王小姐還真是有趣得緊，如今像她這樣忠於內心、敢於追求自己幸福的女子實在是太少了，既然你們已經成了親，為何不靜下心來好好與她相處？說不定最後誤打誤撞還能成就一段美好姻緣呢！」

「她是一個很有自信的姑娘，可她不明白的是，愛上一個人很容易，想忘掉一個人卻很難、很難。」

孫晉維的話明顯意有所指，場面瞬間變得有些尷尬。姚婧婧正想著該如何勸導他拋開過去，開始新的生活，他卻猛地站起身。

「對不起，我只是想找個人傾訴一下，妳千萬不要因此而感到困擾。」

姚婧婧跟著站了起來，一邊搖頭，一邊衝著他露出一個了然的微笑。

「千萬不要給自己的人生設限，你現在最該做的事就是養好身體、整理好自己的心情，說不定有一天你會突然發現，最該珍惜的人就在自己的身邊。」

孫晉維有些木然地點了點頭，和姚婧婧告辭之後便轉身離開了，也不知他究竟聽進去了幾分？

姚婧婧看著他的背影，深深地嘆了一口氣。果然是造化弄人，希望王大小姐的心願能夠早日達成。

不知為何，這段日子姚婧婧總是心不在焉，就連鍘個草藥都能割傷自己的大腿，她實在是被自己蠢哭了。

更誇張的是，就這麼點小傷，她已經被白芷強行按在床上躺了三天，這讓一刻都閒不下來的姚婧婧感覺無比憋屈，再這樣下去她怕是真的要悶出毛病來了。

「小姐，奴婢這可都是為您好，前兩日郡王殿下來看您時還特意再三叮囑奴婢，一定要將您照顧妥當；雖然您是傷在腿上，可萬一留下疤痕那也有損您的玉體啊！我聽彩屏姑娘說過，皇家的規矩可大了，但凡嫁進去的女子在成親之前都要經過嚴格的身體檢查，有惡病、隱疾的不要，面相醜陋的不要，就連這些小磕小碰都會遭人非議呢！」

姚婧婧頓時覺得頭大無比，白芷這丫頭自從公主府回來之後就跟中了邪似的，認定蕭啟有意娶她為妻，完全不顧她的意願以及擺在眼前的實際情況。

姚婧婧越想越不對勁，最後還是忍不住開口質問道：「妳到底是誰的丫鬟？那個蕭啟究竟給了妳多少好處？我看他的話對妳來說簡直比聖旨還要管用，我這座小廟怕是供不起妳這尊大佛了，妳趕緊收拾收拾搬去公主府吧！」

白芷一看自家小姐真的惱了，立刻笑咪咪、一臉討好地貼了上去。「小姐，奴婢這可都是為您好，您也該好好為自己考慮考慮，我看郡王殿下是真的對您動了真心，想想他假扮老馬護送我們那會兒，對您的照顧可謂是無微不至。堂堂一個郡王爺能做到這個分上實在是難能可貴，反正眼下也沒有更好的選擇，您就試著多瞭解一下嘛，說不定會有什麼意外之喜呢！」

姚婧婧惡狠狠地彈了一下她的額頭，怒聲斥道：「妳是不是瘋了？妳以為郡王殿下真的是吃素的？就憑咱們的身分與處境，惹上他純屬自找苦吃。」

姚婧婧的話音剛落，就聽到門外傳來胡文海刻意提高音調的呼喊聲。

「郡王殿下，您慢點，昨晚上剛下過一場小雨，這一路臺階可滑著呢！」

姚婧婧心裡一驚，這個蕭啟近來越發過分了，簡直把她這座小院當成了自家的後花園，連招呼都不打一個，什麼時候想來就來，讓人防不勝防。

此時再梳妝打扮明顯已經來不及了，白芷眼疾手快地替姚婧婧把被子蓋好，慌慌張張地用手理了理她雞窩般的亂髮。

姚婧婧對此卻不甚在意，反正她在蕭啟面前早已沒有什麼形象可言，也不在乎多邋遢一點。

蕭啟似乎對姚婧婧住的這座宅子很是不滿，一邊背著手往裡走，一邊板著臉不斷地抱怨。

「聽說你們大東家近來掙了不少銀子，怎麼連換個好點的住處都捨不得？這個鬼地方環境實在是太差，住的人口又多，本郡王是一百個瞧不上，等回去之後本郡王立即派人在這附近好好尋一尋，買一處風景清幽、寬敞明亮的新宅送給這個小守財奴。」說話間，蕭啟已經大踏步地闖進了內室。

姚婧婧不僅沒有笑臉相迎，反而對他擺起了臭臉。「郡王殿下若真是有錢沒處花，城西的橋洞子裡住著許多無家可歸的乞丐，你若是能給他們提供一個擋風遮雨之所，他們一定會把你當成活菩薩一樣供著的。」

蕭啟似乎沒有聽明白她話語中的譏諷之意，大手一揮，一臉坦然地答道：「他們自有官府操心，跟我這個只會混吃等死的閒散郡王有什麼關係？本郡王之所以會有這些提議，只是想讓妳住得舒服一些而已。」

姚婧婧低了低頭，朗聲道：「多謝郡王殿下費心，不過我覺得住在這裡已經夠舒服了，一時半刻並沒有遷居的打算，殿下既然瞧不上我這寒舍，也不必總是紆尊降貴，委屈自己往這裡跑。」

白芷生怕自家小姐這態度惹惱了蕭啟，連忙搶在前面賠罪道：「那個，奴婢給郡王殿下請安。殿下今日怎麼這般早？小姐腿傷未癒，無法起身相迎，還望殿下能夠體諒。」

蕭啟哈哈一笑，順勢挨著床邊的椅子坐了下來。「好說，這一大早的，妳們主僕兩人在悄悄說什麼呢？」

白芷立刻噘著嘴打起了小報告。「回稟郡王殿下，小姐一連在床上躺了幾日，心情煩悶，直嚷著要出門散心呢！」

蕭啟聽後立刻變得一臉嚴肅。「那怎麼行，妳身為一個大夫，怎麼連這點自覺都沒有？傷口沒有長好之前，妳哪裡都不准去。」

「我真的已經沒事了，你們自己看，我求求你們放過我吧！」情急之下的姚婧婧一把踢掉身上蓋著的被子，撩開裙角，露出光潔如玉的膝蓋，證明自己所言非虛。

蕭啟似乎被她突如其來的豪放做派給嚇住了，雙頰上竟然破天荒地露出一絲緋紅。

「天啊！小姐！」白芷險些被自家小姐如此大膽的行為給嚇破了膽，連忙撲上前扯過被子，將她裸露在外的肌膚遮起來。

「妳這個女人真的是……」蕭啟暗自鬆了一口氣，換上一張古板威嚴的面孔，開始對著姚婧婧說教起來。「看來本郡王有必要給妳講一講什麼叫做婦女四德，所謂四德指的就是婦德、婦言、婦容、婦功。身為女子儀態要端莊柔順，必須遵循行不露足、踱不過寸、笑不露齒、手不上胸的原則。妳看看妳，隨隨便便就裸體、露足，言行舉止極盡粗魯，沒有一點閨閣女子的柔美之態，實在是失禮至極。」

姚婧婧聽了這話後非但沒有露出半點慚愧之意，反而一臉不服氣地瞪了回去。

「這是我的臥房，殿下不經允許就闖進來，和那些登徒子有何區別？你又有什麼資格責備旁人失禮？再說了，這是我的私人領域，我想怎麼穿就怎麼穿，想怎麼躺就怎麼躺，就算是天王老子也管不了。」姚婧婧說完猛地向後一倒，四仰八叉地躺在床鋪上，臉上的神情頗為不忿。

白芷勸不了自家小姐，只能滿含歉意地望了一眼蕭啟，祈禱他千萬不要因此而對姚婧婧心生厭惡。

其實白芷的顧慮完全是杞人憂天，在蕭啟的印象中，姚婧婧在他面前一直表現出與年齡不相符的成熟睿智，此時猛然看到她如同孩子一樣撒潑耍賴的一面，他竟然覺得莫名有幾分可愛。

一臉無措的白芷只能小心翼翼地對著蕭啟陪笑道：「郡王殿下，要不還是請您到外間稍候片刻，等奴婢先伺候小姐漱洗穿衣之後再陪您說話？」

「誰要陪他說話？」姚婧婧毫不客氣地下了逐客令。「民女言行粗魯，唯恐衝撞了殿下，您還是到別處消遣吧！」

蕭啟掩去眼角的笑意，故意一本正經地開口問道：「妳確定妳要一直這樣躺下去？」

「哼！」姚婧婧冷哼一聲，將頭轉向靠牆的一側，如今她只能用這種辦法表達滿腔的抗議。

「唉！看來這難得一見的熱鬧只有本郡王一個人去看了，想想還真是可惜啊！」蕭啟一邊說，一邊搖頭晃腦地轉過身作勢要推門離去。

「站住！」一聽到「熱鬧」兩個字，姚婧婧整個人像觸電一般從床上一躍而起，她也知道自己的行為很沒出息，可沒辦法，蕭啟拋出的誘惑實在讓她無法拒絕。「什麼熱鬧？哪裡有熱鬧？你終於肯讓我出門了？」

蕭啟將頭抬得高高的，滿臉自負地答道：「妳一個人出去自然是不行，不過有本郡王陪著那就另說了。妳趕緊起床更衣，本郡王耐心有限，可等不了多久。」

事實證明，口是心非並不是女人的專利。蕭啟今日原本就是特意來接姚婧婧出去散心的，為了讓姚婧婧少走兩步路，他險些命人將大門給拆了下來，最後硬生生地將一頂兩人乘的八抬大轎給擠了進來。

終於能「重見天日」的姚婧婧心中無比雀躍，再加上腿上的傷口早已結痂，她更是沒有絲毫顧慮地推開白芷攙扶她的手，抬起一隻腳，一路蹦蹦跳跳地來到了轎旁。

蕭啟的臉色一沈，他剛說了那麼多，這個女人卻全當成了耳邊風，實在是朽木不可雕也。

姚婧婧哪裡知道他的心思，她雙手撐著轎沿，正躍躍欲試想要凌空而起，卻突然覺得身子一輕，下一刻她就被蕭啟攔腰抱起，扔進了轎廂中。

胡文海猛地上前一步，發出一聲驚呼。「大東家！您沒事吧？」

白芷也慌裡慌張地想要跟上前，卻被蕭啟一個淡淡的眼神給定在了原地。

「有彩屏在身前伺候，你們就不用跟著了。」

「是。」

不管白芷和胡文海兩人願不願意，只能眼睜睜地看著這頂八人抬的大轎原路出了大門，轉眼消失在巷子的盡頭。

第九十三章 散心

久違的陽光讓姚婧婧的心情格外舒暢，不知不覺間她似乎已經習慣了和蕭啟擠在一頂轎子裡四處同遊。臨安城裡的大小風景已經快被他們給逛遍了，她實在想不出他口中的「熱鬧」到底是什麼樣的場景？

經過這段時間的相處，彩屏對她的習慣與喜好早已謹記於心，不用吩咐就給她端上了一杯熱氣騰騰的茉莉香茗。

「姚小姐，您還沒吃早飯吧？殿下讓我準備了新鮮的茶點，您先墊墊肚子。」

姚婧婧笑嘻嘻地接了過來，一口氣飲了個乾淨，緊接著又抓起一塊桂花糕塞進嘴裡。說來也怪，原本一直躺在床上不覺得餓，怎麼一出門便覺得胃口大開呢？

「慢點吃，沒人跟妳搶。」蕭啟一臉嫌惡地皺了皺眉。原本他想趁此機會對她講一講大家閨秀的用膳禮儀，可轉念一想，估計她壓根兒不會放在心上，自己還是不必多此一舉了。

一頓狼吞虎嚥之後，姚婧婧滿意地打了一個飽嗝，拍拍肚子開口道：「請問殿下，咱們這是要往哪裡去？」

蕭啟撇了撇嘴，這個女人的臉變得還真是快，莫非是自己最近對她縱容太過？還記得歐陽老兒曾經對他說過，對待女人就要像打鐵一樣有張有弛，看來自己的確該好好思考一下了。

彩屏眨了眨眼，一臉神秘地問道：「再過幾日是什麼日子姚小姐難道忘了嗎？」

「中秋啊！怎麼了？」姚婧婧知道古人對中秋這個節慶的重視程度不亞於春節，可要說提前幾天就開始慶祝，那也有些太誇張了吧！

見自家主子沒有出聲反對，彩屏興致勃勃地繼續介紹道：「每到中秋之夜，大楚各地都會舉行規模不一的慶祝活動，最平常的就是賞花燈、燒寶塔、拜月神。自從淮陰長公主遷居臨安城後，便出資在城南修建了一座十丈高的祭樓，名曰『望月樓』。以往每到中秋這一夜，長公主殿下就會親自帶著城中的達官貴婦登上望月樓與民同慶；與別的地方有所不同的是，在慶賀活動完畢後，長公主殿下還會帶頭舉行一個捐獻儀式，所募集的錢財全部用來照顧那些失去雙親的孤兒，這項義舉已經堅持了十多年，受此恩惠的孩子更是數不勝數。」

姚婧婧點頭讚道：「長公主殿下雖身居高位，卻時時刻刻心繫百姓，這樣的善舉的確應該傳承下去。」

「姚小姐說得沒錯，長公主殿下也是這樣認為的，今年她雖然遠在千里之外的京城，不能親自到場，可還是早早地將這件事託付給郡王殿下。」

「你?!」姚婧婧的嘴巴張得老大，難以置信地瞪著斜靠在榻上的蕭啟，讓這個只知浴血廝殺的冷血男人去搞慈善？也太違和了吧！

「妳這是什麼意思？」蕭啟的面色一沈，用陰鬱的眼神盯著這個膽大包天的女子。

姚婧婧預感到危險來臨，立刻換上一張諂媚的笑顏。「郡王殿下義薄雲天，定能當此重任，只是這跟咱們今天去的地方有什麼關係嗎？」

的。

「當然有關係。」

彩屏說話的語氣聽起來頗為興奮，小姑娘家家的就算行事再穩重，也沒有幾個不愛熱鬧的。

「聽說每年的慶賀儀式上除了既定的祭拜活動，還有一些歌舞雜耍表演，吸引全城的百姓都趕來圍觀。前些日子長公主在京城無意間看到了一種來自外邦的馴獸表演，覺得非常有趣，所以特意命他們在中秋之前趕來臨安城，好讓全城的百姓在中秋之夜能大飽眼福。」

「馴獸表演？」姚婧婧立刻來了興趣，還記得小時候放暑假時她最期盼的事便是跟爺爺一起去看馬戲團的表演，鑽火圈的老虎、甩大繩的大象、騎自行車的鸚鵡，還有總能惹得人捧腹大笑的小丑，每一樣都讓她印象深刻。

蕭啟放下手中的茶盞漫不經心地說道：「這倒是個稀罕物，不過大過節的，還是安全最重要，所以本郡王命令他們今日先在府衙內小範圍地表演一次，就當是提前彩排了。」

說話間，已到了地方，府衙的大門一路大開，轎伕徑直將兩人所乘坐的轎子抬到府衙的後堂，那裡有一處開闊的場地，剛好適合觀看馴獸表演。

蕭啟率先從轎子上下來，知府王大人立刻帶著幾位屬下跪地迎接，身後看臺上的女眷們也一道起身向他屈身行禮。

誰知蕭啟連看都沒看他們一眼，轉身掀開轎簾，一臉泰然地對著轎子內伸出手。

姚婧婧微微有些發愣，這個蕭啟腦子裡到底在想什麼？如此深情款款的模樣，讓她有一瞬間的恍惚，若說是故意做給別人看的，這戲也太足了吧？

當蕭啟牽著姚婧婧的手施施然地走到眾人面前時，那些在場的官家小姐們個個都跟得了紅眼病似的，眼神中充滿了憤恨與幽怨。

姚婧婧不自覺地縮了縮頭，此時的她就像一個被推到明處的靶子，接受著眾人的輪番掃射，卻偏偏連一句冤都沒法喊。

在看臺最中間的涼棚下坐著整個臨安城身分最為高貴的命婦，一年來一直纏綿病榻的老衛國公夫人。以她如今的狀態原本並不適合出席這樣的場合，可衛老夫人深怕那個不省心的孫女再闖出什麼亂子讓衛家蒙羞，也只能強打起精神陪著她一塊兒來了。

自從上回帶人在杏林堂鬧事被蕭啟給懲治了一頓後，衛萱兒的的確確安分守己了好一陣子，因為她害怕祖母一氣之下真的將她遣送回京城。

追隨蕭啟的腳步已經成為她生命中最為重要的事情，就算碰得頭破血流她也不甘心就這樣放棄，尤其是看到自己可望而不可及的男人竟然對一個卑賤到塵埃裡的死丫頭如此體貼入微，她肚子裡的醋罈子就如同翻江倒海一般，一發而不可收拾。

「今日託皇姑母的福，咱們才能聚在這裡看個新鮮，大家切莫拘謹，一切隨心所欲，怎麼高興怎麼來，就當本郡王不存在。」蕭啟並不打算多言，打了個哈哈就拉著姚婧婧的手走到了衛老夫人右手旁的座位坐定。

王大人連忙派人去後臺請那些馴獸師準備入場。

姚婧婧四下裡看了看，發現今日來的女眷還真是不少，凡是城中排得上號的官員家屬幾乎全都來了，把偌大的府衙擠得滿滿當當的。

彩屏從一名下人手中接過茶點與果盤放在桌上，蕭啟卻從頭到尾連看都沒看一眼。姚婧婧知道他在某些方面格外的謹小慎微，這也是吃過多少暗虧才積累下來的經驗教訓。

衛萱兒氣鼓鼓地噘著嘴，雖然沒有說話，可一雙閃著寒光的丹鳳眼像是一把鋒利的尖刀，牢牢地扎在姚婧婧的臉上。

好在姚婧婧的免疫力已經被訓練得相當強悍，對於那些惡意的目光完全視若無睹，只是興致盎然地伸長脖子想要看看這個馬戲團究竟有什麼稀奇的動物。

就在此時，彩屏偷偷地用手戳了戳她的胳膊，姚婧婧回過神順著她手指的方向，看到隔壁桌的衛老夫人正帶著一臉疲憊的笑容衝她點了點頭。

姚婧婧有些愕然，細論起來衛老夫人對她算是不錯的，當初她暫居衛國公府時衛老夫人一直對自己以禮相待，而她對這位性格清冷的貴夫人也頗為敬佩。

可自從老衛國公暴斃後，她再面對這個一夜之間衰老到極致的老夫人時心中便總覺得有一種莫名的愧意，如果當初自己再謹慎一些，有些悲劇是不是可以避免？

姚婧婧原本以為衛老夫人只是出於禮貌跟她打個招呼，為示恭敬她微微起身回了一禮，結果衛老夫人似乎很開心，竟然衝著她招了招手。

這一下姚婧婧徹底傻了眼，衛老夫人的意思很明顯是想邀她上前一敘，可有衛萱兒虎視眈眈地守在前面，她實在不想去觸這個霉頭。

這些細節自然逃不過蕭啟的法眼，他的神色微動，對著姚婧婧點頭道：「去吧，老國公去世這麼久，衛老夫人一直噓歌傷懷，念彼碩人，看得出她對妳與旁人不同，反正現在表演還未開始，妳去陪她說說話也好。」

姚婧婧默默地嘆了一口氣，在彩屏的攙扶下緩步來到衛老夫人面前，屈下身行了一個大禮。「民女給衛老夫人請安，願老夫人身體康健，福壽萬年。」

「姚姑娘不必多禮，快坐到我身邊來，讓我好好看看。」衛老夫人滿臉笑意地伸手扶起她，將她拉到自己右手邊的空位坐下。

衛大小姐見此情景，立刻氣得七竅生煙，姚婧婧的舉動在她眼中就是赤裸裸的挑釁。「真真是厚顏無恥，妳以為勾引上郡王殿下就可以麻雀變鳳凰了？我呸！也不看看這是什麼地方，像妳這樣的下賤貨根本就沒有資格坐在這裡。」

衛老夫人猛然變了臉色，瞪著眼睛厲聲喝斥道：「放肆！衛萱兒，妳忘記妳是怎麼向我保證的了？姚姑娘曾經為了妳祖父的病情盡心盡力，是我衛家的功臣，妳若是再敢對她無禮，小心我家法伺候！」

「祖母！」衛萱兒又急又氣，看起來委屈極了。「那陸倚夢好歹和衛家沾親帶故，您偏袒她也就算了，可這個害死祖父的庸醫與衛家有不共戴天之仇，您怎麼能把她奉為座上賓？祖父在天之靈能答應嗎？」

衛老夫人氣得渾身發抖。「一派胡言！原本以為再三受挫會讓妳長點教訓，誰知妳還是一樣的冥頑不靈，趕緊給姚姑娘道歉，否則我今日絕饒不了妳！」

「祖母！」

衛萱兒的臉脹得通紅，看起來簡直有一千個不願意、一萬個不服氣。

姚婧婧淡淡一笑，輕輕搖頭道：「不必了，老夫人的好意民女心領了，只是衛大小姐似乎對民女成見頗深，怕不是一朝一夕能夠更改的。」

「哼，算妳還有些自知之明，祖母既然有話問妳，那妳就好生伺候著，本小姐看見妳這副尖嘴猴腮的模樣就想吐，與妳同席簡直是我的恥辱。」衛萱兒說完一甩衣袖，一臉傲然地起身坐到鄰座相熟的小姐們身邊去了。

衛老夫人看起來很是無奈，歉疚地拍了拍姚婧婧的手。「實在對不住，這丫頭的主意太大，我這把老骨頭已經約束不了她了。」

「老夫人不必介懷，這件事和您一點關係都沒有，民女絕不會因此而心生怨懟。」

「好好好，我就知道妳是一個懂事的。當初辭音把妳帶到我面前，第一眼我就看出妳絕非池中之物，假以時日必定有非常之造化。」衛老夫人的神情極為鄭重。

如此盛讚倒讓姚婧婧覺得受之有愧，瞬間紅了雙頰。

「聽說最近杏林堂的生意一飛沖天，我心裡著實為妳感到高興，毫不誇張地說，妳是我見過的所有大夫中醫術最為高明的，就連那些久負盛名的御醫也不及妳的一半。」

姚婧婧連忙一臉惶然地低下頭。「民女只是一個寂寂無聞的小醫女，承蒙老夫人高看一眼，心中感激涕零。」

衛老夫人的誇讚卻並未就此停止。「姚姑娘不必謙虛，我說的都是心裡話。在旁人眼中，妳能得到郡王殿下的垂憐實在是三生有幸，可事實卻是郡王殿下獨具慧眼，才能夠發現妳這塊遺落在民間的璞玉。」

姚婧婧突然感覺有些不對勁，雖然說衛老夫人可能會因為蕭啟的緣故對她高看一眼，可自己的身分畢竟擺在那裡，衛老夫人完全沒有必要像這樣曲意地奉承，刻意地討好。

「唉，姚姑娘應該也看出來了，如今的我不管是身體還是精神都與往常無法比擬，好在兒孫大多爭氣，也不需要我這個老太婆多操心。良弼三番五次來信說要接我去京城安享晚年，可我卻覺得一個人待在這老宅子裡反倒自由快活，何必非要過去惹人不快？」

姚婧婧知道衛老夫人與自己的媳婦，衛大小姐的親娘，新一任的衛國公夫人之間的關係並不和睦，可這話她一個外人實在無法插嘴，只能低下頭裝作一副聽不懂的樣子。

「要說如今還有什麼能讓我老太婆感到傷神的，也只有那個不知天高地厚的死丫頭了。」衛老夫人突然將話音一轉，一臉憂心忡忡地望著前方不遠處自家孫女的背影。「姚姑娘，說來不怕妳笑話，這個丫頭自從出生起就被我衛家寄予厚望，可她偏偏非要背道而馳，將一手好牌打得稀爛。她如今的年紀也不小了，要不是她自己作死，現在怕是早已成為地位尊崇的純王妃了。」

「純王？」姚婧婧對皇家之事並無深入的瞭解，可這個封號卻讓她覺得有些耳熟，應該是倚夢在來信中曾經提起過。

「沒錯，我的嫡親女兒衛瓊音十四歲時便奉召入宮，被當今聖上親封為正二品昭容，兩年後因誕育皇子有功又被晉升為正一品賢妃，十幾年來一直榮寵不斷。前兩年皇上大肆封賞皇子，賢妃所生的皇八子雖然年紀最小，卻和那些有功的皇兄們一起被封為王，所得的賞賜與封地算起來還更為優渥一些。」衛老夫人說這話時，臉上帶著前所未有的驕傲神采。純王雖是皇子，可身上卻流有一半衛家的血統，已經逐漸成年的他不僅是衛家的依仗，更是衛家的驕傲。「賢妃一直有意與娘家親上加親，萱兒雖說比純王大上兩歲，可他們自幼相識，也能稱得上是青梅竹馬，原本應該是最好的人選。只可惜啊，這個不成器的丫頭卻自甘墮落，如今她已壞了名聲，賢妃娘娘也慢慢地斷了這個念想，她的未來實在是堪憂啊！」

姚婧婧心裡縱然對衛萱兒有再多反感，可面對著這個將家族榮譽視為一切的老夫人，她還是不得不開口勸道：「老夫人不必思慮過重，兒孫自有兒孫福，衛大小姐畢竟出身名門，就算做不了王妃，未來之路也必定是一片繁花似錦。」

「我已經對她失望透頂，若是沒有合適的人家肯娶她，那就讓她娘一輩子養著她吧！這丫頭的腦子就是一根筋，所有人都能看出郡王殿下對她沒有絲毫情誼，可她偏偏撞到頭破血流依舊不肯回頭；現在她已將妳視為情敵，慾令智昏，我真的很怕她再做出什麼傷害妳的事情。」衛老夫人的語氣頗有些無奈之意，一手好牌被打得稀爛，若非衛萱兒是衛家新一代中唯一的嫡出女兒，只怕早就被徹底捨棄了。

「多謝老夫人的關心，民女會格外小心的。」

姚婧婧想起這件事就覺得有些頭痛，都怪這個自作主張的蕭啟，給自己惹來這無窮無盡的麻煩。

第九十四章 異獸

姚婧婧剛剛坐回蕭啟身旁，突然冒出來的一頭巨獸卻嚇得她瞬間驚出一身冷汗，險些一個不穩栽倒在地。

蕭啟臉上溢滿不懷好意的笑容。「哈哈，原來這個世上還有能讓妳害怕的東西，這可真是難得呢！」

姚婧婧惡狠狠地瞪了他一眼，其實與其他夫人、小姐們被嚇得花容失色、驚叫連連的場景相比，她已經算是非常淡定了，要怪就只能怪臺上的這個東西實在是太過嚇人。

雖然姚婧婧比這些古人多了好幾千年的思想和見識，卻依舊叫不出這頭異獸的名字。牠看起來足足有兩公尺高，被關在一個巨大的鐵籠中，四肢又粗又長，可以像人一樣直立起來，渾身上下布滿黑色的長毛，腦袋尖尖的，給人一種說不上來的怪異感覺。

牠的面目十分可憎，眼球爆出，青面獠牙，裸露在外的皮膚像樹皮一樣堅硬而粗糙，還覆著一些墨綠色的鱗片。也許是很長時間沒有清洗的原因，隔著老遠就能聞到牠的身上散發著一股濃重的腥臭之氣，聞之令人作嘔。

這頭異獸似乎早已習慣了這種牢籠內的生活，只見牠安安靜靜地坐在那裡，仰起頭用一種略顯哀傷的眼神看著頭頂上的藍天。

馴養這頭異獸的兩名馴獸師一看就不是本土人，雪白的肌膚、幽藍的眼珠、高挺的鼻梁，再加上滿臉的落腮鬍，姚婧婧猜測這兩人應該是屬於波斯或者阿拉伯人。

兩個洋人一張口就舒緩了眾人緊張的情緒，那一口蹩腳的京腔充滿喜感，讓人忍不住想要捧腹大笑。

「各位尊敬的賓客請不必緊張，這頭怪獸是我們在神秘的麥迪那大山深處捕捉到的，為了將牠運到這裡，我們一路經歷了千難萬險，花費了好幾年的光陰。我們給牠取了一個名字叫做『阿拉』，你們別看阿拉長相凶猛，事實上牠的性子很溫順，一定不會傷害各位的。」

為了證明自己所說沒錯，其中一個洋人馴獸師從隨身掛著的布袋裡掏出一個火摺子一樣的東西輕輕一拉，緊接著手中便如煙花綻開一樣突地冒出一股通紅的火焰。

姚婧婧敏銳地察覺到籠子裡的阿拉眼神一緊，像是受到了驚嚇一般，向後一縮。

洋人馴獸師慢慢地往前走了兩步，將手中的火焰伸到阿拉面前不停地揮動，那長長的火苗幾乎快要將牠的毛髮點燃。

「嗚啊！嗚啊！」阿拉臉上的神情已經由驚嚇變成了恐懼，牠伸出兩隻前爪抱住自己的頭，嘴裡不斷地發出如山呼海嘯一般淒厲的怪叫聲。

「哈哈哈！」

阿拉的表現終於讓眾人放下了心中的戒備，一個個開懷大笑起來，有幾個膽子比較大的男子甚至走到臺上近距離地觀察起這頭前所未見的異獸。

彩屏有些後怕地伸了伸舌頭，皺著眉頭輕聲道：「這世上怎麼會有這麼奇怪的畜牲？姚小姐見多識廣，可知道牠到底是個什麼東西嗎？」

姚婧婧一臉猶疑地搖了搖頭，她可以確定現代社會根本就沒有這種生物存在，只能說有許多不知名的物種隨著地球的發展慢慢絕跡了，連一個與之相關的傳說都沒有留下。「看牠的樣子倒像是黑猩猩與其他動物雜交後的變異品種，一般靈長類的動物都很聰慧，人類將自己的歡樂建立在牠們的痛苦上是一種非常不人道的行為。」

蕭啟的心中一動，他雖然對這樣的表演沒什麼好感，卻沒有姚婧婧想得這般深刻。這個丫頭的見識的確非一般的閨閣女子所能比擬，他突然覺得自己是撿到寶了。

彩屏原本就是心善之人，在姚婧婧的提醒下又轉頭盯著臺上看了看，臉上也露出不忍之色。「經姚小姐這麼一說，奴婢也覺得這個阿拉有些可憐。怎麼辦？咱們要不要讓這些洋人停手？」

彩屏的話音剛落，那位洋馴獸師突然將手中的火焰吹熄，對著臺下深深地鞠了一躬。

「各位尊敬的賓客，接下來咱們的表演正式開始，阿拉雖然樣貌醜陋，卻懷有一顆感恩之心，大家若是不信，請睜大眼睛好好觀賞吧！」

另外一位洋馴獸師從後臺拖出一個大大的木桶，裡面裝滿了一條條切好的生肉，看起來鮮血淋漓。

籠子裡的阿拉明顯已經餓到了極點，一聞到空氣中的血腥味便忍不住躁動起來。

洋馴獸師拿著一把鋼叉從桶裡叉出一塊大大的生肉遞到籠子裡，阿拉張開大嘴迫不及待地撲上前咬下，連嚼都沒嚼，肉轉瞬間就已經被牠吃下肚。

對於阿拉如此龐大的體形而言，這點東西連塞牙縫都不夠。牠趴在鐵柵欄上，用渴望的眼神目不轉睛地盯著自己的主人，那可憐兮兮的模樣看起來莫名讓人感覺有些心酸。

洋馴獸師對此卻無動於衷，只是拿起掛在脖子上的一只竹哨用力地吹了一下，發出一聲刺破空氣的尖利哨音。

眾人正感覺奇怪，籠子裡的阿拉卻像是收到了某種指示一般，撲通一聲跪倒在地上，雙手伏地，以一種笨拙的姿勢對著場下的觀眾磕起頭來。

臺下的貴人頓時覺得有趣極了，體形如此巨大的畜牲也要對自己卑躬屈膝，一種生而為人的優越感讓他們的心理得到了極大的滿足。

「不錯，這畜牲果然有幾分靈性，賞。」

為了獎勵阿拉的良好表現，洋馴獸師又從桶中叉了一塊鮮肉送入牠的口中。

而阿拉為了得到更多的肉，就更加賣力地磕頭，很快地額頭上就腫了一個烏青色的大包，看起來分外淒慘。

彩屏鼻子一酸，險些淌下淚來。「怪不得牠的腦袋看起來這麼奇怪，日復一日這樣的表演，新傷未好，又添舊傷，這樣下去什麼時候是個頭啊！這兩個洋鬼子為何如此殘忍？殿下，您快想辦法救救牠吧！」

蕭啟皺著眉沈思了片刻，轉向姚婧婧問道：「妳也是這樣想的？」

姚婧婧一臉平靜地搖了搖頭。「這個阿拉原本生活在杳無人跡的原始森林中，突然被帶到滿是人的地方，根本沒有能力生存下去，若是沒有這兩個馴獸師的飼養，牠只怕早就被人當成怪物給獵殺了。這兩個馴獸師不是慈善家，每日裡光是供給阿拉的食物就是一筆不小的開銷，他們這樣走南闖北的四處表演也是被生活所迫。」

蕭啟讚許地點了點頭。「沒錯，這頭異獸已經習慣了自己的主人，就算本郡王將牠從這兩個洋人手中要來，也沒有合適的人來照料牠，說不定反而會害了牠。」

彩屏有些羞愧地低下了頭。「是奴婢太心急了，還是殿下和姚小姐考慮得周詳。」

姚婧婧衝著她了然一笑。「沒關係，一會兒表演結束後，我去和那兩位馴獸師談談，看看可不可以贊助他們一筆錢，讓他們早一點踏上歸途，畢竟沒有幾個人願意過著長年累月漂泊在外的生活，也許回到熟悉的地方後，阿拉便不會像如今這般驚恐了。」

彩屏高興地跳了起來。「太好了，還是姚小姐的主意可靠，奴婢先代替阿拉謝過您了。」

蕭啟微微頷首，臉上也露出了一絲讚許之意。「主意是妳想的，那銀子就由本郡王來出吧！」

姚婧婧默默地翻了個白眼，這不是廢話嗎？隨著她對這位郡王殿下瞭解得越深，她心中的驚駭就越甚。

他隱藏於背後的實力比自己想像得還要大得多，除了錯綜複雜的關係網，還有富可敵國的巨大財富，隨便吐出來一點都比她這個勤勤懇懇、累死累活的小醫女身家豐厚。

阿拉吃肉的速度飛快，轉眼間木桶裡的鮮肉就去了一大半，正當所有人以為這個節目快到尾聲時，一身紅裙的衛萱兒突然站了起來。

「畜牲就是畜牲，看牠這胡吞海塞的模樣，本小姐都替牠感到噎得慌，今日本小姐就大發慈悲賞牠一盅酒喝，大家說好不好？」

衛萱兒的提議可謂是荒唐至極，但一個極盡所能想要巴結衛家的小官卻立即站起身出聲附和。

「還是衛大小姐體貼周到，都說酒壯慫人膽，這畜牲看起來呆頭呆腦的，喝上兩口小酒後說不定還能給咱們表演一齣醉拳看看。」

還有一些看熱鬧不嫌事大的看客也紛紛表示贊同。

衛萱兒頓時覺得自己這個風頭算是出對了，特意轉過頭用一種洋洋得意的眼神瞪了姚婧婧一眼。

姚婧婧覺得十分無語，這個衛萱兒簡直是在沒事找事，阿拉雖然性格溫順，可到底是獸類出身，萬一發起狂來那可不是開玩笑的。

「萱兒，休要胡鬧，趕緊給我回來。」

衛老夫人完全沒有料到衛萱兒竟然膽大包天地提出如此狂妄之舉，可此時衛萱兒與自己並不在同一席上，她就算再焦急也不好當著眾人的面去把衛萱兒扯回來。

衛萱兒早已不耐煩祖母的管束，對她的呼喚自然是充耳不聞。她命令在一旁伺候的下人即刻去準備一壺老酒，越烈越好。

單純又膽小的嚴小姐一臉緊張地拉了拉她的衣角，輕聲勸阻道：「衛姊姊，阿拉對生人似乎很抗拒，妳還是不要靠牠太近，萬一傷到了妳那可不是鬧著玩的。」

「哼，膽小鬼。」對於嚴小姐的好意提醒，衛萱兒卻是嗤之以鼻。「本小姐出身將門，繼承先祖的忠勇剛毅，豈是那些上不了檯面的小家子氣所能比擬的？區區一個畜牲如何會難得了我？」

彩屏憤憤不平地嘀咕道：「這個衛小姐又開始胡鬧了，殿下，您不打算制止她嗎？」

蕭啟神色陰鬱地回道：「由她去吧，她自己願意作死，誰又能攔得住呢？」

姚婧婧輕輕地搖了搖頭，衛萱兒是自作孽、不可活，但可憐的阿拉卻得跟著受罪，實在是有夠倒楣的。

很快地下人就拿來了一壺烈酒，衛萱兒將其接過後便神采飛揚地走到了臺上，她將酒倒入一只阿拉平日裡飲水用的瓷盆後，用鋼叉小心翼翼地將瓷盆推到阿拉眼前。

只是這點拙劣的障眼法根本欺騙不了嗅覺靈敏的阿拉，面對著那股沖天的酒氣，牠吸了吸鼻子，露出一臉嫌棄之意。

原本衛萱兒對這頭異獸並無多大興趣，只是想通過這種特立獨行的舉動來吸引蕭啟的注意，然而這畜牲竟是一點都不配合，反而讓她的行為顯得很愚蠢，一時之間她有些下不了臺。「哼！敢不聽從本小姐的命令，小心我一刀斬了你的狗頭。」惱羞成怒的衛萱兒不顧馴獸師的勸阻，用鋼叉胡亂去戳阿拉的身體。

受到驚嚇的阿拉腳下一滑，身子一歪，一下子栽倒在籠子裡，裝滿烈酒的瓷盆隨之被掀翻，飛濺的酒液兜頭灑了阿拉一臉，有一些還飛進了眼睛裡，阿拉頓時覺得眼睛裡像被燒著了一般，火辣辣地疼，這種感覺讓牠十分恐懼，牠立刻用雙手抱著頭，開始在籠子裡沒頭沒腦地橫衝直撞起來。

「嗶嗶。」洋馴獸師連忙拿起竹哨一陣猛吹，想讓阿拉鎮定下來，只可惜收效甚微。

「不識抬舉的東西，去死吧！」衛萱兒依舊不解氣，站在籠子旁邊揮舞著衣袖，不停地咒罵著。

衛萱兒那一身鮮紅的顏色越發刺激阿拉，牠突然直起身，用兩隻手抓住兩根鐵柵欄，用盡全力想要將其掰開。

眾人一開始並沒有將其當成一回事，畢竟那一根根鐵棍比小嬰兒的胳膊還要粗，要想輕易彎折它們根本就是不可能的事。

誰知，驚嚇的一幕很快就發生了，阿拉猛然間仰天長嘯，發出一聲飽含委屈與憤恨的嘶吼，緊接著粗壯的胳膊上竟然凸起了一個個小肉球，如此恐怖的力量簡直是人間難尋。

衛萱兒終於感覺到有些怕了，她匆忙轉身想要退回自己的位置，可顯然已經來不及了。

阿拉已經將兩根鐵棍生生地掰彎了，一隻比熊掌還要厚實的手掌從中間伸出來抓住了衛萱兒的衣領，幾乎不費吹灰之力就將她整個人提了起來。

「放開我！救命啊！救命——」

阿拉不知道衛萱兒的身分有多麼貴重，長長的指甲在她修長的玉頸上留下了一道觸目驚心的傷口，痛得衛萱兒快要暈厥過去了。

阿拉似乎對紅色非常厭惡，面上的表情焦灼又狂躁，最後牠的手腕一抬，竟然將衛萱兒整個人像拋沙袋一樣輕輕巧巧地拋了出去。

為了方便觀看，這座舞臺原本就搭得比較高，此時衛萱兒如同離弦的箭一般，整個人飛出去五、六十尺，最後才在空中劃出一道漂亮的弧線，頭朝下以倒栽蔥的姿勢倒向鋪滿青石板的地面。如此巨大的衝擊力之下，明眼人一眼就能看出衛大小姐今日怕是難逃此劫，就算不摔個腦漿迸裂，至少也會摔成半個殘廢。

「天啊！萱兒！」衛老夫人雖然對這個孫女一再失望，可到底是血脈至親，看到這副令人驚恐的場景，整個人不禁身子一軟，一下子癱軟在地。

就在眾人驚叫連連，甚至開始蒙起眼睛不忍目睹這血腥的一幕時，姚婧婧突然感到眼前一花，身旁的蕭啟如同閃電一般衝了出去。

一直到平安落地很久後，衛萱兒依舊呆若木雞，完全不敢相信眼前的一切竟然是真的。在她命如懸絲的緊要關頭，第一個衝出來救她的人竟然是她日思夜想的情郎！只能說幸福來得太突然了，蕭啟的胸膛比她想像中更加堅實，雖然只是剎那的親密接觸，可那種心悸的感覺卻足以讓她回味一生。

原來這個男人並不像他表現出來的那麼冷血無情，他願意不顧危險出手相救，是不是證明他的心裡對自己還是有些好感的？

衛萱兒心中正翻江倒海地發著花癡，只可惜蕭啟的神色依舊冷峻，騰空而起將衛大小姐接住後便扔在了一旁，連一句多餘的話都沒有。

阿拉依舊在不斷地擊打鐵籠，再這樣下去，說不定用不了多久，這個鐵籠就會被牠拆得七零八落，到時候情況可就真的危險了。

第九十五章 安撫

姚婧婧幾步衝到臺上，對著那兩個洋馴獸師說道：「這樣下去不行，必須要盡快讓牠安靜下來。」

那兩名洋馴獸師從來沒有見過獸性大發的阿拉，一時之間手足無措，急得險些哭出聲來。

「王大人，你立刻將人疏散，再派兩百名府役全副武裝守在前面的小道上，萬一阿拉真的破籠而出，一定要第一時間將其制伏。」

知府大人也是第一次遇到這種狀況，心裡不免有些惶惶，幸虧蕭啟的沈著與冷靜才讓他心中稍安，匆匆領命而去。

姚婧婧目不轉睛地盯著阿拉仔細端詳了一陣，突然走到鐵籠前攀著柵欄靈巧地爬了上去。

蕭啟立刻變了臉色，兩步衝上前拉住她的腳踝。「妳要幹什麼？危險，趕緊給我下來。」

姚婧婧轉過頭，一臉堅定地回答。「我看阿拉好像很痛苦的樣子，否則不會這麼輕易就獸性大發，你讓我試試，也許我有辦法能安撫牠。」

蕭啟默默地嘆了一口氣，他知道姚婧婧是不忍心看到阿拉就這樣被府役們射殺，他雖然不願她去冒這個險，可知道自己攔不住她，猶豫了片刻還是放開了手。

姚婧婧越爬越高，很快就到了與阿拉視線齊平的位置。

阿拉原本就焦躁不安，此時看到有人竟然敢大刺刺地來到自己的眼前，不由得勃然大怒，伸出拳頭就要朝姚婧婧揮來。

蕭啟的一顆心早已提到了嗓子眼，他抽出貼身的軟劍，全神貫注地瞪著阿拉的一舉一動，隨時做好了撲殺的準備。

「阿拉，別害怕，我是來幫你的，這裡沒有人想要傷害你，你相信我。」身為醫者，姚婧婧的語氣中帶著一種天然的悲憫情懷，眼神中更是充滿了同情與瞭解。

阿拉似乎受到了某種觸動，手上的動作一下子慢了下來。

姚婧婧乘機繼續揚聲道：「阿拉，你是不是哪裡不舒服？我是一個大夫，我可以替你治病療傷，我還可以送你重回故鄉，你給我一次機會讓我幫助你好不好？」

姚婧婧言辭真切地懇求道，彷彿籠子裡關的並不是一隻凶猛的獸類，而是一個需要她關心的朋友。

更為神奇的是，阿拉似乎真的聽懂了一般，竟然慢慢地安靜下來，用一種委屈中夾雜著痛苦的複雜眼神可憐兮兮地望著她。

姚婧婧小心翼翼地伸出手撫摸了一下牠頸上的皮毛，阿拉的身體雖然顫抖了一下，可並沒有閃躲抗拒，姚婧婧心裡猛地一鬆，看來阿拉對自己真的有了幾分信任。

「阿拉，你等著，我這就來幫你了。」

姚婧婧迅速從柵欄上爬了下來，指揮兩名洋馴獸師將鐵門打開，讓自己進去。

蕭啟想也沒想就要跟著一同入內，卻被姚婧婧果斷地拒絕了。蕭啟身上的殺氣未消，萬一再引起阿拉的情緒失控，那就前功盡棄了。

最後，只有兩名洋馴獸師跟隨姚婧婧進入了籠子裡，其他人都戰戰兢兢地守在籠子外面。

由於阿拉的體形實在太大，為了方便檢查，姚婧婧只得請兩名洋馴獸師引導阿拉席地而坐，自己則用一個裝滿清水的小噴壺慢慢地幫阿拉清洗眼睛。

阿拉此時已經完全瞭解了姚婧婧的好意，對她的行為非常配合，眼睛裡那種火辣辣的刺痛感逐漸消失後，牠看起來彷彿恢復了最開始的溫順模樣。

「謝謝，謝謝妳，這真的是太神奇了，在此之前，除了我們兩個，阿拉從未對任何人如此親密過，妳一定是真主派來拯救我們的神女。」

兩位洋馴獸師激動得喜極而泣，當初他們馴養阿拉雖然是為了謀生，可這幾年下來多少也有了一些感情，如果今日阿拉真的死在這裡，他們只怕也會傷心欲絕。

危機似乎已經解除，姚婧婧卻絲毫不敢鬆懈，她總覺得阿拉的眼神裡似乎還有哀求之意，難道除了被烈酒灼傷的眼睛，牠的身上還有其他不舒服的地方？

果不其然，在姚婧婧的細細檢查之下，發現阿拉肚子上濃密的長毛之下竟然隱藏著一大片毒瘡，有一些已經開始潰爛，散發出一股難聞的腐臭味。

兩位洋馴獸師皆是一愣，由於近來一直馬不停蹄地四處奔波，他們也沒想起來好好給阿拉檢查一下身體，對於這些毒瘡到底是什麼時候出現的更是毫無所知。

「阿拉身上的毛髮過厚，大楚的夏季又格外炎熱，如果防暑降溫的措施做不仔細，那就很容易生出熱痱。熱痱化膿後會變成毒瘡，毒瘡潰爛後又疼又癢，那種煎熬的感覺不是一般人能夠忍受的。」

姚婧婧的話讓兩位洋馴獸師自責不已，都怪他們一心只想著攀附權貴，多掙點銀子，忽視了阿拉的身體健康。

提心弔膽地守在一旁的彩屏十分不忍地感嘆道：「阿拉實在是太可憐了，好在今日遇到了姚小姐這位神醫，牠也算是有救了。」

兩位洋馴獸師聽得似懂非懂，姚婧婧不想和他們多做解釋，好在杏林堂裡有現成的用於清熱解毒、散風消腫的外用藥膏，方便得很。

王大人聽說後，立刻派手下快馬加鞭前去將藥膏拿來。

姚婧婧親自動手，在阿拉的肚皮上抹了厚厚一層，那種清清涼涼的感覺頓時讓牠的疼痛感消失了一大半。

「謝謝，真的太感謝妳了。」

兩位洋馴獸師感激涕零，不停地給姚婧婧深深鞠躬。他們心裡十分清楚，今日來觀看表演的都是一些身分顯赫的貴人，若真出了什麼意外，他們注定難逃罪責。

待一切都處理妥當後，姚婧婧將一小箱膏藥交到兩位馴獸師手中，還把護理時需要注意的事項詳細地說明了一遍，最後才起身，準備去後堂洗手更衣。

「天啊！姚小姐，您快看。」

就在姚婧婧剛轉身的一瞬間，一旁的彩屏突然發出一聲驚呼，眼睛裡滿是難以置信。

姚婧婧回過頭，發現原本靠坐在籠子裡的阿拉竟然一個翻身跪在了地上，眼神中流露出滿滿的感激與不捨。姚婧婧心中頗為感懷，一隻猛獸尚且懷有感恩之心，這讓那些無情無義的人類情何以堪？

「阿拉，你好好休養，等有空我會再來看你的。」姚婧婧衝著牠揮了揮手，她現在可以確定，阿拉的腦袋比世人想像中還要聰明，牠一定是聽懂了自己所說的話。

阿拉的眼眶紅紅的，朝著姚婧婧離去的背影磕了幾個響頭，與從前為了幾塊果腹之肉被迫卑躬屈膝不同，這一次阿拉的動作滿是虔誠。

在彩屏的伺候下，姚婧婧換下了被阿拉弄髒的衣裳，重新梳洗打扮了一番。

事情鬧到這個地步，也沒人再有心思看什麼表演了，姚婧婧轉過頭一臉期待地問道：「殿下可準備了什麼好吃的？這幾日白芷端到房裡的除了清粥就是青草，都快把我吃成紅眼的兔子了。」

蕭啟對她的反應似乎很滿意，竟然當著眾人的面一臉寵溺地捏了捏她的鼻子。「妳這隻小饞貓，今日迫不及待地跟著本郡王出來就是惦記著自己的肚子吧？妳放心好了，本郡王早就已經安排妥當，今日咱們就去全臨安城最豪華的酒樓，妳可以敞開肚皮吃。」

「真的？」

美食當前，姚婧婧頓時覺得所有的疲憊與低迷的情緒瞬間煙消雲散，美食和美景果然可以抵抗這世上大部分的悲傷和迷惘。

蕭啟口中的豪華酒樓名叫太白樓，位於朱雀大街最正中的位置，姚婧婧幾乎每天都要從它門前來來回回好幾趟，雖然垂涎已久，卻還沒有找到機會進去品嚐。

然而蕭啟似乎是這裡的常客，就連門口迎來送往的店小二都對他分外熟悉，一見到他的轎子落地就立刻滿臉堆笑地湊了上來。

「郡王殿下，您可有日子沒來啦，沒有您的彩頭，後廚的幾位大廚都失了往日的勁頭了。」

這位虎頭虎腦的店小二一邊替蕭啟拉開轎簾，一邊示意門僮趕緊進去通傳，讓各位大廚拿出各自的看家本領迎接貴客。

「好你個來福，本郡王腳還沒沾地你就開始變著法子要賞錢，你去告訴他們，只要伺候得好，今日本郡王一定十倍封賞。」

「太好了，奴才替大夥兒謝過郡王殿下。」能在太白樓混得風生水起，這位名叫來福的店小二不僅人長得機靈，看人的眼光也無比毒辣，在面對姚婧婧這張生面孔時，他幾乎沒有絲毫猶豫，立刻一臉諂媚地衝著她躬下了腰。「這位一定就是姚小姐了吧？您如今可是這城裡數一數二的風雲人物呢！實不相瞞，奴才還曾經偷偷去杏林堂門口窺探過幾次，卻沒能一睹您的風采，今日您肯賞光親臨，實在讓小店蓬蓽生輝啊！」

子就被逗樂了。姚婧婧從沒見過能把馬屁拍得如此順暢自然的人，再加上來福的長相的確討喜，她一下

如此難得一見的笑容讓蕭啟如沐春風，他當即十分豪氣地褪下大拇指上的玉扳指往來福懷中丟去。「你這個機靈鬼，能博得姚小姐一笑也算是你的本事了。賞。」

「奴才謝過郡王殿下，謝過姚小姐。」

來福兩眼發光地跪倒在地上，衝著兩人的背影不停地磕頭作揖。能讓郡王殿下上身的東西一定價值不菲，今日自己算是發了一筆天大的橫財。

一走進大門，姚婧婧就明白這座酒樓為何要取名太白樓了，只見寬廣的大廳裡四面牆上都立滿了酒櫃，酒櫃裡密密麻麻地陳列著各式各樣的美酒，粗略地估算一下，大致有上千罈之多，看起來頗為壯觀。這樣的陣仗就算是酒仙再世，只怕也要沈醉其中，無法自拔了吧！

姚婧婧的酒量本就不行，如此撲鼻酒香光是聞一聞就讓她有一陣暈眩之感，來福見狀立刻殷勤地將她往樓上的雅間請。

蕭啟絕對是這裡的超級VIP，甚至有一間專屬於自己的「總統套房」，雖然外面看起來不太起眼，可一走進去就會被那清雅的裝修給折服。

彩屏陪著姚婧婧四處瞧了瞧，最後才在一個靠窗的位置上坐了下來。朱雀大街上的繁華景象盡收眼底，再品著遞到嘴邊的清茗，這日子簡直賽過神仙。

來福恰到好處地在一旁陪笑道：「咱們太白樓離杏林堂也就是幾步路的事，姚小姐若是喜歡，以後有空可以常來坐坐。」

姚婧婧癟了癟嘴搖頭道：「算了吧，聽說這太白樓可是一座銷金窟，一盤普普通通的炒青菜都可以賣出天價來，我一個窮酸大夫可吃不起。」

來福似乎沒有料到姚婧婧會這樣回答，飛快地看了一眼蕭啟的臉色，眼中的笑容更盛。「姚小姐說笑了，您若是肯來光顧，這帳肯定要掛在郡王殿下的名下，哪用您自掏腰包；再說了，凡事有市才有價，咱們太白樓出品的菜品就算是一盤簡簡單單的小青菜也暗藏乾坤，說句大不敬的話，就算是皇帝陛下吃的御膳怕是也沒咱們這裡講究。」

「哦？這又是什麼道理？」姚婧婧揚了揚眉毛，饒有興致地問道，只要和吃有關的東西她都很感興趣。

「姚小姐有所不知，咱們太白樓所用的所有原料都是自家供應的，就拿最常見的小青菜來說，從選種時就開始嚴格控管，澆灌時所用的水都是從城外五十里的紫峰山上運來的優質山泉水。成熟的小青菜送進後廚後，幫廚們會把所有的浮葉全部去掉，只留最中間兩片最鮮嫩的菜心。」

姚婧婧忍不住癟了癟嘴，從前只在電視上見過這種暴殄天物的吃法，沒想到還真有人把它付諸於行動。

蕭啟似乎嫌他很囉嗦，不耐煩地揮了揮手。「好了來福，本郡王是來吃飯的，不是聽你在這裡獻寶的，趕緊吩咐廚房上菜，姚姑娘身上有傷，所有的飯菜都以清淡為主。」

「得！小的明白了。」

來福彎了彎腰，轉身一溜煙地跑出了門。雖然只有簡簡單單的幾句話，可他已經可以確定，這位姚姑娘對於郡王殿下來說非比尋常；要知道，郡王殿下可是一個無辣不歡的主，今兒竟然肯紆尊降貴去遷就一個女人的口味，這可真是大姑娘上花轎，頭一回呢！

姚婧婧一邊翻看手裡的菜單，一邊嘖嘖道：「一盤簡簡單單的青菜都能弄出這麼多噱頭來，這太白樓的老闆究竟是哪位高人？真是太有生意頭腦了。」

蕭啟突然放下手中的茶杯，露出一個謎之微笑。「放心吧，妳很快就會知道了。」

姚婧婧正納悶間，來福已經帶著一大幫下人開始上菜，那一盤盤色香味俱全的珍饈佳餚看得姚婧婧眼花撩亂，有許多她甚至連名字都叫不出來。

更誇張的是，來福幾乎將店裡的招牌菜全部都上了一遍，巨大的圓桌上層層疊疊堆得像小山一般。

她默默地嚥了一口口水，衝著蕭啟揚聲問道：「這麼多菜就咱們兩個人吃，這也太奢靡了吧？」

蕭啟突然將兩手一攤，露出一臉無辜的表情。「誰說就我們兩個？本郡王還請了幾位遠道而來的貴客，妳若是餓極了就先動筷子，不礙事的。」

「貴客？」姚婧婧忍不住皺了皺眉頭，能被蕭啟稱之為貴客的，一定是非比尋常的大人物。她今日原本是想出來放鬆一下心情的，沒想到最後還得打起精神陪一些不相干的人交際應酬，她頓時覺得胃口全無。

蕭啟自然能看出她滿臉的不悅，卻只是無聲地笑了笑。

於是，兩人就像賭氣一般，眼巴巴地望著門口的方向，誰也不搭理誰。

第九十六章　驚喜

好在如此尷尬的時刻並沒有持續多久，姚婧婧突然聽到外面傳來幾聲熟悉的犬吠，她心中一動，幾乎像觸電一般，猛地從椅子上彈了起來。

「赤焰，是赤焰的聲音，你請的客人究竟是誰？」

這問題根本無須蕭啟回答，因為姚婧婧已經看見一個魂牽夢縈的身影朝著她飛奔而來。

「娘。」

「二妮。」

直到姚婧婧整個人撲進在賀穎懷中，她依舊不敢相信這一切是真的。算起來她離開家已經有小半年的時間，雖然她在旁人面前一直表現得很堅強、獨立，可每當夜深人靜帶著一身疲憊癱倒在床上時，她就會忍不住想念起遠在清平村的親人。

很多事身處其中時並不覺得，分開之後姚婧婧才真正意識到自己早已和姚二妮融為一體，有些人、有些事，今生今世注定再也無法割捨。

姚婧婧淚眼矇矓地在賀穎懷中蹭了蹭，激動不已地問道：「娘，妳怎麼來了？這也太突然了，怎麼沒提前寫信通知我？」

賀穎早已是泣不成聲，似乎完全沒有聽到姚婧婧在說什麼，只是不斷地摩挲著女兒的臉頰，眼神中滿是疼惜之意。「二妮，妳怎麼瘦成這個樣子？這些日子一定吃了不少苦頭吧？

都怪爹娘沒用，讓妳一個人漂泊在外，娘心裡真真是心疼極了。」

正所謂兒行千里母擔憂，姚婧婧很能理解娘親的一片慈母心腸，一邊伸手替她擦拭著臉上的淚痕，一邊輕聲勸慰著。「娘，我在這裡過得很好，有白芷他們照顧我，妳一點都不用擔心。」

「二妮！」站在賀穎身後的姚老三見到久未見面的閨女也忍不住心潮澎湃，老實木納的農家漢子竟然偷偷地紅了眼眶。

姚婧婧心裡一驚，忍不住急道：「爹，你怎麼也來了？那小弟人呢？誰在照顧他？」

賀穎連忙拍了拍她的肩膀解釋道：「瞧把妳給急的，娘早就安排妥當了。你們姊弟倆許久未見，這一趟出門原本想帶著他一同來看望妳，只是冠宇年紀還太小，我和妳爹又擔心他受不了舟車勞頓之苦，想想就算了。正好他也到了該斷奶的時候，我就把他送回了娘家，讓妳大舅母幫忙照看一段時間。」

姚婧婧這才鬆了一口氣。大舅母是個牢靠的人，把小弟交到她手中自己很放心，只是可憐了這個貪吃的小傢伙，剛過週歲就要斷奶，一定很難熬吧？姚婧婧正想著小弟那嗷嗷待哺的模樣，突然從姚老三身後又冒出一個頭來，對著她微微笑。

「二妮，好長時間不見，妳都已經長得這般高了，比妳娘還高出半個頭呢！」

「五叔。」這一下姚婧婧真的驚到了，在她的印象中，姚五郎一直是姚家五兄弟中最為英俊瀟灑的，當初五嬸之所以會一眼相中他，有很大一部分原因就是他的超高顏值。可沒想到才短短半年時間而已，他整個人看起來就像一隻鬥敗的公雞，完全沒有了往日的精氣神，不僅形容萎靡、鬍子邋遢，就連身上的衣衫也是又髒又破，明顯很多天都沒有換洗過了。姚婧婧心裡突然有一種不好的預感，要知道，五嬸湯玉娥可是一個非常賢慧的女人，若是有她在，絕不可能允許自己的丈夫如此不修邊幅。「五叔，你怎麼也來了？五嬸和小靜姝呢？她們都還好吧？」

姚五郎的神色頓時顯得有些晦暗，他似乎不知該如何面對姪女的關心，只能含糊不清地點了點頭。「好，都好著呢！」

「現在山貨生意不好做，妳五叔想來城裡看看有沒有什麼新奇的小玩意兒可以買回鎮上販售，所以就跟著我們一起來了。」

姚婧婧總覺得爹爹尷尬的笑容背後隱藏著其他難以開口的事情，只是長輩們不願主動提起，她也不便在外人面前追問過多。

「爹、娘，你們是自己來的嗎？這一路上可順利？為什麼不提前通知我，我好去城門口接你們啊！」

姚婧婧話音剛落，姚老三兩口子的面上便不約而同地浮現出一股感激之意。

賀穎更是拉住姚婧婧的手，眉飛色舞地介紹道：「二妮，咱們這一趟可算是享了大福了，陸家大少爺將一應飲食起居安排得妥妥當當，沒讓咱們操一點心；為了照顧我們，他連自個兒的事情都耽擱了，有機會咱們一定要好好感謝人家。」

姚婧婧的眼睛一下子瞪得老大。「陸家大少爺？難道是陸大哥送你們來的？」

「哈哈哈，本想賣個關子，沒想到這麼快就被說出來了。姚姑娘，好久不見，別來無恙啊！聽說妳的生意又做大了不少，怪不得都對我愛理不理起來，連我寫給妳的信都懶得回了。」陸雲生還是一如既往的能言善道，面色和藹，只見他穿著一身灰黑色的素淨長袍，看起來風塵僕僕，實在難以讓人將他和腰纏萬貫的大老闆聯結在一起。

「陸大哥還好意思埋怨我，你每次來信的地方都不一樣，一會兒天南、一會兒地北的，我就算想給你回信也不知寄到哪裡啊！你什麼時候回清平村的？里正大人和夫人怕是早已望穿秋水了吧！」姚婧婧的嘴角止不住地上揚，她早已將陸雲生視為自己的好友，這種故友重逢的驚喜讓她感到由衷地開心。

「別提了，要不是我說我急著要護送叔叔、嬸嬸來臨安城看望妳，我爹、我娘怕是直到現在都不肯放過我呢！如今我在他們兩老眼裡就是害陸家後繼無人的罪人，我若是再不成親生子，他們可能真要和我斷絕關係了。」陸雲生長長地嘆了一口氣，眼中滿是自責之意。他永遠也無法讓爹娘明白，為什麼別人看來順理成章的事，對他來說卻是窮其一生都難以企及的。

姚婧婧還沒來得及搭話，陸雲生轉瞬間又換上了一張盈盈的笑臉。

「好了，不說我了，叔叔、嬸嬸思女心切，這一路快馬加鞭，怕是早已累得夠嗆，趕緊坐下來歇歇腳吧！」

直到此刻，姚老三夫妻倆和姚五郎才意識到自己身處的環境是多麼的高雅清貴，與他們泥腿子的身分格格不入。第一次來大城市的姚老三兩口子頓時覺得十分窘迫，連手腳都不知該往哪裡放好了。

站在窗前的蕭啟一直靜靜地注視著眼前這一幕，從頭到尾一言不發，只是眼角帶著一絲若有若無的微笑。

姚婧婧一時有些發怔，她實在不知道該如何向爹娘介紹蕭啟的身分，更不知道該怎樣向他們解釋自己與蕭啟之間的關係。

對於姚老三夫妻倆來說，埕陽縣衙內高坐的縣太老爺就已經是頂破天的大官了，若是冷不丁地冒出一個身分貴重的皇親國戚，只怕立刻就能將他們嚇暈過去。

陸雲生對著蕭啟躬了躬身子，轉身湊到姚老三夫妻倆身邊一陣耳語。

姚婧婧並沒有聽清楚他說了什麼，可爹娘的臉色卻瞬間變得慘白，隨後便彎腰低頭，邁著小碎步跟在陸雲生身後來到蕭啟面前。

「草民叩見郡王殿下，願殿下身體康泰，吉祥如意。」

姚老三夫妻倆在陸雲生的指引下說著蹩腳的敬詞，躬下身子準備對蕭啟行叩拜之禮。

眼看著雙親要給一個比自己小上許多的陌生男子行禮，姚婧婧心裡總覺得有些不舒服，可她也知道這是這個社會的生存法則，她根本沒有任何立場阻攔。

好在蕭啟並沒有打算受兩人的禮，在姚老三夫妻倆剛一彎腰的瞬間就伸手攔住了他們。

「姚老爺、姚夫人不必多禮，我與婧婧相識已久，彼此之間赤誠相見，無所不談，你們既是她的雙親，也算是我的長輩，在我面前不必拘泥於那些世俗禮儀，就像在自己家裡一樣，怎麼舒服怎麼來吧！」蕭啟這番話可謂是和顏悅色，十分客氣，將自己的身分放得極低，甚至不像在旁人面前一樣以郡王自稱。

然而姚婧婧卻聽得火冒三丈，忍不住飛出幾記冷刀。這個該死的蕭啟，仗著自己的身分睜眼說瞎話，誰和他赤誠相見？誰又跟他無所不談？真真是豈有此理，娘親本來就對她的終身大事敏感多疑，這一下不知道會怎麼想呢！

蕭啟和順的態度讓姚老三夫妻倆默默地鬆了一口氣，可畢竟是不敢想像的大人物，多少還是有些拘謹。

蕭啟見狀也不多言，率先坐在了主位上，催促著眾人趕緊入席。

這一年多姚家的日子雖然好過了不少，大魚大肉也不甚稀奇，可如此精巧講究的席面卻還是第一次見到，姚老三夫妻倆又不願在蕭啟面前露怯，失了閨女的顏面，只能從頭到尾生硬地捏著筷子，一粒粒地數著碗裡的飯粒。

姚婧婧正想找個什麼理由早點打破這尷尬的局面，不料蕭啟敬了諸位一杯酒後便非常善解人意地站起身來。

陸雲生也跟著站了起來。「叔叔、嬸嬸，這些飯菜既然已經備下了，不吃也是浪費，你們先吃，我送郡王殿下出去。」

待蕭啟和陸雲生離開後，在場的姚家眾人頓時覺得輕鬆不少。

尤其是賀穎，一把拉住姚婧婧的手，像倒豆子一般噼哩啪啦地一通追問。「二妮，妳怎麼會認識這麼一個大人物？他究竟是什麼來頭？你們倆到底是什麼關係？」

姚婧婧簡直頭大如斗，偏偏娘親問的這些問題她一個也回答不了，只能傻笑著轉移話題。「娘，這些事以後再說，咱們先吃飯吧！你們好不容易來臨安一趟，一定要好好嚐嚐這太白樓的招牌菜式。」姚婧婧一邊說，一邊挾起一隻碩大的雞腿放到姚五郎的碗裡。

賀穎終於意識到此事事關閨女的隱私，當著姚五郎的面也不好探究太多。

好在姚五郎自進屋起就一副心事重重的模樣，似乎並未把旁人的談話放在心上。

「爹、娘，你們怎麼想著這個時候來臨安？家裡的一切都還好嗎？」

這一回姚老三倒是搶著答道：「好，都好著呢！這半年來我整天忙著藥田裡的事情，妳娘就在家裡照顧妳小弟，一家人沒病沒災，就是天大的福氣；尤其是妳小弟，如今長得越發壯實，那小胳膊、小腿就像藕節一般粗，村裡人看著都忍不住連連驚嘆呢！」

姚婧婧根據爹爹的描述，想像著小弟那可愛的模樣，嘴角不自覺地上揚。「真的？看來這個小吃貨的名頭真不是白叫的。聽你這麼一說，我這心裡是越發想他了，只怕等我回去時，他早就不記得我這個做大姊的了。」

「不會的，他現在雖然還不會說話，可妳娘一天無數次地在他耳邊重複，他那張小嘴一嘛，『姊姊』兩個字說得可順了。」姚老三一向最重視手足親情，自然也希望自己的兒女從小能夠相親相愛，即使往後做爹娘的不在了，他們姊弟倆也可以互相扶持，陪伴一生。

姚婧婧笑得一臉滿足。「算這小子還有點良心，我沒白疼他一場。最近這些日子我在街上買了好些有趣的小玩意兒，他要是見到了不知道樂成啥樣呢！」

姚老三跟著笑了笑，父女兩人很快又說到了須彌山之事，姚婧婧對這個藥材基地抱有很大的期望，每次寫信都會仔細地叮囑一番。

「須彌山如今已經徹底變了模樣，大大小小的藥田已初具規模，生長期最短的一批可能今年年底之前就能收穫藥材。鄉親們一個個看在眼裡，喜在心上，幹起活來別提有多帶勁了。」姚老三的語氣中帶著一絲驕傲，他總算是沒有辜負閨女的託付。如今除了家人，須彌山已經成為他人生中最為重要的東西，他在那裡找到了自己存在的價值，也找到了身為男人的尊嚴。

姚婧婧也為姚老三的轉變感到由衷地高興。「真是太好了，若這座藥材基地真成了氣候，整個大楚的藥材市場都會受到影響，到時候爹爹你就是第一大功臣。」

「豈止是整個大楚，妳竟然能把一座荒山變為一座寶庫，這簡直是具有開創意義的盛舉，若非此番回去我親眼所見，我簡直不敢相信這些都是真的。」陸雲生送走蕭啟便折返回來，聽到姚婧婧父女倆的談話後，立刻表達了心中的肯定與讚揚，一臉真誠地對著姚婧婧豎起大拇指。「虧得咱們打了這麼長時間的交道，這麼好的生意妳竟然不算我一份；不過咱們可說好了，以後須彌山上出產的那些藥材妳必須先提供給我，其他人都得排在我後面。」

「好說，這麼多藥材，單靠製藥坊和杏林堂也消化不了，做生意跟誰做不是做？只要陸大哥出的價錢合適，我一定會優先多照顧你的。」姚婧婧故意揚著下巴，做出一副不可一世的模樣。

陸雲生知道她在開玩笑，也相當配合，鄭重其事地衝著她拱了拱手。「承蒙姚姑娘另眼相待，在下在此先行謝過了。」

不明就裡的賀穎見狀一下子急了，衝著閨女大聲喊道：「二妮，陸家對我們有大恩，陸大少爺也給妳幫了不少忙，做人不能忘本，妳要是再用這種態度跟陸大少爺說話，娘第一個不答應。」

陸雲生連忙笑著解釋道：「嬸嬸別急，我與姚姑娘情同兄妹，一向玩笑慣了。姚姑娘可算是我的福星，自從遇到她後，我在生意上就一直順風順水，她雖然年紀小，可看待問題的眼光卻無比精準，從她那裡我可是得到了不少啟發呢！」

賀穎眨了眨眼，半信半疑地問道：「真的？」

姚婧婧忍不住嘛著嘴抱怨道：「娘，妳偏心。妳和陸大哥才認識多久就開始處處向著他說話，妳可別忘了我才是妳的親閨女。」

姚婧婧的話逗得眾人哈哈大笑起來。

陸雲生殷勤地為姚家人倒酒、添菜，這一頓飯吃得算是十分盡興。

臨走之前，賀穎聽到來福說這頓飯竟然要掛到蕭啟的帳上時，她幾乎是想也不想地就搖頭拒絕了。俗話說得好，吃人嘴軟，拿人手短，在她心中的疑惑沒有解開之前，她並不想占人家一分便宜。

姚老三自然是無條件地支持妻子的決定，好在此次出門前他早已準備好充足的盤纏，隨便在包裹裡一摸就掏出了兩錠閃閃發光的大銀錠子，伸手遞到來福面前。

「不不不，這怎麼行，郡王殿下知道了肯定會怪罪我的。」來福一邊擺著手，一邊用惶恐的眼神望著陸雲生。

陸雲生還沒來得及開口，姚婧婧就突然發出一聲怪笑。「爹，你還是趕緊把銀子收起來吧，這太白樓的老闆財大氣粗，請咱們吃頓飯也是應該的。陸大哥你說對嗎？」

「啊？」陸雲生微微愣了一下，隨即便伸手拍了拍姚婧婧的肩膀，開懷大笑起來。「妳這個小機靈鬼，果然沒什麼事情能逃得過妳的眼。沒錯，這間太白樓的確是我名下的產業，只是平日是委託了兩位大掌櫃照管，一年到頭我來不了幾趟。妳又是如何猜出來的？」

姚婧婧一臉忿忿不平地努了努嘴。「除了你還有誰這麼黑心，敢定下這樣的價位？」

「這可不能怪我。」陸雲生攤開兩隻手，露出一臉苦相。「如今這個世道，凡事都需用錢說話，那位爺又是一個動輒一擲千金的主，我若是不想辦法四處開源，這日子真是沒法子過了。」

「你們到底在說什麼？」

姚老三夫妻倆簡直一頭霧水，這兩個娃娃說話怎麼像打啞謎一樣，讓人一句都聽不懂。

「沒什麼，爹、娘、五叔，你們奔波了這幾天應該累極了，我這就帶你們回去休息。白芷那丫頭要是看到你們來，不知道會高興成啥樣呢！」姚婧婧說話間抱著娘親的胳膊往外走。

誰知陸雲生一個閃身攔在了他們身前。「妳要把叔叔、嬸嬸往哪裡帶？就妳在青蓮巷的那小房子，裡裡外外住了那麼多人了，連個多餘的踩腳地方都沒有，如何能再安置得下叔叔、嬸嬸？」

姚婧婧不由得瞪了瞪眼。「哪有你說得那麼誇張，是不是又有人在你耳邊亂嚼舌根了？我那裡地方雖小，可住起來卻溫馨舒適，一大家子人在一起熱熱鬧鬧、有說有笑，一般人還羨慕不來呢！」

「話雖這麼說，可妳畢竟是一個未出閣的小姑娘，該避的嫌還是要避。我有一處宅子就在朱雀大街的後面，從建成到現在空了兩年了，剛好趁這個機會，妳帶著叔叔、嬸嬸一起住過去吧！」

陸雲生的確是一個非常細心的人，只要有他在，總能把一切都安排得妥妥當當，讓身邊的人感到無比周到與舒適；只是姚婧婧暫時沒有搬家的打算，對於這番好意只能婉言謝絕了。

陸雲生一下子急了，匆忙將姚婧婧拉到一旁，眼中滿是哀求之意。「姚姑娘，妳別為難我了，我可在那位爺面前立下了軍令狀，難得他對一個姑娘的飲食起居如此上心，妳就領了他這份情吧！」

「哼，我就知道這事和他脫不了關係，還請陸大哥回去告訴他，我人賤福薄，住不了太好的宅子，他若是真嫌棄青蓮巷，大不了以後不要登門便是，反正也沒人歡迎他。」姚婧婧說完就轉身帶著家人走了。

陸雲生望著那個倔強的背影，簡直欲哭無淚。他有一種預感，只要主子的心願一天未能達成，像這種吃力不討好的事情就會源源不斷地落在自己頭上。

第九十七章　母女談心

姚老三夫妻倆遠道而來，秦掌櫃他們也很高興，待藥鋪裡的事情忙完後，眾人在家中擺了一大桌酒宴，熱熱鬧鬧地喝了一場，一直到夜深人靜時賀穎才終於找著機會和閨女話幾句家常。

「休夫?!」姚婧婧乍然聽到這個讓人意外的消息，驚得一下子從床上坐起來，還險些咬到自己的舌頭。「怪不得我今日一見到五叔就覺得他很反常，剛才他還不顧大家的勸阻，喝得酩酊大醉，原來家裡竟然出了這麼多事情。只是我實在是想不通，那麼難熬的日子都過了，如今小靜姝漸漸大了，五叔的小生意也做得越來越順，五嬸為何非要在這個時候離開姚家？到底發生什麼事了？」

賀穎和湯玉娥這對妯娌的關係一向很好，目睹這樣的變故心裡自然很不好受。「唉，還不是妳奶奶造成的，當初妳大哥由於科考舞弊案下獄後，鎮上的人都傳言是有人暗中舉報，兩個月前妳奶奶不知聽誰說舉報之人是湯家的秀才兒子湯致遠，於是就不分青紅皂白地跑到湯家大鬧了一場，還趁著湯家人沒有防備，將湯秀才給抓傷了。」

姚婧婧心裡一驚，連忙追問道：「致遠舅舅受傷了？怎麼樣？嚴不嚴重？」

賀穎緊蹙著眉頭回道：「妳奶奶疼惜自己的孫子，下手肯定不會輕，雖然都是一些皮外傷，可要命的是大多傷在臉上，害得致遠連今年鄉試的時間都錯過了。」

參加科考之前有一項例行的身體檢查，為的就是將那些身體有疾、樣貌有損的學子拒於考場之外。

「怎麼會這樣？致遠舅舅對這次鄉試可是志在必得啊！要知道，對於讀書人來說，每一次上考場的機會都彌足珍貴，奶奶她這麼做不是在害人嗎？」姚婧婧心中氣憤不已，姚子儒本就有罪在身，就算真是致遠舅舅在暗中舉報，那也是功德一件，奶奶憑什麼打上門去惡意報復？

「誰說不是呢？致遠可是湯家老太太的心頭肉，以往妳奶奶就算做得再過分些，她看在自己閨女的分上也不願和妳奶奶一般見識；可這次就不同了，湯家上下為了培養湯致遠可是耗費了全部心力，妳奶奶的做法無異於用一盆冷水將他們滿心的希望全部澆滅了。」姚老三一家曾經受過湯家不少恩惠，賀穎對此充滿感激，再加上姚老太太的行為的確占不了理，因此在這件事上她完全支持湯家的任何決定。「事發後，湯家將妳奶奶扭送到里正大人那裡，里正大人看她年紀大了也不好處罰太重，讓她在小祠堂裡跪了三天三夜靜思己過，後來妳爹又去交了一大筆罰銀，這才把她領了回來。」

姚婧婧有些無奈地搖了搖頭。「以奶奶的性子，即使里正大人對她手下留情，她也不會心懷感激的。」

「妳說得一點兒也沒有錯，原本我和妳爹想著兩家人到底是姻親，為了不讓妳五嬸為難，等過幾天湯家人氣消了後我們再替妳奶奶登門賠個罪，畢竟都在一個村子裡住著，低頭不見、抬頭見的，總不能把關係鬧得太僵。可妳奶奶倒好，憋了一肚子氣沒處撒，一回到家就去找妳五嬸麻煩，最後竟然又動起手來。」

姚婧婧對姚老太太的行為失望至極。「天啊！奶奶她莫非是瘋了？究竟是誰給她的勇氣，竟如此肆無忌憚地在家裡撒潑行凶？五嬸是多麼好的一個女人，嫁到姚家這麼多年都無怨無悔，奶奶心中沒有一點憐惜之意也就罷了，竟然還敢對她動手？」

「誰說不是呢？婆媳打架，最為難的就是妳五叔了，一邊是生他、養他的親娘，一邊是陪他吃苦受罪的妻子，他幫哪一邊都有罪。也許正是因為他這種猶豫不決的態度讓妳五嬸徹底寒了心，於是便連夜抱著孩子回了娘家。」

姚婧婧冷冷地哼了一聲。「回，當然要回。奶奶的確是太過分了，明明是自己做錯了事，還要想方設法地折磨五嬸，難道她真以為別人家的姑娘都是從石頭縫裡蹦出來的嗎？」

「唉，湯家原本就瞧不上妳奶奶的品行，心疼閨女在姚家吃苦受氣，這一次算是徹底撕破了臉，第二天就請了當初的媒人送回一紙和離書，斷了這門親事。」

同是姚家的媳婦，賀穎在面對這件事時心中五味陳雜，一方面為少了這麼一個通情達理、能說得上話的弟媳婦而感到可惜；另一方面又為湯玉娥終於能脫離苦海、不再受姚老太太的壓榨而感到慶幸。

姚婧婧愣了片刻，有些焦急地問道：「那五叔呢？他也同意和五嬸和離嗎？」

「他自然是不願意的，要是沒有妳奶奶從中作梗，他們小倆口的感情還是不錯的，可又有什麼辦法呢？妳五嬸鐵了心要離，連再見他一面都不願意；而妳奶奶為了賭一口氣，也叫囂著絕對不會再讓這個媳婦踏入姚家半步。前前後後糾纏了大半個月，最後在里正大人的調解之下，兩家人終於還是簽字畫押了，原本讓人羨慕的一對佳偶最終成了陌路。」賀穎說完後，忍不住長長地嘆了一口氣。當初湯玉娥剛進門時，她心中對這個敢愛敢恨的妯娌非常羨慕，湯玉娥臉上飛揚的神采是她這輩子都難以企及的；可沒想到再恩愛的夫妻也禁不起生活的搓揉，有姚老太太這根威力強大的攪屎棍，兒女們永遠也別想過上稱心如意的生活。

「現在好了，除了我爹，其他幾個兒子都成了光棍，再也沒有媳婦惹她老人家心煩，她可以一個人逍遙自在的生活了。」姚婧婧對於姚老太太的做法簡直無語到了極點，俗話說得好，不作死就不會死，自己種下的苦果終有一天要自己親口吞下。

「妳五叔也是一個可憐人，一夜之間，好端端的一個家就這麼散了。湯家對他失望透頂，連孩子都不讓他看一眼，他也沒心思做什麼生意，整日就躲在屋裡喝得爛醉，好好的一個小夥子就這樣日漸萎靡。我和妳爹實在不忍心，趁著這次來看望妳的工夫，好說歹說地把他一起帶了出來，想讓他舒緩舒緩心情，好好想想今後的日子該怎麼過下去。」

姚婧婧點了點頭，若是放在現代，像五叔這樣不能在關鍵時刻力挺自己妻子的丈夫，鐵定會被扣上「媽寶男」的帽子；可事實上，在將「孝道」奉為至高無上真理的古代，面對這種問題時，大多數男人都沒有選擇的權力。

「好了，妳五叔的事已成定局，咱們說得再多也改變不了什麼，倒是妳和那個什麼郡王到底是怎麼回事？娘沒想到會突然從天而降一個讓娘想都不敢想的大人物，妳不知道，在路上聽陸大少爺第一次提起時，娘嚇得魂都快沒了。」賀穎一邊說、一邊拍著胸脯，姚婧婧的終身大事一直是她的一塊心病，她希望閨女早日遇到一個彼此兩情相悅、能攜手相伴終生的良人，卻又害怕她會受到傷害，這種複雜的心情唯有當娘的才可以體會。

「陸大哥跟妳說什麼了？」姚婧婧原本還有些奇怪，白日裡爹娘在太白樓第一次遇到蕭啟時雖然有些緊張，可看模樣卻並不十分意外，進退之間的應對也挑不出毛病，就像提前訓練過了一般，原來是陸雲生提前給他們打了預防針啊！

「陸大少爺是個好人，聽說妳和那位郡王殿下的事鬧得滿城風雨，他跟娘一樣怕妳吃虧上當呢！」

看著娘親滿臉的感激之意，姚婧婧忍不住偷偷地撇了撇嘴，若是娘親知道陸雲生和蕭啟之間的真實關係，就再也不會說出這種讓人啼笑皆非的話來了。

「娘，那些都是傳言，我和蕭啟之間什麼事都沒有，妳就別跟著瞎操心了。」

「胡說八道。」賀穎一下子急紅了眼。「妳休想敷衍我，如果不是過從甚密，妳又怎麼會直呼其名？妳老實告訴我，妳和他究竟發展到什麼地步了？聽說你們孤男寡女曾經共處一室了一整個晚上，他難道已經……」

「娘，妳胡說什麼呢！根本沒有的事。」姚婧婧的臉上瞬間飛出兩朵紅雲。身為一個現代人，她並不反對婚前性行為，前提是這個男人必須能夠讓她心甘情願地交出自己，而她和蕭啟之間離這一步還相差十萬八千里呢！

「真的？妳沒騙娘？」

姚婧婧有些羞惱地噘起嘴。「當然，爹娘辛辛苦苦將我養到這麼大，最基本的潔身自愛女兒還是懂的。」

賀穎提著的一顆心終於放下了，要不是太過焦急，她也不可能硬著頭皮開口詢問女兒這種事。賀穎輕輕地拍了拍閨女的手，一臉疼惜地說道：「好閨女，娘總算是沒有白疼妳，只是外面的傳言來勢洶洶，娘聽在耳裡，急在心中，咱們要怎麼做才能堵住世人的悠悠之口啊？」

姚婧婧對此卻不甚在意，反而對著娘親輕聲相勸道：「這嘴長在別人身上，他們想怎麼說就怎麼說，只要我知道自己在做什麼不就行啦？」

「我的傻閨女，這可是關係到妳一輩子的大事，妳千萬不能掉以輕心。那位郡王殿下到底是怎麼想的？他是真相中了妳還是只圖一時新鮮？娘心裡越想越覺得不安，萬一哪一天他拍拍屁股走人了，那這個爛攤子都得妳一個人面對啊！」

賀穎的擔心並不是多餘的，除非姚婧婧決定一輩子不嫁人，否則這些傳聞都將成為她身上的污點，讓她一輩子抬不起頭來。

姚婧婧似乎從來沒有花費時間去揣測過蕭啟的心思，他們在一起經歷了許多生死瞬間，他待自己的確與旁人不同；可在她眼裡，蕭啟就是一頭蟄伏多年的困獸，他的身上揹負著太多的隱秘與枷鎖，這個世上有許多重要的事等著他去完成，他可能為了一個女子而駐足，卻絕不會為了任何人而改變。

母女兩人就這樣一直聊到通宵，姚婧婧連自己什麼時候迷迷糊糊睡著了都不知道。

第九十八章　一門三光棍

第二天一早天還沒有大亮，一陣熟悉的狗吠就在門口處響起，美夢被打斷的姚婧婧氣沖沖地睜開眼，簡直連殺狗的心思都有了。

「這條傻狗跟村裡的雞一起生活了大半年竟然學會打鳴了？娘，這麼遠的路程，妳說妳帶點什麼不好，怎麼把牠給帶來了？以後我每天還得操心給牠準備吃的，實在是有夠煩人的。」

在村子裡度過了半年多的時光，赤焰已經由原來錦衣玉食的貴族犬變成了一個整日裡漫山遍野撒歡亂跑的「村霸」，有時一連幾天都見不到牠的身影，有時又呼朋引伴帶領一大幫「酒肉朋友」回來大吃一頓，小日子過得別提有多悠哉了。

賀穎一邊起身穿衣，一邊無可奈何地笑道：「妳小弟如今正在學走路，不知怎麼地就和這個小傢伙槓上了，整天扯著牠的尾巴要騎馬馬，還差點把牠背上的毛給揪光了，我看這傢伙實在是可憐得緊，就把牠帶到城裡來了。妳一個小姑娘家家的，出門在外多有不便，有牠給妳看家護院，晚上睡覺都能踏實不少呢！」

姚婧婧一下子樂了，怪不得昨天見到赤焰時總覺得牠失了往日的神采，沒想到小弟下手還真狠，好好的一隻金毛險些快被他蹂躪成沙皮狗了。

「其實想想牠來得還真是時候。」姚婧婧心裡突然冒出一個有趣的想法。如今阿拉的狀態實在不適合登臺獻技，蕭啟這兩日正為中秋之夜的演出而頭痛不已，或許她可以試試讓赤焰前去頂替，如此出風頭的事，一定會讓這隻傻狗興奮不已。

爹娘都是第一次來臨安城，姚婧婧決定趁著節前的兩天帶著爹娘好好轉一轉，只是賀穎對此似乎並沒有多大興趣，一直忙裡忙外地收拾那些從家裡帶過來的土產。

由於中秋那天大家都要到街上去遊玩觀賞，姚婧婧決定提前一天準備家宴。

店裡的這些夥計們原本可以在長樂鎮上過著逍遙舒坦的生活，如今義無反顧地背井離鄉，跟著自己來到這個人生地不熟的地方辛苦打拚，這大半年來受過的委屈簡直數不勝數。

中秋本是舉家團圓的日子，姚婧婧原想多放幾天假，讓他們組團回去探親，誰知她剛一提議，眾人就紛紛出言表示反對，說杏林堂好不容易才在臨安城站穩腳跟，此時大放長假無異於將機會拱手讓人。

姚婧婧心懷感恩，只能盡自己所能彌補他們的付出。這天一大早她和娘親一起去集市上買回最新鮮的雞鴨魚肉，親自動手在廚房裡忙碌了一整天，終於折騰出一桌豐盛的中秋家宴。

姚婧婧還自己動手做了幾顆蓮蓉餡的月餅，雖然模樣讓人目不忍視，可味道嚐起來卻出奇得好，剛一出鍋就被白芷搶了三顆下肚。

傍晚時分，秦掌櫃他們從鋪子裡放工回來，大老遠就聞到一股撲鼻的異香，走進大廳看到桌上豐盛的酒菜時，一個個都忍不住咧開嘴笑了。

秦掌櫃有感而發。「以往咱們忙起來時只能到巷子口的小館子叫幾碗滷麵了事，可夫人您一來咱們福氣就大了，頓頓有酒有肉不說，還有熱騰騰的宵夜送到房裡，大夥兒的嘴都被養刁了，您說您過幾天要是走了咱們可怎麼活啊！」

賀穎被這番恭維給逗得眉開眼笑。

姚婧婧見狀，立即跟著拍起了馬屁。「就是，要我說啊，我娘的手藝簡直比太白樓的大廚還要強上不少。明日就是中秋了，咱們藥鋪歇業一天，今天晚上咱們就好好放鬆一下，不醉不歸。」

姚婧婧招呼大夥兒圍著桌子坐下，從衣兜裡掏出幾個早準備好的荷包，一人一個地發了下去。「聽說臨安城裡的中秋集市格外熱鬧，大夥兒趁著這機會都去逛上一逛，辛苦了大半年，也該給自己添幾件合身的新衣了。」

秦掌櫃第一個站起身接了過來，接過時卻發現小小的荷包格外沈手，最少也有二十兩銀子。秦掌櫃只覺得驚喜不已，連忙對著姚婧婧躬下了腰。「多謝大東家賞賜，能夠遇到像您這樣慷慨仁義的東家，實在是咱們大夥兒幾世修來的福氣。」

最讓人發笑的就是胡文海了，只見他接過荷包後連看都沒看，轉身就塞到姚老三手中，請他悉數交給自己的老爹胡掌櫃。

「文海，你這是做什麼？大家都知道你孝順，這大半年來你的工錢一分沒花，全都寄回去交給了你爹，可你爹想要的壓根兒不是這些銀子。你現在長大了，該用錢的地方也不能省，這些銀子你還是自個兒拿著吧！」姚老三受胡掌櫃之託，有些事卻不方便在席上多說。

胡文海絲毫沒有領會到他的意思，完全沒有接過銀子的打算。「大東家給吃給喝，我哪裡有用錢的地方？還是請您把它帶回去給我爹吧！他這輩子最大的愛好就是躺在床上數銀子，索性就讓他一次數個夠吧！」

看著胡文海如此說自己的老爹，眾人都忍不住哈哈大笑。

姚老三的神情頗為無奈，想了想還是暫且替他將銀子收了起來。

這一頓酒大家都喝得非常盡興，酒足飯飽後還互相攙扶著來到院子裡看花賞月。

姚婧婧非常應景地將自己做的兩盤月餅端了上來，結果上一刻還手舞足蹈的姚五郎轉瞬間卻嚎啕大哭了起來。

姚婧婧立刻意識到情況不對，原本做月餅的手藝是去年在家裡時五嬸手把手地教給她的，如今轉眼又到了桂花飄香的季節，可五叔卻弄丟了自己生命中最寶貴的東西，這讓他如何能夠不睹物思人、觸景傷情？

看著姚五郎一個七尺男兒哭得如此淒慘，大夥兒心裡都滿是憐憫，勸慰了幾句後便七手八腳地將他抬回了房中。

姚五郎終於停止了號哭，就如一灘爛泥般躺倒在床上。

姚婧婧揮揮手示意眾人先回房休息，自己則倒了一杯溫熱的茶水遞到他面前。「五叔，我知道你沒喝醉，你若是心裡實在憋屈，就起來和我說道說道。我和五嬸之間雖然差著輩分，可我卻能夠瞭解她的想法。五叔，這一次你的確是讓她傷心了。」

姚婧婧的話音剛落，姚五郎就乍然睜開眼睛，掙扎著從床上爬起來，一臉萎靡地靠坐在床頭。

「二妮，我知道妳是最有主意的丫頭，妳可憐可憐五叔，想辦法幫幫我好不好？妳爹、妳娘希望我能夠振作起來好好生活，可他們根本不能體會我的感受。自從妳五嬸帶著孩子走了後，我整個人就像是丟了魂一般，做什麼都打不起精神，真想就這樣死了算了。」姚五郎的眼中布滿血絲，看得出來這些日子他的確備受煎熬，隨時隨地都處於崩潰的邊緣。

姚家一門如今有三個光棍，想想都不知說什麼好了。姚婧婧深深地嘆了一口氣，問道：「五叔，你想讓我怎麼幫你？」

姚五郎眼神一亮，似乎看到了一絲希望。「妳和妳五嬸一向關係最好，她對妳也很是信服，妳能不能替五叔寫一封信好好勸勸她，讓她帶著孩子回家裡來？我不能沒有她，我真的不能沒有她啊！」

姚婧婧的眼中飽含悲憫，可回絕的態度卻異常堅決。「對不起，五叔，就是因為我真心敬愛五嬸，所以我才不想讓她為難，這封信我是不會寫的。」

姚五郎頓時梗直脖子，變得焦躁不已。「二妮，妳怎麼能這樣說？難道妳不想我和妳五嬸重歸於好？難道妳不想讓靜姝有一個完整的家？」

面對著五叔的質疑，姚婧婧卻是一臉坦然。「我當然想，可若這一切是要靠五嬸犧牲自己的人生才能換取的，那我寧願不要；靜姝雖然年紀小，可我也相信她能體諒娘親的苦衷與決心。」

姚五郎張大嘴巴，露出一臉錯愕的表情。「二妮，妳這話是什麼意思？我怎麼一句都聽不懂？」

「你當然聽不懂，五嬸這一次毅然決然地走了，五叔心中是否還覺得有些委屈？也許你覺得自己不賭不嫖，每天早出晚歸、勤勤懇懇地為了這個家努力奮鬥，對待妻兒也算體貼用心，比這個世上的大部分男人都強上百倍，五嬸到底還有什麼不滿足的？」

姚五郎看著一臉嚴肅的小姪女，心中突然感到有些慌亂，在這雙犀利的目光之下，他所有隱秘的心思彷彿都無所遁形。「二妮，我知道最近家裡發生了很多事，妳五嬸怨我恨我，可妳奶奶一輩子蠻橫慣了，哪裡是我這個做兒子的能夠控制的？她為何就不能體諒體諒我，就像妳娘當初那樣，凡事多忍忍不就過去了嗎？」

「過去的是你，而不是她。」姚婧婧突然覺得怒火中燒，這些自以為是的男人為何總能理直氣壯地要求女人忍耐？殊不知一個人的熱情與信念就是在這樣日復一日的忍耐中消耗殆盡的。「五叔，你以為自己已經算是一個稱職的丈夫了，可你永遠也不會明白五嬸為了你、為了這個家究竟付出了多少？」姚婧婧的聲音突然變得哽咽起來。「在你看不到的那些角落裡，她一個人默默地忍受著婆婆的凌辱，拖著初產未癒的身子，整宿整宿地抱著靜姝在狹小的屋子裡晃蕩。有一次你出遠門時，奶奶因為一件小事藉故作踐她，將她和小靜姝鎖在柴房裡三天三夜，只給了兩個餿掉的饅頭；後來我們得知了，我和爹衝進門時發現她竟然割破了自己的手指，放到小靜姝嘴裡給她吸吮。」姚婧婧說到最後已經說不下去。

姚五郎整個人則如雷轟頂，呆坐在床上，良久都無法回過神來。「怎麼會有這種事？我不知道，我真的不知道啊！」

「五嬸自己不說，也不讓旁人告訴你，所以你自然不會知道。我如今說出來不是想讓五叔自責內疚，我只是想讓你明白，五嬸離開姚家並不是一時的衝動之舉，奶奶和湯家之間的齟齬只是壓死駱駝的最後一根稻草，在你沒有足夠的決心能夠給五嬸安穩的生活之前，最好還是不要去打擾她了。」

該說的都已說盡，姚婧婧知道五叔並不是一個執迷不悟的人，有些事情只有用心體會才能真真正正地感同身受。

她將桌上早已冷透的殘茶倒掉，換上白芷剛剛熬好送來的解酒湯後，轉身靜靜地出了門。

第九十九章　中秋家宴

姚婧婧回到房裡時發現辛苦了一天的娘親還沒有入睡，正面有憂色地對著一張請柬發呆。這張請柬正是白天蕭啟派人送來的，邀請他們一家三口參加明天中午在公主府舉行的中秋大宴。

以往淮陰長公主人在臨安城時，每逢中秋佳節都會在公主府舉辦一場盛大的家宴，城中有品級的高官和貴族都會受邀參加。

今年淮陰長公主遠在京城，這個出風頭的機會自然落在了蕭啟頭上，不管眾人是否心甘情願，看在他出身皇族的分上，該捧的場還是要捧。

「二妮，我和妳爹都是泥腿子出身，這次能來臨安城看看就算是開了眼界了，這種場合哪是咱們能去的地方？妳說那位郡王殿下下這麼張請帖到底是什麼意思？娘現在一想起明天要面對那麼多從來沒有見過的大人物就覺得兩腿發軟、心跳加速，早知會這樣打死我都不會來的。」

「娘，哪有妳說得那麼誇張。」姚婧婧看著娘親哆嗦的嘴唇，不由得感到一陣心疼。對於老實木訥的爹娘來說，參加這樣的宴會的確有些強人所難，而且大過節的，她也不想讓爹娘無休止地在那些貴人面前磕頭行禮。「妳和爹若真覺得不自在，那就和秦掌櫃他們一起去逛大集吧，我一個人前去赴宴就好了；左不過一頓飯的工夫，完事後我就去找你們會合，我們一起去拜月樓賞花燈。」

「那怎麼行。」賀穎一臉嚴肅地搖了搖頭。「這請柬上明明白白地寫著我和妳爹的名字，咱們雖然不是什麼了不得的大人物，可郡王殿下既然開口了，咱們不去豈不是故意拿喬？萬一惹怒了他，那可不是開玩笑的。」

「娘。」一面對如此糾結的娘親，姚婧婧也有些無奈。「娘別的都不怕，就怕到時候做錯什麼事、說錯什麼話，給妳惹禍上身。妳一個人辛辛苦苦在外面打拚不容易，萬一因為我們這對不成器的爹娘而被旁人輕視恥笑，那我們的罪過可就大了。」

「娘，妳怎麼能這麼想？中秋本就是團圓的日子，你們能放下家中的繁瑣雜事趕來陪我，我心裡真比吃了蜜還甜，在我眼裡，你們就是世上最好的爹娘，誰也比不上，若明日誰敢給你們委屈受，我就和他拚命。」

「傻丫頭，只要妳能過得好，爹娘受點委屈又算什麼？既然這樣，明日爹娘就和妳一起去一趟，娘也想看看那位郡王殿下對妳究竟有幾分真心，只要我發現他有半點輕視褻瀆妳的意思，娘立刻就帶妳回家去。」

賀穎打定主意後反而變得坦然起來，收拾好明日的穿戴後便拉著閨女的手安穩地睡了。

好不容易放一天假，藉著酒勁，眾人都睡起了懶覺，只有白芷一大早就爬起來，燒了一大鍋熱水，開始伺候小姐梳洗打扮。

姚婧婧秉持著一貫的作風，在這樣的場合裡自然是越低調越好，可畢竟是一年一度的佳節，因此在白芷的再三請求下，她終於同意在鬢間插了一朵盛開的海棠花，整個人頓時變得靈動起來。

「小姐，您還別說，齊老闆特意為您打製的這幾件珠釵真能配得上您的氣質，簡直到了以假亂真的地步，一看就知道是花了心思在裡面的。」

姚婧婧點了點頭表示同意，若是換成旁的姑娘得到這份殊榮，只怕早已高興得暈了頭，可無奈姚婧婧對此卻不太感興趣，相比之下，她更在意齊慕煊每個月能分給她的分紅。

公主府離青蓮巷有段距離，按照他們之前的計劃是讓胡文海駕駛馬車送他們過去，沒想到一開大門就有一輛高大華麗的馬車候在那裡，那逼人的陣仗把大家都嚇了一跳。

白芷第一個反應過來，一臉興奮地叫嚷道：「小姐您快看，一定是郡王殿下派人來接咱們了。」

姚婧婧輕輕蹙了蹙眉，車頂上那一抹代表皇族威嚴的亮黃色在日頭的照射下顯得格外刺眼。姚婧婧突然覺得頭有些痛，這個蕭啟還真是肆意妄為，這種規格的馬車豈是他們一家三口用得起的？萬一被人惡意舉報，那可是殺頭的大不敬之罪。

「奴婢給姚小姐請安，這兩位一定是姚老爺和姚夫人吧？聽說兩位來到了臨安城，今日奴婢可是搶破了頭才得到這趟出門的差事呢！殿下在府裡也盼著各位早些前去相聚，所以才一大早就遣了奴婢出來迎候。」

雖然姚婧婧並不認同蕭啟的行為，可不得不說彩屏這丫鬟還真是無時無刻不妥貼周到，短短幾句話就安撫了姚老三夫妻倆緊張的情緒，似乎他們要赴的真是一場滿含溫情的「家宴」。

姚婧婧硬著頭皮上了馬車，雖然此時時間尚早，可大街上已經熱鬧起來，來來往往趕大集的人把原本寬廣的大道擠得水洩不通，如此高大的馬車反而變成了一個累贅，在兩名車伕的努力下，一點一點地從人群中穿過。

好在姚婧婧一點都不著急，安安穩穩地坐在馬車上，拉著爹娘欣賞著難得一見的壯觀景象，再加上有巧嘴的彩屏在一旁逗樂，一路上倒是歡聲笑語。

好不容易來到公主府的大門前，姚婧婧心裡突然升起一絲奇怪的感覺。此時已臨近中午，按理說各家各戶的車轎應該早就將大門前的空地塞得嚴嚴實實了，可如今放眼望去卻是空盪盪一片，連個多餘的人影都沒有。

「這……這是怎麼回事？其他的客人呢？難道我們來得太早了？」

彩屏眨了眨眼，一臉喜色地回道：「什麼客人？郡王殿下早就已經交代過了，今天的貴客就只有姚小姐一家，其他那些不相干的人一個都沒有請。」

姚婧婧心裡猛地一驚，險些跌破眼鏡。「什麼？每年在公主府舉辦中秋大宴可是由來已久的習俗，他這麼做豈不是蔑視規矩？」

彩屏臉上的笑容更盛。「這個奴婢就不太懂了，彩屏只知道殿下為了今日的家宴親自指揮安排，我跟在殿下身邊這麼多年，從來沒有見過殿下為了吃一頓飯這麼上心呢，可見您在他心目中有著多麼舉足輕重的位置。」

姚婧婧一時有些啞然，如此突如其來的轉變讓她有點手足無措，她原本是想帶著爹娘來走個過場而已，可沒想到蕭啟竟然只邀請了他們一家，這個腦袋有洞的傢伙到底想做什麼？

與姚婧婧的樸素不同，蕭啟今日算得上是「盛裝打扮」了。他身上穿著一件繡滿金線的衣服，頭上戴著頂氣宇軒昂的玉冠，整個人看起來光彩奪目，簡直比天上的星子還要閃耀。

陸雲生從來沒有見過自家主子如此鄭重其事的模樣，心裡竟然莫名覺得有些好笑。

「主子，您已經在我眼前晃了一早上，晃得我頭都暈了，要我說啊，醜媳婦遲早都要見公婆，您再怎麼緊張也沒用，還是安下心來好好想想如何討好姚家叔嬸，讓他們痛痛快快地把閨女嫁給您吧！」

「本郡王留你在這裡不是讓你耍嘴皮子功夫的，你若是幫不上忙那就趁早滾蛋，省得在這裡礙本郡王的眼。」蕭啟一下子變了臉色，頗有些惱羞成怒的意味。

「主子，這河還沒過完呢，您就開始拆橋了？您可別忘了，姚夫人和姚老爺還是奴才幫您請來的呢！我的評價可是直接關係到您在姚家人心目中的形象，萬一我一緊張，不小心說錯了什麼話，那您可就前功盡棄嘍！」

陸雲生的威脅似乎很管用，蕭啟瞪了瞪眼，有些無奈地搖了搖頭。

「我讓你把姚老爺和姚夫人接過來只是希望她能開開心心地過一個節，畢竟再大的熱鬧也抵不過親人的陪伴。」

「奴才只是心疼您，畢竟這一天對您來說實在太過殘忍，這麼多年來您從沒有過過中秋節，今日卻要為此而破例。」陸雲生的語氣突然變得沈重起來，時光可以改變很多東西，可有些傷痛注定已經深入骨髓，一輩子都無法撫平。

「好了，不要婆婆媽媽的，都這個時辰了，他們應該已經入府了，你隨我一同去前面迎接。」蕭啟下意識地整了整自己的衣領，露出一個春風得意的笑容。

姚婧婧設想好的場面全部被打亂，一時之間也有些惶惶無措。

姚老三夫妻倆更是連手都不知往哪裡擱，一路上都低著頭，屏氣斂息地走著。

「蕭啟，你到底在搞什麼鬼？把我們騙到這裡來究竟要做什麼？」好不容易看到蕭啟的身影，姚婧婧再也控制不住自己的情緒，隔著老遠就開始厲聲質問。

陸雲生連忙笑著上前勸阻道：「姚姑娘請息怒，我可以替郡王殿下擔保，殿下是真心想請妳和姚家叔嬸一起吃頓家宴的。」

「誰稀罕和他一起吃飯啊！昨日你們派人來送請柬時可不是這樣說的，若是知道只有我們一家，無論如何我都不會來的。我爹娘好不容易來一趟臨安城，卻還要為了這點小事一直傷神憂心，連個安穩覺都沒睡成。」姚婧婧知道自己的抱怨毫無道理，可不知為何，一到蕭啟面前，她似乎就失去了平日的理性與克制，莫名變得驕縱起來。

今日的蕭啟看起來心情格外舒暢，即使姚婧婧再疾言厲色，他也只是笑咪咪，一臉寵溺地看著她。

可姚老三夫妻倆卻被自家閨女的態度嚇得半死，撲通一聲就跪在了地上。「草民給郡王殿下請安，我家二妮性格耿直，一向散漫慣了，絕對不是有意冒犯殿下的，請殿下恕罪。」

「爹、娘，你們做什麼？趕緊起來。」雖然知道這些都是必不可少的規矩，可姚婧婧還是不忍心看著爹娘在旁人面前卑躬屈膝。

「姚老爺、姚夫人快快請起，今日我之所以屏棄傳統，只請了你們一家前來相聚，就是不想讓兩位覺得拘謹、束縛。中秋本是全家團圓的日子，只可惜我父母早亡，這麼多年來都沒有享受過這種溫馨時光，這一次難得姚老爺和姚夫人都在，我才自作主張設下了這場家宴，各位就當是大發善心，可憐可憐我這個孤苦伶仃的人吧！」

蕭啟所言戲謔中又帶著幾絲凄涼之意，讓姚老三夫妻倆完全分不清真假，只能在蕭啟的攙扶下一頭霧水地站了起來。

陸雲生在一旁勸慰道：「姚叔、姚嬸，殿下已經說了，今日咱們不論身分，只論長幼，請兩位切莫緊張。」

蕭啟一臉認真地點頭道：「沒錯，拜託姚老爺和姚夫人千萬別再向我行禮了，你們快看姚姑娘的眼神，像是要吃了我似的。」

賀穎終於被蕭啟縮頭縮腦、佯裝害怕的表情給逗樂了，原本有些尷尬的場面頓時得到舒緩，姚婧婧懸著的心也放了下去。

「郡王殿下，我和二妮她爹都是沒唸過書的粗人，託閨女的福才能有口飽飯吃，郡王殿下隨便叫我們的名字便是，別再喊什麼老爺、夫人，我們夫妻兩人實在是擔當不起。」

賀穎言辭質樸，蕭啟卻聽得一臉認真，最後略微思考了一下，點頭答應道：「那我就和雲生一樣稱呼兩位姚叔、姚嬸吧！我雖然出身皇族，可自幼缺乏管束，和姚姑娘一樣最受不了那些繁文縟節，今日也沒外人，咱們就怎麼舒服、怎麼來。」

郡王殿下的話簡直讓姚老三夫妻倆有些受寵若驚了。

幾人一邊閒聊、一邊往後花園走去，如今正是菊花盛開的季節，公主府裡擺了上萬盆品種各異的秋菊，那競相綻放的場面的確讓人嘆為觀止。

為了方便賞花，也為了讓大家都能夠自在些，蕭啟將宴席設在了花園最中間的一個小亭子裡。

吹著清涼的秋風，沈浸在無邊無際的花海中，姚婧婧心裡的那點惱怒突然間煙消雲散，為了這難得一見的美景，也算是不虛此行了。

與前兩日在太白樓的珍饈佳餚不同，蕭啟今日命廚房做的都是一些普通的家常菜，好在廚子手藝精湛，讓人一看就很有食慾。

五人圍著圓桌隨意坐下，蕭啟將彩屏和白芷兩個丫鬟都打發下去，親自動手開了一小罈醉人心脾的桂花酒。

「這酒是從前皇姑母在臨安時親手釀的，昨日我費了好大的工夫才把它們從酒窖裡挖出來，就等著你們來了後一起品嚐呢！」

姚婧婧偷偷地撇了撇嘴，毫不客氣地吐槽道：「你還真把自己當成這裡的主人了，不僅濫用長公主的轎輦，還偷喝人家的藏酒，等長公主回來，我看你該如何向她老人家交代。」

「姚姑娘說笑了，長公主沒有子嗣，一直把殿下當成親兒子一樣疼愛，怎麼會心疼這點東西？」陸雲生一邊出言替自家主子解釋，一邊將每人面前的酒杯斟滿。

在蕭啟的帶領下，眾人一同舉杯，飲盡杯中的美酒。

姚婧婧剛剛放下酒杯，突然覺得小腹上像被針扎了一下似的，發出一陣尖銳的疼痛。一開始她並未在意，這兩天飲食無度，還連喝了好幾頓酒，腸胃受到刺激的情況也是有的，可坐了一會兒後，她覺得越發難以忍受，連臉色都起了變化。

「怎麼了？是不是哪裡不舒服？」蕭啟第一個察覺出她的異樣，眼中的關懷不言而喻。

姚婧婧有些不好意思地站起身，紅著臉小聲道：「你們先吃，我想去方便一下。」

「我陪妳。」姚婧婧的舉動在大戶人家眼裡實在是不成體統，然而蕭啟臉上卻沒有露出絲毫嫌棄之意，反而搶著要陪她同去。

「不用，我去找彩屏姑娘陪我就好了。」姚婧婧忙不迭地搖頭道。開什麼玩笑，她也是要面子的好嗎？

「還是我陪妳去吧！」陸雲生笑盈盈地站起身，他知道主子還有重要的事要和姚家叔嬸商議，剛好可以給他們創造一個機會。

陸雲生和姚婧婧走後，只剩姚老三夫妻倆獨自面對蕭啟，兩人剛剛放鬆的神色又重新緊繃起來，他們兩人無論是身分還是境遇都和眼前這位貴人有著天差地別，坐在一起實在不知說什麼好。

蕭啟的神色也變得有些凝重，沈默了半晌後，突然拎起酒壺自斟了滿杯。「姚叔、姚嬸，這一杯算是我給兩位賠罪的，最近外面流言四起，不僅損害了姚姑娘的名譽，還讓你們跟著擔驚受怕，實在是萬分慚愧。」

姚老三夫妻倆沒有料到蕭啟會主動提起這件事，一時之間你看看我、我看看你，竟然不知該如何應對。

蕭啟一臉誠懇地繼續說道：「我今日請兩位來就是想親口告訴你們，請你們不必為此憂心，對於姚姑娘，我一定會負責到底的。」

「負責？你打算如何負責？」賀穎的心突然提到了嗓子眼，此事關係到閨女一輩子的幸福，她不得不慎而重之。

蕭啟幾乎沒有絲毫猶豫，一字一句地開口回道：「如果姚叔、姚嬸信得過我，我願意盡我所能一生一世照顧她。」

賀穎神情激動地追問道：「郡王殿下的意思，是你要娶她為妻？」

蕭啟臉上的表情變得有些複雜，先是點了點頭，接著又有些無奈地搖了搖頭。「我雖身在皇家，可也做不到萬事隨心，尤其婚姻大事更是要得到皇上的恩准。如果姚姑娘願意嫁給我，我一定會竭盡全力去爭取，就算最後無法如願，我也不會再娶旁人，她會是我蕭啟這輩子唯一的女人。」

「你確定你說的都是真的？你貴為郡王，怎麼可能一輩子就只有一個女人？」對於蕭啟的承諾賀穎雖然心生感動，卻不敢輕易相信，畢竟對於那些有權有勢的男人來說，三妻四妾可是再正常不過的事情，蕭啟從小耳濡目染，肯定會受到影響的。

「只要堅持本心，沒什麼不可能的。」蕭啟的嘴角微微上揚，露出一個會心的笑容。

「我父親和我母親自幼青梅竹馬，大婚後感情更甚從前，當初皇爺爺為了子嗣考慮，曾三番五次下旨讓父親充實後院，可父親怕母親傷心，一直頂著壓力專寵她一人。一直到死，他們之間的感情都是純粹的，沒有一絲改變。」蕭啟的父親就是早已逝世的元衡太子，雖然雙親逝世多年，可父母之間相敬如賓、夫唱婦隨的生活還是給他留下了深刻的印象；再加上蕭啟對待其他女人原本就很冷情，賀穎擔心的事情根本就不可能發生在他身上。

「能得到郡王殿下的看重是二妮幾世修來的福分，可說句不識抬舉的話，作為娘親，我只希望她能生活得開心快樂、萬事順遂，再加上她一心嚮往自由、厭惡規矩，無論從哪方面看，郡王殿下都不會是她的良人。」賀穎此言算是明明白白地拒絕了，依照蕭啟的身分，若換成旁人，只怕早就感激涕零地跪地謝恩了，可愛女心切的賀穎幾乎能一眼看清那潑天的富貴背後隱藏的重重憂患，她實在不願意自己那純和良善的閨女被這深不可測的皇家所吞噬。

對於這樣的結果蕭啟似乎並不感到意外，他微微頷首，眼中甚至流露出一絲羨慕之意，正是因為有這樣一心一意為自己考慮的爹娘，姚婧婧才能活得如此肆意吧？

「姚嬸是過來人，應該知道感情一事最無道理可言，在沒有認識姚姑娘之前，我從未想過自己有朝一日會為了一個女子生出安定之心。我明白您的顧慮，可這一次我已下定了決心，不管前途有多麼坎坷，我再不會像從前那樣輕易放手了。」

姚老三夫妻倆被蕭啟的坦然與堅定所震懾，愣了半天才惶急地張口問道：「這些話你對二妮說過嗎？」

蕭啟微笑著搖了搖頭。「我不想讓她以為我在以權勢逼迫，來日方長，我相信總有一天她會相信我的誠意。」

話說到這個分上，賀穎徹底無言以對了。她突然明白眼前這位年輕的郡王並不是來徵求他們同意的，而是想用這種開誠布公的方式來表明自己的態度。

「既然郡王殿下心意已定，我們說再多也是枉然，我只希望殿下能夠記住今日所言，不管將來結局如何，都請你不要傷害她。若是有朝一日你發現自己已經不需要她了，只須派人來打個招呼，無論千山萬水，我夫妻兩人都會在第一時間趕來接她回家的。」

遠在茅房的姚婧婧並不知道蕭啟和娘親已經背著她進行了一次「深入」的交談，方便後她覺得肚子裡好像舒服了一些，就整理好衣物出來和陸雲生會合。

陸雲生似乎並不急著回去，反而帶著姚婧婧在布滿鮮花的林蔭小道上慢悠悠地走著。放眼望去，偌大的後花園裡除了花和草便再也沒有其他的裝飾，毫無節日該有的喜慶氛圍，姚婧婧忍不住噘起嘴開始吐槽起來。「都說皇家最講究排場，你家主子卻連幾個燈籠都捨不得掛，難道從前他在京城也是這樣過中秋的嗎？」

「這件事說來話長，姚姑娘真想知道？」

「什麼？」陸雲生突如其來的感嘆讓姚婧婧一臉懵，她並不想窺探蕭啟的隱私，可若陸雲生非要說，她也只能「勉為其難」地聽上一聽。

第一百章　拜月樓

原本以為只是走個過場的午宴，卻足足吃了兩個時辰。姚家三人在客房內休憩漱洗了一番後，跟著蕭啟往城南的拜月樓而去。

此時大街上的行人與早上相比更是多了一倍不止，好在所有人幾乎都是朝著一個方向而行，一路上倒也順暢。

到達拜月樓時，天色已經有些擦黑，街面上早已掛滿了點亮的燈籠，把四周照得明如白晝。

拜月樓前的廣場上擠滿了前來觀看表演的群眾，誰都捨不得放棄這一年僅有一次的狂歡。

那些官家貴族自然不會委屈自己擠在人群中，拜月樓上早已擺滿豐盛的酒宴，盛裝打扮的夫人、小姐們一邊品嚐著鮮甜的瓜果，一邊倚著窗戶欣賞樓外的景色。

雖然蕭啟早已為姚家人在拜月樓上準備了一個絕佳的觀賞位置，可姚老三夫妻倆還是堅持要去找秦掌櫃他們會合。

姚婧婧知道爹娘不放心五叔，他們拘謹了一天也該真真正正地放鬆一下，於是就由著他們去了。

蕭啟帶著姚婧婧來到拜月樓的頂樓，白芷原本一直跟在自家小姐身後，可是到了樓梯口卻被彩屏給攔了下來。

「白芷妹妹也累了一整天，咱們一起去吃些點心吧！」

白芷略微有些遲疑，在這個魚龍混雜的場合，她只想寸步不離地保護好自家小姐。

「好了，有郡王殿下在，妳還擔心什麼？妳沒看到陸公子早早就找了個藉口溜走了，咱們若是還不長眼地守在一旁礙事，小心郡王殿下秋後算帳。」彩屏一邊摀著嘴偷笑，一邊強行將白芷拉走了。

姚婧婧原本並未察覺出異樣，可直到進了門才發現偌大的樓臺上只有她和蕭啟兩人，此時再退出去倒顯得她不夠坦蕩，再加上這也不是她第一次和蕭啟單獨相處，因此歪頭想了一下後，她便逕自走到桌前坐了下來。

蕭啟微微一笑，望著天邊那輪似乎觸手可及的圓月感嘆道：「原來中秋的月亮真的比平常要美得多呢，這些年我究竟錯過了什麼？實在是罪過、罪過。」

「陸大哥已經告訴我了，今日是你爹娘的忌日，以往每到這一天，你都會帶著幾罈酒，找個沒人的地方喝個爛醉。陸大哥說你心裡一直為爹娘的死感到自責，可我覺得這件事從頭到尾你都沒有半分過錯，畢竟那個時候你還只是一個未成年的孩子，就算身處其中也無力改變什麼，頂多只是徒增一縷冤魂罷了。」姚婧婧看向蕭啟的眼神莫名發生了變化，若不是聽陸雲生親口所說，她完全無法相信這個堅毅到有些冷酷的男人身上竟然揹負著如此沈痛的過去。

「每當夜深人靜時，雙親慘死的慘狀就會在我腦海裡縈繞，老天爺留我一命，我卻辜負了祂的一片苦心。一晃十年過去了，那些害人的凶手依舊在這個世上逍遙自在，而我卻只能眼睜睜地看著，這世間怕是再也沒有像我這樣的無用之人了。」蕭啟的眼神變得空洞而漠然，言語間就像沈寂千年的古井一般，沒有一絲波瀾。這些話之前他從未向任何人傾訴過，今日卻在這個女子面前徹底卸下心防。

姚婧婧的臉上露出難以置信的表情，瞪著眼睛揚聲問道：「你這話是什麼意思？你懷疑你爹娘的死並非意外，而是有人蓄意謀害？」

蕭啟的嘴角露出一個諷刺的笑。「不是懷疑，而是肯定。自古以來皇權之爭就是屍骨累累，遍地血腥，縱然父親再仁德善良、勤政為民，只要他一日坐在儲君的位置上，就會是那些包藏禍心的奸佞之徒的眼中釘、肉中刺，就算是冒天下之大不韙也欲除之而後快。」

「所以你在暗中培植那些勢力就是為了替你爹娘報仇雪恨？可你有沒有想過，那些人一定是元衡太子之死的既得利益者，你的辛苦籌謀也許永遠都不會有結果；相反地，若是有朝一日你所做的那些事情敗露，就會立刻被打入萬劫不復的境地。」

姚婧婧的話並不是危言聳聽，蕭啟又何嘗不知？

從陸倚夢的來信中，姚婧婧對如今的朝局已經有了一個大致的瞭解。

元衡太子死後，皇八子蕭元清雖從先皇手中承襲到皇位，可他的日子過得並不鬆快。

那些在奪位之戰中鎩羽而歸的兄弟們並不是心悅誠服地恭順於他，幾乎無時無刻不在背後給他使絆子，朝堂上一片雞飛狗跳，他的政令經常無法實施，再加上四方邊境連年不斷的征戰也讓他元氣大傷。

眼看大楚三番五次陷入危境，蕭元清終於咬咬牙，決心要以雷霆手段清除異己，那幾個和他作對的親兄弟們最終落得三死兩傷，子孫後代全部貶為賤籍的下場。

蕭元清的做法自然引來了許多非議，可他並不在意史書會如何評判他，如何能鞏固皇權、讓自己手中的基業千秋萬代地傳下去才是他考慮的重點。

可沒想到歷史很快就重演，他的那些兒子們還未成年就開始明爭暗鬥，一個個吃相極其難看，甚至連最基本的禮義廉恥都不要了。

蕭元清的身子原本就不太好，被這群急不可待的逆子們幾番吵鬧後更是氣得險些一口氣沒提上來，跟隨父皇和大哥的腳步去了。

「皇上雖然對皇子們的行為恨之入骨，可看來看去都是自己的親兒子，懲治哪一個都捨不得；然而曾經身為皇太孫的你原本就身分敏感，他對你的提防之心尤甚旁人，只要你露出絲毫馬腳，他就會毫不猶豫地以叛逆之名將你和你背後的勢力一網打盡，這也是在為他的後世子孫清除障礙。」

「妳說得沒錯，可我已經不能再等了。有些事情必須在當今聖上在位時才能全部了斷，我要的不僅是血債血償，而是一個能昭告天下的真相。」

姚婧婧的心情突然變得無比凝重，原本她以為蕭啟暗中經營是對帝位存著什麼不可告人的心思，可如今她才發現，他想做的事情遠比自己想像中更加驚險萬分。

一道閃電從姚婧婧的腦中劃過，她突然意識到蕭啟說的這些話沒有一句是她該聽的，他這麼做究竟有何用意？「原本我還有些奇怪，陸大哥從前對關於你的所有細枝末節全部都三緘其口，可今日竟然破天荒地主動提起，一定是得到了你這個主子的授意吧！」

「怎麼？現在才想起害怕來？只可惜已經晚了，在世人眼裡，妳早已上了我這條賊船，再也下不去了。」說話間，蕭啟又往前靠了一步，嘴角微微上揚，露出邪魅一笑。

姚婧婧心中一顫，竟然莫名感到有些緊張，不知為何，她總感覺眼前這個男人變得和以往有些不一樣了，舉手投足之間似乎多了幾分凌厲與霸氣，或許這才是他最真實的面孔吧！

姚婧婧並不想讓他看出自己的慌亂，只能硬著頭皮迎著他的目光反問道：「你就不怕我把你的秘密全部都洩漏出去？到時候我可是舉報亂臣賊子的大功臣，皇上一高興說不定會賞一座金山銀礦給我呢！」

蕭啟一臉篤定地搖了搖頭。「妳不會的，妳要是真捨得告發我，哪裡用得著等到今天？再說了，區區一座金山銀礦而已，妳若是真想要，我隨時都可以捧到妳的面前。」

姚婧婧簡直哭笑不得。「郡王殿下好大的口氣，看來陸大哥最近的生意做得不錯嘛！我雖然不會舉報你，可並不代表我認同你的做法，我不僅自己膽小怕死，身後還有許多至親家人需要我去保護，若是你想利用我做什麼，那注定只會讓你失望了。」

蕭啟的面色猛然一沈，周身隱隱透出一絲危險的氣息。「姚婧婧，妳未免也太高看自己了，若只是為了利用，我有一百種法子讓妳屈服，哪裡用得著如此大張旗鼓？」

「那你到底是為了什麼？」此話剛一出口姚婧婧就覺得自己蠢爆了，在這種時候竟然問出這種問題，這不明擺著往槍口上撞嗎？

第一百零一章　一吻定情

果不其然，下一秒蕭啟就以迅雷不及掩耳之勢傾身朝她撲了過來，姚婧婧嚇得轉頭想跑，腰間卻突然冒出一隻強而有力的大手，將她整個人牢牢地環在他的胸膛上。「蕭啟，你瘋了？趕緊放開我。」

姚婧婧能夠感受到耳後粗重灼熱的呼吸中帶著一陣陣若有還無的酒氣，這讓她的心慌得簡直快要跳出來了。這並不是她第一次和身後這個男人近距離接觸，可以往大多都是情勢所迫，不得已而為之，今日的蕭啟實在是反常得讓人害怕。

「別動。」蕭啟不僅沒有放開她的意思，反而趁著夜色開始在她身上動手動腳起來。

感受到他那粗糙的大掌沿著自己的衣襟滑入脖子，姚婧婧只覺得渾身起滿了雞皮疙瘩，簡直連殺人的心思都有了。「你這個混蛋，我跟你拚了。」

「今日我已經在妳爹娘面前許下重誓，不管妳願不願意，從今以後妳就是我蕭啟的女人了。」

「什麼?!」蕭啟的話讓姚婧婧心中大駭，爹娘怎麼可能不經過她的同意就隨意替她做下決定？她正準備向他問個清楚，只是沒想到兩人貼得實在太近，她剛一轉頭就感覺自己的唇貼在了蕭啟的臉上。

蕭啟的呼吸突然變得急促起來。「沒想到妳居然如此心急，我若是不做點什麼，豈不是辜負了美人的一片情意？」

「你……你別誤會，我不是故意的，你放開我，快放開我。」姚婧婧的心彷彿快要從胸腔裡跳出來似的，她的臉色鮮紅如血，渾身上下沒有一點力氣，就連手足無措的反抗看起來也有幾分欲拒還迎的意思。

懷裡的女子身上似乎有一種特殊的魔力，在融融的月光下，蕭啟的心也變得安定下來。「放開妳？怕是這輩子都不可能了。」蕭啟輕嘆一聲後，一臉虔誠地閉上眼，深深地吻了下去。

耳畔的喧囂突然全都散去，時光似乎也就此靜止下來，天地之間彷彿再也沒有任何事能夠將他們分開。

不知過了多久，就在姚婧婧以為自己快要斷氣時，樓下的廣場上突然爆出一陣響徹天際的喝彩聲。

殘存的理智終於讓姚婧婧清醒過來，她忍不住發出一聲嚶嚀，使出吃奶的力氣才掰開蕭啟環在她腰間的雙手，緊接著便像一隻受驚的小兔子一般跳離他的懷抱，靠在欄杆上大口地呼吸著新鮮的空氣。

蕭啟意猶未盡地舔了舔自己的嘴唇，她的滋味比他想像中更加甘甜可口，他心裡忍不住為那些錯過的時光感到惋惜。

「你別過來，你這個卑鄙無恥的偽君子、大流氓。」姚婧婧的眼中滿是防備，還當著蕭啟的面從衣袖裡掏出那把精緻小巧的梅花匕首，用閃著寒光的刀尖指著蕭啟的鼻子。

蕭啟的嘴角微微上揚，覺得她的模樣很有趣。「若是知道有朝一日妳會拿這把刀來對付我，我當初說什麼也不會讓歐陽老兒送給妳這麼一件禮物。」

姚婧婧越聽越糊塗，忍不住皺起眉頭，露出不解之色。「你這是什麼意思？難道這把匕首是你讓歐陽先生送給我的？可是……你為什麼要這麼做？」

蕭啟一臉寵溺地看著她，慢悠悠地回道：「哪裡有那麼多為什麼？我只是害怕在妳遇到危險時我卻不能及時出現在妳身邊，好在妳並未讓我失望，聽說妳曾經用這把匕首讓一個心懷不軌之徒吃了大虧。等過些時候妳腿上的傷全好了，我親自下場教妳幾招手上的功夫，以後妳行走江湖時就再也不怕旁人欺負了。」

「有病啊？我只是一個謹守本分的生意人，哪裡需要走什麼江湖？而且你以為世人都像你一樣無恥猖狂嗎？只要你不欺負我，便沒人敢欺負我。」姚婧婧絲毫不領情地高聲嚷道，只可惜她的聲音很快就被人群中再次爆發出來的喝彩聲給淹沒，她有些好奇地轉頭朝下望了望，瞬間被舞臺上那個靈巧可愛的身影給吸引住了。

「是赤焰，真的是赤焰，沒想到牠真的成功了。」

此時姚婧婧已經完全忘記了和蕭啟之間的糾纏，興高采烈地伸出手指著舞臺上賣力表演的小赤焰，嘴裡還不住地呼喊著牠的名字。

原來不知什麼時候，冗長繁雜的拜月儀式已經結束，到了眾人最期待的表演環節。今日的小赤焰算得上是盛裝打扮，兩個洋馴獸師給牠特製了一條金光閃閃的項圈，上面掛著一個碩大的金鈴鐺，隨著小赤焰的上下翻飛，發出「叮叮噹噹」的聲音。

這兩個洋馴獸師還算是有些本事的，僅僅兩天時間，他們就按照姚婧婧的提議教會了小赤焰不少「獨門絕技」，不僅會鑽火圈、掛金鈎、走鋼索，甚至還學會了簡單的算數，惹得眾人大開眼界，驚叫連連。

蕭啟對此似乎很不買帳，斜著眼睛露出一臉鄙夷的神色。「這就是那位孫大少爺的傻狗？真真是和牠的主人一樣徒有其表，只懂得譁眾取寵，一會兒本郡王就讓人把牠給燉了，賞給阿拉做宵夜。」

「你敢。」姚婧婧的眼皮猛地一跳，這個男人怎麼連如此瑣碎的細節都知曉？「如今我才是赤焰的主人，你若是敢傷牠一根毫毛，小心我對你不客氣。」

蕭啟一臉醋意地撇了撇嘴。「不就是一隻狗而已，有什麼了不起的？京城的百獸園中比牠漂亮、稀有的品種多如牛毛，妳若是真喜歡，我通通都給妳抓來。」

「不必了，郡王殿下還是自個兒留著吧！在我眼裡，赤焰就如同我的家人一樣，誰也別想將牠從我身邊帶走。」

姚婧婧說完後收起手中的利刃，趁著蕭啟不備，轉身推開門朝樓下跑去，在沒有整理好自己的心緒之前，她實在不知該如何面對這個男人。

蕭啟的眼神暗了又暗，望著她倉皇而逃的背影，竟然破天荒地沒有阻止。

此時整個臨安城的人都沈浸在狂歡中，姚婧婧沿著臺階一圈一圈地往樓下跑去，也許是耳邊的吵鬧聲太過嘈雜，她竟然覺得自己像是坐在一列飛馳的過山車上面，一種無能為力的暈眩感牢牢地占據了她整個腦袋，就連周邊的事物也變得模糊起來。

就在姚婧婧即將要摔倒的瞬間，她突然察覺到有一隻溫柔的小手在背後扶住了她，她的心猛然一鬆，一定是白芷前來尋她了。

她想要回頭和白芷打招呼，卻發現自己渾身上下的力氣彷彿在一秒鐘之內被全部抽光了，緊接著便只能眼睜睜地看著自己倒了下去。

姚婧婧離奇消失了。

一直到表演快要結束，天空中開始綻放出絢爛的煙火時，蕭啟才意識到問題的嚴重性，迎著微微發冷的涼風，他的指甲幾乎掐進了肉裡。

「怎麼辦？奴婢把拜月樓上下全都找了好幾遍也沒看見小姐的身影，老爺和夫人還在外面盼著她一起去賞花燈呢，這讓奴婢如何能夠交代得清楚啊！」白芷渾身顫抖地伏在蕭啟腳下，說話間已經泣不成聲。「都怪奴婢太大意，郡王殿下，您快想想辦法救救小姐吧，她若是有個什麼三長兩短，奴婢也活不下去了。」

蕭啟的眼中閃過一絲寒光，突然開口問了一個毫不相關的問題。「妳真的是本郡王當初選中的那個人？」

白芷仰起頭，面露迷惑之色。「郡王殿下，您這話是什麼意思，奴婢怎麼一點也聽不明白？」

蕭啟猛地一拍桌子，勃然大怒道：「好一個肆意妄為、膽大包天的南風，看來以往的確是本郡王對她太過縱容了，她居然敢在本郡王面前耍起偷梁換柱的把戲。」

「主子，您的意思是……」一旁的陸雲生挑了挑眉頭，像是突然明白了什麼。

「沒錯，當初本郡王明明選的是心思縝密、性情堅忍的絕頂高手到姚婧婧身邊伺候，怎麼轉眼變成了這麼一個只會哭哭啼啼的窩囊廢？」

完全弄不清楚狀況的白芷被蕭啟咬牙切齒的暴怒模樣給嚇住了，整個人像一塊被雷劈中的木頭一般呆立在那裡，連半個字也說不出口。

「之前去廣陵城的路上時本郡王就心有懷疑了，後來看妳伺候得還算盡心，本郡王也就沒有過多追究，可沒想到妳竟然不中用到這個地步，實在是讓人忍無可忍。」

意識到姚婧婧可能遇到了危險，蕭啟的心情一下子降到了冰點，他知道如今不是追究這些事情的時候，可白芷那一句「三長兩短」就像一根點燃的爆竹，瞬間讓他炸了。

關心則亂，陸雲生瞭解姚姑娘在主子心中的重要程度，立刻拉開白芷，出言勸解道：「主子您先別著急，奴才剛才派人將拜月樓上上下下搜了個遍，雖然沒有找到姚姑娘，卻被我逮住了一個形跡可疑的丫鬟，經過盤問後，發現她是王大小姐的貼身侍婢。」

「王大小姐？就是前些日子招了一個上門女婿的知府千金嗎？」蕭啟腦中靈光一閃，他似乎明白了什麼。「東雲，你立刻調派人手隨我前去。」蕭啟臨走之前用餘光瞥了一眼惶然不知所措的白芷，毫不掩飾臉上的厭惡。「如果妳不想立刻滾回妳舊主子身邊的話，就收起妳那廉價的眼淚，出去想辦法穩住姚老爺和姚夫人，妳家小姐一定不忍心看見他們替自己擔心。」

白芷愣愣地望著蕭啟決然而去的背影，心裡說不出是什麼滋味，難道自己的出現只是一個錯誤？那她以後還有何顏面出現在小姐面前？

呆了片刻後，白芷終於還是抹了抹臉上的淚水，掙扎著站起身，匆匆出了門。郡王殿下說得沒錯，即使她沒有能力解救小姐於危難中，也要想方設法盡自己的一份心意。

觀賞完演出後，那些夫人、小姐們終於按捺不住蠢蠢欲動的心思，三五成群地走下拜月樓，到街上湊熱鬧去了。

王大人一家毫無例外地守到了最後，就在王大人終於安排好所有的事務，準備帶著家人前去與民同樂時，一身凌厲的蕭啟卻突然帶著十幾名黑衣男子將他們一家團團圍住。

王大人一眼看出情況不對，立刻上前兩步，小心翼翼地彎下腰。「郡王殿下這是何意？今日有幸能和殿下一同歡度佳節，若是下官有伺候不周的地方，還請您及時指正。」

蕭啟對此充耳不聞，反而用手指著站在眾人身後、戴著一襲潔白面紗，顯得乖巧又端莊的王大小姐。「快把這個兩面三刀、一肚子壞水的賤婦給本郡王綁了。」

身後的那些黑衣男子表面上是端恪郡王府的侍衛，實際上都是驚蟄堂培養出來的死忠之士，他們不僅個個武藝高強，而且終其一生只認蕭啟這一個主子。

捉拿一個手無縛雞之力的弱女子對這些黑衣男子來說根本不費吹灰之力，蕭啟的話音剛落，兩名帶頭的侍衛就飛身而起，一左一右扯住王子衿的胳膊，將她抓至主子的面前。

王子衿只是一個閨閣婦人，從小到大何曾被人如此粗暴地對待過？大驚之下，她險些暈了過去。

那兩名侍衛頭子卻沒有絲毫憐香惜玉的意思，只見兩人冷著臉，兩手輕輕一按，王子衿原本就瘦弱的肩膀立刻發出一陣咯咯作響的聲音。

「痛……」一瞬間，王子衿的額頭上便冒出層層冷汗，劇烈的疼痛感使她整個身子都蜷縮成一團，整個人萬分狼狽地癱軟在地上。

「住手！快住手！」愛女心切的王大人如何能眼睜睜地看著女兒遭受如此搓揉，他也顧不上什麼位分尊卑了，一邊高喊、一邊衝上前，想將女兒從那兩名侍衛頭子手中解救出來。

「王大人切莫激動，本郡王身邊這兩名侍衛下手一向沒個輕重，萬一不小心捏斷了王大小姐的脖子，那可就糟了。」蕭啟說話的語氣如同徹骨的寒冰。

王大人立刻被凍在當場，他瞪著眼睛，難以置信地望著眼前這位年輕的郡王，心中突然意識到這並非是一場鬧劇，蕭啟是真的對自己的女兒起了殺心。

被嚇得三魂去了六魄的王夫人撲通一聲跪倒在地，聲嘶力竭地哀求道：「我的天啊！這到底是怎麼回事？我求求你們放開我女兒，放開她，快放開她！」

孫晉維今日也跟著岳父大人一家前來玩賞，這突如其來的景象讓他整個人震驚不已，他雖然也心疼自己的妻子，可比起王大人兩口子，他至少還能保持表面上的鎮定。

「郡王殿下請開恩，自從您駕臨臨安城以來，下官一直盡心盡力地侍奉，生怕有任何地方怠慢於您。下官知道自己能力有限，如果殿下覺得下官犯了什麼錯誤，大可以上表彈劾，下官絕不會有半句怨言，可您無論如何也不能當眾用如此雷霆手段挾持小女，小女她只是一個長於深閨的婦人，從來沒得罪過您啊！」王大人不愧是在官場浸淫多年，如此危急時刻說出的話依然滴水不漏，至情至理。

若是換成旁人，只怕早就已經軟下了心腸，只可惜他今日要面對的卻非常人。

蕭啟完全無視老淚縱橫地跪在自己腳下的王大人，反而低下身子，一臉漠然地看著瑟瑟發抖的王子衿。

「本郡王的耐心有限，所以妳只有一次老實交代的機會，一旦錯過，本郡王保證這次就算是有太上老君的仙丹，也拯救不了妳這副醜惡的面孔。」蕭啟說著，突然伸出手將王子衿臉上的面紗給扯了下來。

由於先前用了姚婧婧特製的解毒丸，王子衿臉上那些有毒的膿包雖然已經開始結痂，看起來依舊驚悚可怖。

王子衿連忙低下頭，用手遮住自己的面容，開始嚎啕大哭起來，那哭聲淒厲而尖銳，讓人忍不住心生同情。「爹、娘，快救救我、救救我！」

王大人心如刀絞，跪在地上不住地磕頭道：「郡王殿下，下官求您了，您就放過小女吧！」

蕭啟的嘴角露出一絲譏諷之色。「放過她？那是不可能的，如果她肯乖乖把本郡王的女人交出來，本郡王倒是可以考慮留她一條賤命。」

王大人抬起頭，露出一臉倉皇的神情。「什麼女人？您這話是什麼意思？下官怎麼一句也聽不懂？」

孫晉維的心裡卻「咯噔」一下，突然有了一種不祥的預感。「郡王殿下的女人？您是指……姚婧婧？她怎麼了？到底發生什麼事了？」

蕭啟將陰冷的目光移向面露焦急之色的孫晉維，作為一個心高氣傲的男人，在此之前他從未將這個既無顯赫官職，又無萬貫家財的孫大少爺放在眼裡，在他的潛意識裡，這樣平凡到卑微的男子甚至連做自己情敵的資格都沒有。

「是誰給你的膽子敢直呼她的姓名？她怎麼樣與你一點關係都沒有，你最好別忘了自己的身分，管好你身邊這個賤婦才是你最該做的事。」蕭啟的眼中幾乎快冒出火來，要不是惦記著姚婧婧的下落，他真恨不得讓這對可惡的夫妻立刻從這個世上消失。

孫晉維並沒有將蕭啟的喝斥放在心上，反而心急如焚地低下頭詢問自己的妻子。「子衿，郡王殿下說的話究竟是什麼意思？難道是妳對姚姑娘做了什麼？」

王子衿依舊披頭散髮地趴在地上，沒有人看到她眼裡流露出來的怨毒之色。此時此刻自己正在被人肆意欺凌，可這個被她視為生命的男人卻依然心心念念地想著別的女人，這讓她如何不痛？又如何不恨？

第一百零二章　招認

「晉維，你怎麼能說出這樣的話？難道在你心裡，我竟然如此不堪？我和姚姑娘遠日無怨，近日無仇，我有什麼理由要害她？」王子衿神色哀戚，一聲聲淒厲的質問飽含失望與心酸。

孫晉維心中頓時後悔不已，他的確不該憑著別人的三言兩語就隨便懷疑自己的妻子。

王大人不忍心看著自己的女兒受委屈，連忙點頭附和道：「就是，這其中一定有什麼誤會，好端端的，子衿為何要去害姚姑娘？這沒有道理啊！」

「事到如今王大小姐還想抵賴？妳的丫鬟繡兒可是什麼都招了，要不要本郡王讓人把她拖來與妳當面對質？」

直到此刻王子衿才意識到繡兒已經消失了很長時間，難道她真的落到了眼前這個男人的手裡？趴在地上的王子衿突然變得焦躁不安起來，趁著兩位侍衛頭子稍微鬆懈的工夫，她竟然一躍而起，瘋狂地朝門外撲去。「我要回家，你們這群混蛋根本沒有權力扣押我，放開我，快放開我！」

蕭啟的右手輕輕一揮，一根又細又長的繩索突然從他袖口中射出，套在了王子衿的脖子上，讓她瞬間動彈不得。「王大小姐這算是畏罪潛逃嗎？今日妳若不說出姚姑娘的下落，本郡王保證妳絕對不會有機會活著走出這拜月樓。」

「郡王殿下，手下留情啊！」王大人夫妻倆此時已經完全喪失了思考的能力，蕭啟手中的細繩在他們看來就是奪命索，他們只有這一個寶貝閨女，萬一真被這位失心瘋的郡王殿下給傷著了，那他們一定會悔恨終身的。

孫晉維察覺出妻子的異樣，呆了半天才難以置信地問道：「子衿，這件事真是妳做的？」

事到如今似乎再沒有什麼隱瞞的必要了，王子衿的神色突然變得瘋狂無比，嘴角甚至露出一絲詭異的笑。「沒錯，就是我派人把那個賤女人給擄走了，看看你們一個、兩個痛心疾首的模樣，真是讓我覺得噁心無比。孫晉維，你這個忘恩負義的畜生，我將一片癡心全都交付於你，可你對我何曾有過半分情誼？我是你明媒正娶的妻子，你卻連碰都不願意碰我一下。你以為我不知道嗎？你最近總是假借療傷之名跑到杏林堂與那個賤人私會，我可以原諒你不愛我，可我不能容忍你心裡藏著別的女人，所以她該死，該死！」

「妳瘋了，對不起妳的人是我，和姚姑娘又有何干？子衿，妳怎麼懲罰我都可以，可姚姑娘是無辜的，妳趕緊把她交出來。」孫晉維一邊說、一邊衝上前拚命拉住蕭啟手中的繩子，一個是他今生最愛的女子，一個是於他有大恩的妻子，她們之中的任何一個受到傷害他都於心不忍，如果可以，他願意用自己的性命去換取她們的一世平安。

「我呸！你們這些臭男人一個個口蜜腹劍，其實都是見色忘義的衣冠禽獸，你這麼心疼那個賤人，那就隨她一起下地獄吧！」

王子衿似乎已經完全將自己的生死拋在腦後，只見她梗直脖子，雙眼暴睜，發出一陣陣淒厲而又磣人的狂笑，那模樣活脫脫就是一個剛剛從地底下爬出來的女鬼。

「既然妳這麼想死，那本郡王就成全妳。」蕭啟的耐心已經到了極限，他揚了揚手，一掌將擋在前面的孫晉維推開，隨後猛地一勒手中的繩子，王子衿的笑容戛然而止。

身為知府，王大人平日審案時算是見慣了這樣的場景，可發生在自己的至親身上卻幾乎震碎了他的膽。

「不要、不要啊！郡王殿下開恩啊！下官願意一死來替小女贖罪，求求您手下留情啊！」

蕭啟絲毫沒有動容，反而加緊了手中的動作。

王子衿不僅開始翻起了白眼，嘴裡也不斷發出垂死的嗚咽聲。

跌倒在地的孫晉維艱難地抬起頭，高聲叫道：「郡王殿下，萬萬不可，難道您不想救姚姑娘了嗎？您若是真殺了子衿，那可是親手斷了唯一的線索啊！」

蕭啟咬著牙，發出一聲冷哼。「就算沒有這個毒婦，本郡王也照樣能把人救回來，如此蛇蠍心腸，今日本郡王若不親手懲治了她，實在是天理難容。」

孫晉維匍匐著身子深深地拜了下去。「救人如救火啊，殿下。咱們已經沒有時間耽擱了，只要您能饒子衿一命，草民這就帶您前去救人。」

蕭啟猛地揚眉道：「你知道她在哪裡？」

「現在還不知道，可草民有辦法能夠找到她。」

蕭啟面無表情地審視著眼前這個他厭惡到骨子裡的男人，沒想到有朝一日自己要和他聯手才能救得了姚婧婧的性命，這讓蕭啟莫名有一種深深的挫敗感。

「好，本郡王暫且相信你一次，如果你膽敢幫著這個毒婦耍什麼花招，本郡王立刻讓人抄了整個王家。」

蕭啟猛地一鬆手，王子衿就像一條死魚一般，軟軟地癱倒在地上。

王大人立刻撲上去將女兒抱在懷中，大聲叫嚷著讓下人去請大夫。

孫晉維滿臉憂慮地看了王子衿一眼，張張嘴想說什麼，最終卻一個字都沒有說出口，轉頭跟在蕭啟身後大踏步地出了門。

「女兒，妳怎麼樣了女兒？妳可千萬不要嚇唬爹啊！」

任憑王大人哭得肝腸寸斷，王子衿始終沒有睜開眼睛，只有一滴晶瑩的淚水從她的眼角慢慢滲出來，流下一道長長的淚痕。

孫晉維出了拜月樓的大門，徑直來到後臺一處專供那兩個洋馴獸師休息的地方。

小小的房間被前來想要和小赤焰親近的人群給擠得水洩不通，正如姚婧婧所料，今日的表演結束後，赤焰就成了臨安百姓心中最受歡迎的萬人迷，人氣簡直能和妙音娘子相媲美。

小赤焰似乎也很享受這種被人崇拜的感覺，只見牠一臉傲嬌地坐在屋中間的圓桌上，挑剔地品嚐著信徒們最高禮節的供奉——一根比牠身體還要大的骨頭。

「汪汪。」突然之間，小赤焰似乎嗅到了一股特殊的氣味，牠的小腦袋高高地揚起，眼睛裡綻放出一股灼熱的光芒。「汪，汪汪。」小赤焰猛地甩開嘴裡的骨頭，伸直後爪使勁一蹬，迅速從眾人的腦袋上飛躍而過，直奔門口而去。

「赤焰。」孫晉維雙眼含淚，張開胳膊抱住這讓他魂牽夢縈的小東西，這麼長時間沒見，牠似乎比印象中肥了一大圈，看來牠的新主子一直將牠照顧得很好。

「汪，汪汪。」赤焰用自己的小腦袋在孫晉維的肩頭輕輕蹭了蹭，小鼻子一抽一抽的，似乎有一肚子的委屈無處訴說。牠實在不明白，這個把自己寵上天的男主人為何這麼長時間都不來看牠了？

「赤焰，對不起，都是我不好，你剛剛的表現真的非常神氣，我知道你已經很累了，可現在還有一項重要的任務必須由你去完成，這件事關係到姚姑娘的生死，請你一定一定要幫忙找到她，好不好？」

「汪！汪汪汪！」

小赤焰的聲音突然變得充滿鬥志，牠像是聽懂了孫晉維所說的話一般，衝著漆黑的夜空一通狂吠。

蕭啟在一旁看著，心中已經瞭解孫晉維的用意，只是他實在有些懷疑這隻只會汪汪叫的小傢伙究竟能否擔此大任？

孫晉維先是帶著小赤焰在拜月樓上上下下走了一圈，原本以為牠會原路返回，從正門出去，誰知牠竟然七彎八拐地繞到一處很少有人知道的偏僻角門，在那裡徘徊了片刻後就一頭衝了出去。

「快，跟上。」

為了防止打草驚蛇，這一趟蕭啟只帶了四名武藝最好的黑衣侍衛，連帶著孫晉維，一共六個男人靜靜地跟著一隻長相奇特的小金犬在黑暗中一路狂奔，這場景實在是有些詭異。

也許是對主子的氣味太過熟悉，小赤焰一路上沒有片刻遲疑，很快就來到位於城郊處的一個小湖邊。

此湖名為楓葉湖，在湖的中心有一座很小的小島，上面長滿了楓樹，一到秋天就變成了一幅絕美的畫卷，吸引很多閒情逸致的人前來觀賞。

小赤焰在湖邊站定，對著小島的方向就是一陣響徹天際的狂吠，看起來很是焦躁，一邊叫、還一邊不停地轉過頭看孫晉維，似乎在給他什麼提示。

孫晉維立刻明白過來。「赤焰，你是想說姚姑娘已經被人帶到了楓葉島上？」

蕭啟抬起頭朝楓葉島的方向望去，那座白天看起來風景絕美的小島，此時卻好像變成了一個能將一切都吞噬的深淵，整座小島樹影幢幢，連一絲亮光也無。

「郡王殿下，想上島咱們必須要先找一條船來，草民記得這附近有兩艘專門搭載遊客的烏篷船，可這會兒不知藏到哪裡去了，要不咱們分頭去找一找吧？」

孫晉維的提議並未得到蕭啟的附和，他一臉漠然地望著前方，似乎在思考著什麼。

「他們既然敢把人擄到這裡，就一定做好了萬全的準備，在天亮之前怕是難以找到渡船了。」

「啊？」孫晉維並不是愚昧之人，驚訝之餘很快就反應過來，蕭啟所說的確很有道理，可一想到近在咫尺的姚婧婧正面臨著人生中最大的危險，他的心就無法平靜下來。「那咱們該怎麼辦？就這樣什麼都不做，一直眼睜睜地等到天亮嗎？」

「冷夜，你帶著其他人在這裡候著，沒有本郡王的指令，誰也不能輕舉妄動。」

蕭啟的命令讓身後那位名叫冷夜的貼身侍衛心中狂跳不止，他隱約猜測到主子想要做什麼，可他們如何能眼睜睜地看著主子身陷險境？「主子，還是讓我們四個去吧！這楓葉湖的情況並非像表面上看到的那樣平靜，湖中心有許多激流、漩渦，一不小心就會深陷其中無法自拔，再加上天色太黑，簡直是危險重重啊！」

蕭啟皺了皺眉，看起來非常不開心。「所以你是覺得你們四個的本事猶在本郡王之上嘍？」

冷夜立刻單膝跪地，一臉惶恐地回道：「不是，奴才心中絕沒有此意。」

一旁的孫晉維也瞪著眼，露出不可思議的表情。「郡王殿下，難道您想從這裡游到楓葉島上嗎？可這裡離登島之處還有十幾里的距離，您身邊連個浮筒都沒有，萬一中途脫力，那就必死無疑。」

蕭啟黑著臉，沒好氣地輕叱道：「莫非孫大少爺有更好的主意？」

孫晉維頓時沈默，事到如今，蕭啟所說已是唯一的辦法，哪裡還有什麼更好的主意呢？

「草民從小在江邊長大，也算是熟識水性，此行就讓草民陪著郡王殿下一起，也算是有個照應。」孫晉維一邊說，一邊動手脫掉自己的衣裳，打算和蕭啟一起下水。

「這裡已經沒你的事了，孫大少爺還是回去吧，本郡王可不想帶著你這個拖油瓶。」

蕭啟一個眼神，冷夜立刻伸手將孫晉維按在了地上。

還未等孫晉維回過神來，就聽見撲通一聲，蕭啟就像一條矯捷的魚，輕輕巧巧地躍入了水中，甚至連浪花都沒激起幾朵。

初秋的夜雖然還不算太涼，可在湖水裡待久了，身上還是漸漸有了刺骨之感。蕭啟一直咬著牙拚命地向前游，無奈四周漆黑一片，他甚至連方向都沒辦法辨別清楚，不知過了多久，他只覺得自己身上的力氣漸漸消失殆盡，不僅速度慢了下來，連呼吸都變得困難起來。

「該死的烏鴉嘴。」他忍不住在心裡暗暗地罵了一聲。萬一自己像孫晉維所言死在半道上，那姚婧婧該怎麼辦？不行，就算是拚盡最後一口氣，他也要堅持下去，在沒有救回姚婧婧之前，自己絕不能有片刻鬆懈。

蕭啟惡狠狠地咬了自己一口，一股濃重的血腥味瞬間在口腔裡蔓延，讓他整個人變得清醒起來。就這樣，他一邊吸著自己的鮮血，一邊奮力前行，好在老天保佑，這一路上還算順利，並沒有遇到什麼暗流或者纏繞的水草。

就在蕭啟的腿即將要抽搐的前一秒，他突然感覺到自己的身體碰在了一塊礁石上。

阿彌陀佛，終於到岸了。

蕭啟深吸了一口氣，萬分艱難地爬上岸。此時此刻他再也不是那個英俊瀟灑、引得萬千女子尖叫的郡王了，這副狼狽的模樣簡直還不如街邊的乞丐。

他趴在地上休息了片刻，待心跳漸漸平穩後便掙扎著站起身，開始在島上搜尋著姚婧婧的蹤影。

由於島上的楓樹都是幾百年以上的參天老樹，樹根盤根錯節，連一條林間小道都沒有。

蕭啟的搜尋困難重重，就在他心生絕望之際，突然看到前方隱約傳來一陣微弱的光芒。

他頓時來了精神，毫無聲息地飛身過去，發現此處竟然是由一根巨大的樹椿形成的一個天然的小木屋，一道小小的木門緊鎖著，完全看不清裡面的狀況。

第一百零三章　難熬的一夜

雖然只有短短的兩個時辰，姚婧婧卻有一種再世為人的感覺。一路的顛簸讓她整個身體感覺都震散了，腦袋裡像是鑽進了無數隻螞蟻，隨時都像要爆炸似的。

她使出吃奶的力氣才勉強睜開眼睛，發現自己竟然到了一個完全陌生的地方，一股潮濕又沈悶的氣息撲面而來，讓她險些再次暈倒過去。

「哈哈，多謝程大哥的提攜，小弟我才有機會接到這麼好的一項差事，不僅能拿到豐厚的賞銀，還能睡到這麼年輕俊秀的小丫頭，簡直讓人作夢都能笑醒，一會兒等這娘兒們醒了，就請程大哥先行享用。大小姐可是親口囑咐過，讓咱們千萬不必客氣，看她的模樣，說不定還是一個沒有開過苞的處子呢！」

這個男人的笑聲如此猥瑣，姚婧婧單是聽著就有一種想吐的衝動，她立即斂聲屏氣，閉上眼睛，她心裡明白，一旦被這兩個惡徒發現自己醒了，那就是噩夢的開始。

「好說，誰叫在那幫兄弟裡，我最看好的就是小高你呀！你放心，只要你忠心耿耿地跟著大哥混，以後少不了你的好處。」這姓程的劫匪等得不耐煩了，將手中的酒葫蘆朝後一丟，站起身罵罵咧咧地朝著姚婧婧所躺的方向走去。「春宵一刻值千金，她再這樣睡下去，咱們兄弟倆今夜怕是難以盡興了。」

姚婧婧的身子突然變得僵硬起來，她努力控制著自己的呼吸，強忍著想要一躍而起的衝動，她很清楚，自己無論如何都不是這兩個心懷鬼胎的劫匪的對手。

「小高，快來幫忙。這位小美人的衣裳都被湖水打濕了，再這樣下去非染上風寒不可，咱們哥兒倆行行好，幫她把濕衣服脫下來，美人醒了後一定會很感激咱們的。」

兩位歹徒的臉上都掛著淫蕩的笑容，不約而同地對著姚婧婧伸出邪惡的手掌，開始撕扯她的衣裳。

「啊！不要碰我！」

姚婧婧再也無法忍受下去，就像是觸電一般，從地上彈了起來，可很快地她就發現自己渾身上下軟綿綿的，根本支撐不了自己的身子，只能無奈地倒在身後的草垛上。

兩個劫匪似乎被這突如其來的變故給嚇了一跳，隨即變得興奮起來，一個活蹦亂跳的女人總比一具動也不動的「屍體」更能燃起男人的慾望。

「小美人，妳醒得可真是時候，今天晚上一定要讓妳見識見識咱們哥兒倆的厲害，保證妳立刻就能忘了那位身分高貴的情郎。」

「我呸！」姚婧婧知道此時不是露怯的時候，軟弱哭泣只會更加刺激這兩個劫匪的獸性，她用盡力氣挺直脖子怒聲斥罵道：「你們這兩個狗膽包天的畜生，既然知道我與郡王殿下的關係，還敢喪盡天良地把我擄到這裡，你們就不怕郡王殿下到時候割了你們的狗頭？」

「哈哈，這娘兒們嘴皮子還挺硬的，妳真以為妳那位情郎是無所不能的，這大半夜的，誰能想到妳會突然出現在這座沒人的荒島上？等咱們哥兒倆享受夠了就把妳往湖中間的漩渦裡一丟，保證妳死得毫無聲息，誰都不可能找到妳。」

那姓程的劫匪長得滿臉橫肉，一看就是陰毒之人，害死個小丫頭對他來說簡直沒有絲毫難度。

一種恐懼的感覺突然縈繞在姚婧婧的心頭，這世上還有許多事等著她去完成，她實在不想就這樣窩窩囊囊地死在這兩個人渣手裡。

「別浪費力氣了，虧妳還是一個大夫，連自己身中軟筋散之毒都不知道，就算咱們哥兒倆捨得放妳走，妳也爬不出這楓葉島。」一高姓劫匪眼見姚婧婧不停掙扎著想要站起來，立刻湊上前露出一臉猥瑣的笑容。

「軟筋散？」姚婧婧心中只覺得無比震驚，難怪她會莫名其妙地暈倒在拜月樓，雖然她不知道這所謂的軟筋散究竟是什麼東西，可依照她對各種藥材的瞭解程度，旁人若想給她下毒，只怕不是一件容易的事。

「廢話少說，妳若想死得痛快點，今天晚上就好好伺候咱們哥兒倆，把妳勾引郡王殿下的那些招式全都施展出來；若是妳敢給咱們添堵，那我有的是辦法讓妳後悔生在這個世上。」

姓程的劫匪凶神惡煞地一通恐嚇後，便扯掉自己身上的短褂，色迷迷地朝著姚婧婧撲來。

關鍵時刻，姚婧婧的手中突然多了一把尖利的匕首，這兩個劫匪太過大意，竟然忘了提前搜身，這把梅花匕首已經成為她最後的武器。「別動，誰要是敢過來，我就一刀砍死他，反正你們也沒打算放過我，大不了我跟你們同歸於盡。」

程姓劫匪微微一愣，隨即便露出一臉輕笑。「這娘兒們還挺會虛張聲勢的，瞅瞅妳自個兒，連把刀都拿不穩了，還想嚇唬咱們哥兒倆，真真是讓人笑掉大牙。」

姓高的劫匪為了討好大哥，一個箭步衝上前將姚婧婧手中的匕首奪了過來，一腳將姚婧婧踹倒在草垛上。「程大哥，這娘兒們怕是不會乖乖就範，要不要小弟幫你把她的手腳全給捆上？」

姓程的劫匪立刻將頭搖得像撥浪鼓一般。「你這個呆頭鵝，要真那樣，跟抱著根木頭又有什麼區別？大哥這裡有樣好東西，保管她吃了後比最下賤的妓女還要淫蕩。」程姓劫匪一邊瞇著眼睛嘿嘿直笑，一邊從兜裡掏出一張破布巾子使勁抖了抖，立刻從裡面滾出一顆猩紅的藥丸，看起來妖豔無比。

高姓劫匪一臉疑惑地將它從地上拾起，剛剛湊近就露出一臉嫌棄的模樣，這味道實在讓人不敢恭維。「大哥，這玩意兒真能管用？」

「管不管用，試試不就知道了。」姓程的劫匪突然傾身上前捏住姚婧婧的下巴，迫使她張開嘴巴。

高姓劫匪立刻將手中的藥丸塞到她的嘴裡。

無論姚婧婧再怎麼掙扎還是逃不開最壞的命運，她幾乎可以確定，這兩名該死的人渣給她吃的是一種藥性極烈的春藥。雖然她是一個擁有現代靈魂的醫生，可她還是難以忍受自己在這兩個畜生面前儀態盡失、卑微求歡的樣子，反正早晚都是死，倒不如給自己一個痛快。

打定主意的她默默地閉上眼睛，上下牙使勁一咬，準備咬舌自盡，誰知這兩名劫匪的動作更快，竟然在關鍵時刻將那塊破布巾子塞到了她的嘴裡。

「嗚……嗚……」姚婧婧徹底絕望了，更要命的是，她已經逐漸感覺到那顆威力無比的春藥在自己體內慢慢開始發揮作用，她渾身上下像是裸露在炎熱的沙灘上一樣，漸漸變得躁熱難耐。她僵直著身子，拚命抑制住想要「喘息」的衝動，可她也知道在如此強烈的春藥效果下，自己的堅守基本上毫無意義。

「小美人，妳現在是不是覺得很不舒服？別擔心，哥哥我現在就來好好伺候妳。」姓程的劫匪不知什麼時候已經脫了個精光，紅到發黑的身體就像一塊快要腐爛的臘肉乾，以一種扭曲的姿勢朝著姚婧婧撲去。

嗤！

就在姚婧婧最最無助的時候，突然聽到空氣中傳來一聲布帛碎裂的聲音，眼前的程姓劫匪就像是被釘子釘住了一般，臉上的表情也瞬間凝固。

姓高的劫匪察覺出異樣，立刻上前察看，可剛一碰到他的身體，他就像一座頹圮房屋般轟然倒塌在地。「大哥，你怎麼了？大哥，你快醒醒啊！」

姓高的劫匪完全猜不透眼前的狀況，可姚婧婧卻已經發現倒在地上的劫匪頭頂處被人用詭異的手法插進了一根長長的銅針，他是被釘死的。

「蕭啟，你來了。」望著門口那個熟悉的身影，姚婧婧突然意識到原來這麼長時間自己一直都在等他，不知不覺中這個男人竟然成了自己最後的依仗。

「對不起，我來遲了。」蕭啟一個跨步衝進來，望著姚婧婧衣衫不整、虛弱狼狽的模樣，他的心都快要碎了。

「郡……郡王殿下?!」

僅剩的一名劫匪一臉震驚地看著眼前這位從天而降的大人物，簡直快要嚇破了膽。他們的計劃可謂隱秘至極，他實在想不通蕭啟怎麼會這麼快就找到了這裡。

蕭啟抽出腰間的軟劍，一步步朝他逼近，神色陰冷，看向對方的目光像在看一個死人。

「我……我跟你拚了。」自知無法善終的劫匪狠了狠心，拿起身上的大刀猛地朝蕭啟砍去。他的心中存有一絲僥倖，也許自己能打敗這位郡王殿下，重新為自己贏得一條生路。

「啊——」伴隨一聲骨頭折斷的聲音，姚婧婧看到了生平最血腥的一幕，蕭啟竟然以閃電般的速度將這個劫匪的腦袋給砍斷了，鮮紅的血液就像噴泉一樣瞬間濺出去老遠，姚婧婧嚇得尖叫一聲，閉上眼睛，抱著自己的身子瑟瑟發抖。

大約過了一刻鐘的時間，姚婧婧突然覺得有一雙溫暖而熟悉的大手輕輕地扶起了她，緊接著她便跌入了一個熟悉的懷抱。

「別怕，沒事了，有我在，再也沒人敢欺負妳了。」

蕭啟充滿磁性的低音讓她的心突然變得安定下來，她緊繃的神經開始慢慢放鬆，等她終於鼓足勇氣睜開眼後，發現那兩個劫匪的屍首已經消失不見。一定是蕭啟怕她害怕，所以用最快的速度將他們處理掉了。「謝謝你，我就知道你一定會來。」

簡簡單單的一句話卻讓蕭啟覺得無比熨貼，就連身上的疲憊也瞬間消失無蹤。他正準備替姚婧婧將身上的衣物整理妥當，可懷裡的佳人卻突然變了臉色，使出渾身的力氣將他推了出去。蕭啟瞬間變得無比緊張，拉住她的手急切地問道：「怎麼了？妳哪裡不舒服？快告訴我。」

「我中了那兩個歹人的毒，你出去，快出去。」姚婧婧將身子蜷縮在角落裡，拚命用頭撞擊著木板，努力想使自己保持清醒。

「這到底是怎麼回事？」不明就裡的蕭啟看得心驚肉跳，急得不行。他追上去抱住姚婧婧想要察看她到底中了什麼毒，可沒想到她的身子就像煮沸的開水一般滾燙。「不好，妳發高燒了，可明早之前咱們根本沒辦法離開這座島，這可如何是好？」

姚婧婧的意識已經變得模糊，內心的躁熱與渴望開始支配自己的身體，她不由自主地攀上蕭啟的肩膀，整個人以一種親密無間的姿勢貼在他的身上。「好舒服，求求你，抱緊我、抱緊我。」

蕭啟的心猛地一沈，望著眼前這雙眼波流轉的眼睛，他有些明白她中的是什麼毒了。

「蕭啟，你不是一直想讓我做你的女人嗎？現在我完完全全屬於你了，你為何還不抱緊我？」姚婧婧一邊在蕭啟耳邊神昏意亂地呢喃著，一邊伸手撩開他的衣襟，用自己火熱的雙唇在他堅硬的胸膛上胡亂地吻著。

蕭啟幾乎用盡了全力才勉強讓自己保持鎮定，眼前的誘惑對於任何一個男人來說都是致命的，可他實在不忍心用這種趁火打劫的方式占據她的身體，這對姚婧婧而言就是一種褻瀆。「婧婧，雖然我很想讓妳徹底屬於我，可那必然是要在妳心甘情願的情況下，我不想讓妳後悔，更不想給妳的人生留下如此大的遺憾。」

「我是心甘情願的，求求你，救救我，我真的很難受、很難受。」姚婧婧的聲音帶著痛苦的哭腔，她覺得自己的身體裡有一個巨大的深淵，只有蕭啟才能填滿她、撫慰她。

「婧婧，對不住了。」蕭啟的忍耐已經達到了極限，再這樣下去他也不敢保證自己會不會做出什麼衝動之舉。他的手飛快地在姚婧婧的胸前輕輕一點，懷裡的佳人便兩眼一黑，昏昏沈沈地睡了過去。

蕭啟終於鬆了一口氣，將姚婧婧安置在草垛上，轉身找來一些乾柴，燒了一鍋熱水，用手指蘸著輕輕滋潤她乾涸的嘴唇。

由於藥性的作用，睡夢中的她依舊很不安穩，身上的熱度也沒有絲毫消散的跡象，蕭啟情急之下將她整個人都泡在溫水中，還不停地用內力將她身上翻騰的氣血往外疏散。

時間一點一滴的流逝，姚婧婧的情況逐漸趨於穩定，累到虛脫的蕭啟卻始終不敢合上眼睛。昏黃的燈光下，他無比貪心地望著那張無數次出現在自己夢境中的側顏，心中突然覺得無比安定。

第一百零四章　同衾共枕

再黑的夜晚也有亮起來的時候，再濃的霧氣也有散去的那一刻，當冷夜帶著一大幫侍衛進來的時候，蕭啟竟然莫名覺得有些惋惜，這種天地之間只有他和她彼此相依相守的美好時光終於還是要結束了。

「主子，您還好吧？姚小姐的情況如何？奴才帶了一名大夫同行，要不要現在就替她診治？」

眾人進門之前已經看到那兩個劫匪的悽慘景象，心中不免有些緊張。

「不必了，她只是太累了，需要好好休息。你帶人在這島上仔細搜查一遍，尤其是門口那兩個死人的身分必須盡快確定下來。」

蕭啟簡單地吩咐了幾句後就抱著沈睡的姚婧婧想要起身離開，誰知同樣的姿勢保持得太久，他兩條腿都有些發麻了，踉蹌之下險些摔了一跤。

「小心。」腿程較慢的孫晉維此刻才趕過來，他的眼下烏青一片，這一夜他雖然只是無助地待在岸邊，可內心的煎熬卻不比任何人少。「郡王殿下，草民看您的狀態也不太好，要不讓咱們把姚姑娘抬出去吧？」

「不必。」蕭啟一臉嫌惡地瞪了孫晉維一眼，將懷裡的姚婧婧抱得緊緊的，就像抱著人世間最珍貴的寶貝，誰也別想要搶走。

那些屬下何曾見過自家主子這副模樣？一個個低頭憋笑，跟在蕭啟身後默默地出了門。

孫晉維呆呆地站在原地，心中卻感到無比落寞與失落，原來不知不覺間，他已喪失了關心她的資格，從此以後她的生死、她的喜怒、她的一切，都將由另外一個男人來負責，再也和他沒有任何關係了。

蕭啟並沒有將姚婧婧送回青蓮巷，而是直接將她帶到了陸雲生為她準備的那座宅子裡。這座宅子不僅大了許多倍，更重要的是四周都圍著高高的院牆，每一個出入口都有陸雲生親自篩選的侍衛嚴格把守，用盡一切辦法確保宅子主人的絕對安全。

姚婧婧昏睡了一天一夜後終於慢慢地睜開了眼睛，一直守在床邊的彩屏欣喜不已，站起身就想衝出去把這個好消息告訴自己的主子。

「水、水……」姚婧婧覺得自己就像是得了一場重病，渾身上下都被燒乾掏盡，一點力氣都沒有。

彩屏見狀又連忙回過頭倒水，小心翼翼地扶起她。

姚婧婧就著她的手，一連喝了三大杯溫熱的茶水，才勉強緩過來一口氣。

「小姐，您覺得怎麼樣？殿下安排了好幾個大夫一直守在門外，要不要奴婢把他們叫進來替您診治？」

姚婧婧極其虛弱地搖了搖頭，沒有人比她更瞭解自己的身子，這一次雖然吃了大虧，卻還不到危及性命的程度。「我睡了多久了？我爹娘人呢？」

爹娘好不容易來一趟臨安，自己不僅沒好好陪他們遊玩，反而讓他們接二連三地替自己憂心焦急，實在是不孝至極。

彩屏笑著說道：「小姐，您放心吧，姚老爺和姚夫人根本不知道實情，只當您在診治哪個病危的病人呢！今日恰逢一旬一次的廟會，殿下一早就安排姚老爺和姚夫人前去觀賞了，由陸公子親自作陪，絕對不會有任何差錯的。」

「那就好。」姚婧婧鬆了一口氣。蕭啟的細心與體貼讓她忍不住心生感動，他一次又一次地將她從深淵中救回，而自己卻連一句鄭重的道謝都沒有，想想還真是有些慚愧呢！

彩屏似乎看穿了她的心思，一邊張羅著給她盛粥布菜，一邊細細地說道：「殿下原本一直守在小姐身邊的，就連休息也只是靠在床沿上閉眼瞇一會兒而已，只是剛剛冷侍衛不知道有什麼重要的事前來稟報，殿下怕打擾您休息，這才去了前面的花廳呢！」

姚婧婧一邊聽，一邊想像著蕭啟不顧疲累，默默守護著自己的場景，心底竟然暗暗生出幾絲歡喜，連嘴角都不由自主地微微上揚。

彩屏歪著腦袋，露出一個了然的笑容。她能感覺到姚婧婧對待自家主子的態度已經慢慢發生了轉變，正所謂患難見真情，這也算是因禍得福了。

雖然肚子咕嚕作響，可姚婧婧卻依舊沒有什麼胃口，在彩屏的伺候下喝了大半碗清粥，就聽見外面傳來蕭啟匆匆忙忙的腳步聲。

「小姐您瞧，如今殿下可是片刻都不能離開您左右呢！」

姚婧婧的臉突然紅如火燒，那天夜裡在島上的情景就像電影一般，一下子湧入她的腦海，尤其是她在藥性的驅使下主動獻身蕭啟的畫面，簡直讓她想找個地洞鑽進去。

在彩屏不解的目光中，姚婧婧推開碗筷，迅速鑽進被子裡，把自己蓋得嚴嚴實實，連一根頭髮都沒露出來。

「聽說她已經醒了，人呢？」蕭啟的面色比想像中更加憔悴，這兩天沒日沒夜地照顧姚婧婧，的確把他折騰得夠嗆，可他卻不願意假他人之手。

彩屏知道兩人肯定有一肚子話要說，悄悄地對著床的方向努了努嘴，接著便收拾好碗筷，毫無聲息地退了出去。

蕭啟看到床上那個僵直的身影，大致已經猜到眼下的狀況，他故意輕手輕腳地走到床邊，猛地伸手將被子拉了下來，下一刻便看到姚婧婧杏眼圓睜、欲怒還羞地瞪著他。

「太好了，妳真的醒了！怎麼樣？有沒有哪裡不舒服？大夫說妳的身子已經沒有大礙，可我卻總是不能安心，真後悔自己當初沒有研習醫術，否則現在我說不定比妳還厲害呢！」

蕭啟一臉認真的表情瞬間將姚婧婧逗樂了，堂堂天潢貴胄去學習醫術，豈不是讓人笑掉大牙？

「這樣才對，把心放寬，好好把身體養好，其他的都交給我去處理，那些害妳的人都會得到最嚴酷的懲罰，一個都別想逃。」

蕭啟的臉上雖然帶著疼惜的笑容，可姚婧婧卻敏銳地察覺到他語氣中的狠戾之意，她的心瞬間提到了嗓子眼。「那兩個劫匪不是已經被你當場格殺了嗎？難道你這麼快就找到幕後主使了？」

蕭啟點了點頭。「一想到有人在背後費盡心思地想要害妳，我就如坐針氈，哪裡還能給她們繼續作惡的機會?再說了，妳認識的那些人中能想出如此陰毒招式的無非就那麼一、兩個，幾乎不用費什麼力氣就可以讓她們現出原形。」

姚婧婧有些遲疑地開口道：「你是指……衛大小姐？」

「自然少不了她，還有那位心理極度扭曲的知府千金。這兩個人不知怎麼地，竟然暗中勾結在一起，俗話說得好，青竹蛇兒口，黃蜂尾上針，此般皆不毒，最毒婦人心。」

蕭啟幾乎是咬牙切齒地提起這兩個名字，他最後悔的事就是沒有提早料理了她倆，以至於險些抱憾終生。

「她們兩人真的招了?你準備把她們怎麼樣？」姚婧婧心裡憂慮重重，不管是衛家還是王家，在臨安城都有舉足輕重的地位，縱然鐵證如山，想要讓她們接受懲罰也不是一件容易的事。「尤其是衛家，如今風頭正盛，你和衛將軍的關係似乎也非比尋常，這件事處理起來的確為難。」

「衛老夫人是個明白人，我相信她絕不會忍心讓我為難的。昨天晚上我已經派人將王家幾個丫鬟的口供抄錄了一份送到衛老夫人手中，用不了多久就會有答覆了。」

蕭啟對此似乎充滿信心，他和衛家的關係向來微妙，他和衛然之間雖然有些惺惺相惜，可身處在這樣的位置上，又難免相互猜忌和利用。

衛家手中最大的籌碼就是那個身上流淌著一半衛家血液的皇子，若想排除萬難把他送到那個至尊無上的寶座上，勢必還有一場充滿血雨腥風的較量，在這樣敏感的時刻，他們怎麼捨得因為一個本就成不了大器的閨閣女子而捨棄蕭啟這個巨大的「盟友」？

姚婧婧有些無奈地搖了搖頭，緊接著又繼續問道：「那王子衿呢？她可是知府大人的掌上明珠，王家一定會用盡一切辦法保護她的周全。」

「周全？只要她能一輩子忍受自己那張形如鬼魅的臉，我倒不一定非要取她的性命。」蕭啟的嘴角揚起一絲諷刺的笑容。

「你這又是何意？」姚婧婧感覺自己莫名有些糊塗了，王子衿臉上的蜂毒不是已經接近痊癒了嗎？難道又發生了什麼自己不知道的事情？

蕭啟倒是十分坦然地承認道：「我答應王家饒她一命，可死罪能免，活罪難逃，毀了她那張臉，她以後就只能日日躲在家中，再也不敢出來害人了。」

姚婧婧心中不免有些唏噓，又是一個被感情蒙蔽了雙眼的可憐女子。以王大小姐的性情怕是很難接受這個事實，她和孫晉維這對新婚不久的夫妻又能否禁受得住這樣嚴苛的考驗呢？

「這次能及時將妳救下，多虧了王家那位姑爺，他對妳似乎仍舊餘情未了，你們倆……」蕭啟狀似無意的表情下隱隱透著一絲緊張。

姚婧婧沒等到他把話說完就忍不住長長地嘆了一口氣，語氣中有一種瞭解後的悲憫。「他的身上揹負著太多的枷鎖，親人、責任、公道，使他今生注定無法按照自己的意願去生活，他是一個好人，我真心希望往後的餘生他能夠活得輕鬆一點。」

蕭啟突然覺得眼睛一亮，拍著手歡呼道：「妳能這樣想真是太好了，原本我看那個姓孫的十分礙眼，還準備找個機會把他塞到阿拉的籠子裡一起送到誰也找不到的番外之邦去，保證他這輩子都難回大楚呢！可聽妳這麼一說，我又覺得就算放過他也未嘗不可，就讓他留在王家伺候自己的小嬌妻吧！這樣想想，怎麼突然覺得他有些可憐呢？」

姚婧婧瞪著眼睛，一時竟然說不出話來。蕭啟的腦袋裡究竟在想什麼？竟然想把孫晉維偷偷塞到阿拉的籠子裡，這畫面光是想想就讓人覺得不寒而慄。

「殿下，冷侍衛求見，似乎有什麼重要的東西要呈給您和姚姑娘看。」

蕭啟已經意識到自己好像說錯了話，看著姚婧婧越來越陰沈的臉色，他正準備找個理由揭過這章，彩屏的聲音恰巧給蕭啟尋了一個臺階，他立刻換上了一副一本正經的模樣。「讓他進來吧！一定是衛老夫人那邊有了回應，剛剛好咱們倆一起聽上一聽。」

姚婧婧並不是第一次見到這位名叫冷夜的侍衛長，可在此之前他就像一個來無影、去無蹤的影子，潛伏在蕭啟的周圍，若不是有心人，根本不會注意到他的存在。

冷夜向來為人冷酷，即使在面對自己的主子時依舊沒有多餘的言語，只是低著頭呈上一只黑色的木匣。

「什麼東西？」蕭啟隨手接過來輕輕打開，裡面的東西卻讓人瞬間變了臉色，尤其姚婧婧還忍不住發出了一聲刺耳的尖叫。「什麼見不得人的髒東西也敢往姚姑娘面前送，你這差事辦得是越發像樣了。」蕭啟一邊橫眉怒斥，一邊抬手將木匣丟出門外，轉身去安慰受到驚嚇的姚婧婧。

姚婧婧一邊喘著粗氣，一邊拍了拍胸脯。「那到底是誰的頭髮？」

原來那個看似不起眼的小木匣裡竟然裝著一大捧齊根割掉的頭髮，那些髮絲烏黑發亮，可見主人日常一定細心愛護保養，為什麼忍心剪得如此徹底？

冷夜恭恭敬敬地回道：「回姚姑娘的話，奴才已經親自去確認過，這斷髮是衛大小姐的無疑。」

蕭啟的神情更顯氣憤。「衛老夫人這是何意？她以為她孫女的頭髮是金子做的，隨便一剪就能抵消她所犯下的罪孽？簡直是癡人說夢！」

冷夜不慌不忙地解釋道：「回主子的話，衛大小姐已經登上去往紫雲庵的馬車，衛老夫人親口承諾她再也沒有重回衛家的可能，這一輩子就伴著庵裡的青燈古佛痛悔其過，還望主子和姚小姐能夠高抬貴手，看在老國公的面子上留她一個體面。」

姚婧婧有些愣然地看了蕭啟一眼，看來他說得一點也沒錯，在衛老夫人眼裡，家族利益才是最最重要的事情，一個原本就不受她待見的孫女根本不值得她浪費絲毫力氣。

「衛大小姐從小就嬌生慣養，哪裡能夠忍受庵裡的清苦與孤寂？只怕這紫雲庵自此以後再無安寧之日了。」

「姚小姐請放心，紫雲庵的紫竹師太可不是一般人，不管妳從前是小姐還是公主，只要進了那扇門，她就有一百種辦法讓妳正身清心，從此變得無慾無求。」

冷夜說得神乎其神，姚婧婧卻覺得有什麼地方不太對勁，若說這裡面沒有蕭啟的一點功勞，她是無論如何都不相信的。

「衛老夫人還說了，希望這件事不要影響您和衛家的關係，等過兩日姚小姐的身子好些了，她一定親自登門致歉。」

冷夜彙報完後，也不等主子點頭，對著姚婧婧躬身行了一禮，便又毫無聲息地退了下去。

姚婧婧突然感覺到深深的倦怠，原本就精神不濟的她實在是有些撐不住了，不等蕭啟發話就乖乖地滾回了被子裡。

「啊……」站在一旁的蕭啟也伸了一個長長的懶腰，一連兩天衣不解帶，他的眼下早已是烏青一片。

姚婧婧知道他比自己更加疲憊不堪，可她萬萬沒想到這個膽大妄為的男人竟然直接掀起她的被角鑽了進來。雖然兩人都穿著整齊，可一想起大白天的自己竟然和一個男人同衾共枕，她就忍不住立刻想跳起來。

「別動，我真的太睏了，我保證什麼都不做，就抱著妳睡一會兒。」

蕭啟的聲音無比慵懶，聽在姚婧婧的耳朵裡竟然有幾絲撒嬌的意味。

他的手自然而然地環住了她的腰，一張臉深深地埋進了她的脖子上。

姚婧婧哪裡是蕭啟的對手，整個人被牢牢地禁錮在床上，完全無法動彈，縱然她心中萬分羞惱也不敢大聲喊叫，彩屏她們還守在門外，她可不想讓人誤會。

「你放開我，你要休息我可以把床讓給你，堂堂一個郡王，仗著自己有幾分力氣就欺負一個手無縛雞之力的弱女子，你好意思嗎你？」姚婧婧壓著嗓子的厲斥並沒有對蕭啟產生絲毫影響，他居然有意無意地用自己下巴上的鬍渣在她脖子的敏感處蹭了蹭。姚婧婧只覺得有什麼東西在自己腦子裡轟然炸開，一種又酥又癢的觸感瞬間傳遍全身。「你、你瘋了？你要是再敢碰我一下，我就……我就……」

「噗哧。」蕭啟被她如此可愛的神情逗笑，要不是顧念她的身體，他還真想立刻就將她吃乾抹盡。

「妳就怎麼樣？妳這女人到底有沒有良心，我若是真想對妳行不軌之舉需要等到現在？難道妳忘了那天夜裡在島上妳對我做的那些事情了？要不要我重新講一遍給妳聽？」

「不要。」姚婧婧一臉嬌羞地摀住自己的耳朵，覺得渾身上下就連腳趾頭都變得滾燙。這個該死的傢伙果真是哪壺不開提哪壺，有這個把柄捏在他手上，自己日後豈不是要被吃得死死的，再難有翻身之日？

蕭啟咧開嘴，發出一聲得意洋洋的笑聲。

「妳若是不想讓我繼續說下去，那就乖乖地聽話，公主府裡還有一大堆事等著我去處理，滿打滿算也睡不了兩個時辰了。」

姚婧婧再也不敢亂動，正當她在心中默默祈禱這尷尬的時刻快點結束時，耳邊突然響起一陣緩慢而均勻的呼吸聲。她瞬間變得愕然，這男人竟這麼快就睡著了，這也太誇張了吧！

她小心翼翼地回過頭，兩人的臉幾乎完全貼到了一起，她試探性地動了動自己的胳膊，發現蕭啟依舊將手攥得很緊，就連在睡夢中都沒有片刻鬆懈。

姚婧婧的心突然湧起一股暖意，就連緊繃的神經也慢慢地放鬆下來，她靜靜地看著那張俊美的睡顏，好像有些明白天底下為何有那麼多女子為了這副皮相而瘋狂。

不管她願不願意承認，蕭啟這張臉的確是帥到不行，若是放在現代，就算他不笑不動、不言不語，隨隨便便地站在那裡拍上幾張畫報，也足以打垮一眾流量小生。

姚婧婧居然莫名有了一種賺到的感覺，自己當了這麼多年的剩女，最後竟能睡到這樣的「絕色」，莫非是老天爺為了補償她而大發福利？

第一百零五章　白芷的秘密

姚婧婧原本以為自己不會睡著，沒想到身邊這個男人的呼吸聲就像一首充滿魔力的催眠曲，很快就將她帶進一個甜美的夢境。

當姚婧婧再次醒來時，發現蕭啟已經悄然離去，只有枕邊殘存一抹專屬於他的獨特氣息。姚婧婧默默地坐在床邊發了一會兒呆，突然咧開嘴，露出一個傻傻的笑容。

就在此時，房門輕輕被開了一條小縫，一張如花的笑靨突如其來地出現在姚婧婧面前，著實把她嚇了一跳。

「小姐的樣子怎麼跟殿下臨走之前一模一樣？到底發生什麼好事了？小姐能否講給奴婢聽聽，讓奴婢也跟著樂呵樂呵。」

姚婧婧不由得驚道：「彩屏？妳怎麼還在這裡？妳家主子不是已經走了嗎？」

「小姐還不知道吧？殿下已經下令以後奴婢就跟著小姐您了，從今以後小姐就是奴婢的主子，將您伺候好就是奴婢最大的本分。」彩屏說完，走到姚婧婧面前恭恭敬敬地磕了幾個響頭，算是正兒八經地認了主子。

姚婧婧卻顯得有些著急，這個蕭啟怎麼想一齣、是一齣？彩屏可是他身邊一等一的大丫鬟，他的日常起居基本上都是她在打理的，若是把她派給了自己，那他一時之間要到哪裡再找到一個如此周到的人？

「我又不是養尊處優的大小姐，哪裡需要人處處伺候，我身邊有白芷一個就夠了，妳還是趕緊回公主府去吧！」

彩屏卻是鐵了心要留在這裡。「小姐，奴婢可是在殿下面前立下了軍令狀的，您要是非要趕奴婢走，那奴婢寧可一頭撞死，也免得郡王殿下責罰。」

「妳……這都是什麼事啊？」姚婧婧有些無奈地嘆了一口氣，揮揮手示意彩屏起來說話。

「多謝小姐成全，奴才給您磕頭了。」與野丫頭出身的白芷不同，彩屏自小就在郡王府長大，熟知皇室禮儀，無論面對什麼樣的狀況都能一如既往地保持周到。

其實姚婧婧打心眼裡喜歡這位彩屏姑娘，既然蕭啟肯割愛，那她就恭敬不如從命了。

兩人剛說了一會兒話，前面院裡便有了動靜，原來是陸雲生帶著姚老三夫妻從廟裡回來了。

看著爹娘在陸雲生的安排下收穫滿滿，笑得合不攏嘴的模樣，姚婧婧心中甚是欣慰，只要身邊的親人能夠過得開心快樂，她就算受再多委屈也值了。

由於心裡有事，姚老三夫妻倆並沒有注意到姚婧婧的異常，此次臨安之行他們只是想看一看自家閨女孤身在外到底過得好不好，可相聚的時光總是格外短暫，眼下縱然有再多不捨，也到了該回去的時候。

賀穎紅著眼將手裡大大小小的包裹擺到姚婧婧面前，裡面無一例外全都是她在廟會上替閨女採買的各類吃食以及生活用品。

姚婧婧眼眶一熱，俗話說得好，兒行千里母擔憂，這種被人惦念的感覺竟然讓她生出一種想要跟隨爹娘打道回府的衝動。

姚老三和彩屏知道她們母女倆一定有貼心話要說，不約而同地退了出去。

姚婧婧就像個孩子一般，一頭鑽進娘親的懷裡，憋著嘴開始撒起嬌來。「娘，妳為何連多留一夜都不肯？我還有一肚子話想跟妳說，妳這一走又是好幾個月難以相見了，我心裡真是一萬個捨不得。」

賀穎一臉慈愛地拍了拍姚婧婧的頭。「早走、晚走都是要走，陸公子手下剛好有個商隊要往西邊去，一路上也好有個照應；再說了，女大不中留，我這個當娘的就算再想為妳操心，只怕也沒那個能耐了。」

姚婧婧心裡一驚，慌忙抬起頭解釋道：「娘，妳怎麼能這樣說？妳可千萬別聽蕭啟胡說八道，我和他——」

「二妮，妳不用緊張，娘一點也沒有怪妳的意思。陸公子說得對，妳是一個非比尋常的姑娘，自然要有與眾不同的人生，娘不能用自己狹隘的想法去扯妳的後腿，無論最後妳選擇和誰在一起，只要妳高興，娘都支持妳。」

姚婧婧一下子愣住了，娘親能說出這樣的話來的確讓她感到無比意外，陸雲生果然不愧為大楚數一數二的生意人，這舌粲蓮花的本事真是讓人驚嘆。

「娘和那位郡王殿下雖然只有短短的兩面之緣，可娘能看得出來他對妳的確動了真心，妳若是決定接受，那就要做好接受考驗的準備，往後的日子怕是很難過得輕鬆了。」雖然已經下定了決心，可賀穎的神情依舊透著幾分糾結。

「娘……」姚婧婧只覺得喉頭有些發緊，她並不想讓爹娘為自己擔心，曾經她竭盡全力想要與蕭啟保持距離，可沒想到千逃萬逃還是逃不開命運的安排。

姚婧婧和陸雲生將姚老三夫妻倆送到了城門口，姚五郎已帶著一大車貨物等在那裡。

自從那天和姚婧婧談心之後，姚五郎整個人像是重新活過來一般，不再像從前那樣萎靡不振。「二妮，謝謝妳，要不是妳的耐心勸解，五叔也不會這麼快就想明白。」

姚婧婧眨了眨眼睛，故作不解地開口問道：「你明白什麼了？」

「我明白了誰才是我生命中最最重要的人。從前我只想著維持表面上的和平，卻忽略了玉娥心中的委屈，我犯了一個天大的錯誤，我已經下定決心要用下半輩子去補償、去贖罪。」姚五郎的眼睛裡閃著亮晶晶的光芒，他現在只想趕快回到妻女身邊，即使這一路上會遇到許多艱難險阻，即使可能會和整個姚家決裂，他也不會放棄。

姚婧婧無比欣慰地衝著他豎起了大拇指，高聲誇讚道：「好樣的，五叔，那我就祝你心想事成，下次別忘了帶著五嬸和小靜姝一起來臨安逛一逛。」

眼看著城門就要關閉，姚家三人只得依依不捨地登上馬車。

姚婧婧為了不讓爹娘太過傷感，一直強撐著臉上的笑容，直到商隊的身影徹底消失不見，她才默默地抬起手摀住了發紅的眼眶，與陸雲生前往太白樓稍事休息。

陸雲生似乎也有些動容，他心裡很羨慕姚婧婧和姚老三夫妻倆這種無話不談、毫無芥蒂的親子關係，這對他來說就是一種永遠無法實現的奢望。

「好了，姚姑娘，妳也別太傷心了，我在商隊中安插了幾名武功高強的保鏢，確保這一路安然無恙。妳的身子還未復原，主子特意交代過一定不能讓妳太過勞累，咱們這就回去吧！」

「陸大哥，謝謝你。這幾日實在讓你奔波得夠累，聽彩屏說，你為了給我佈置這座宅子，耗費了不少人力、物力，我心裡真是有些過意不去；可無功不受祿，明日一早我就派人把所有的花費全都給你送去，還望陸大哥切莫推辭。」依姚婧婧的性子，原本並不願意和大夥兒分開，可杏林堂的生意越來越好，招的夥計自然也越來越多，青蓮巷的住所實在是有些擁擠。

陸雲生見她如此從善如流，自然非常開心。「妳願意搬過去住真是太好了，其實這些都是殿下的主意，我只是依照他的吩咐跑幾趟腿罷了，至於其他的事情，只要妳高興就好。我知道如今姚姑娘已是今非昔比，區區一座宅子自然不在話下。」

姚婧婧故作惱怒地嬌嗔道：「陸大哥，連你也來取笑我。」

陸雲生舉著扇子，樂呵呵地回應道：「我說的可都是肺腑之言，如今杏林堂已經成為臨安城裡數一數二的大藥鋪，姚老闆不打算乘勝追擊，多開幾家分鋪嗎？」

「我倒是有這個打算，只是一時半刻實在是難以招募到這麼多信得過的工人。開藥鋪不比其他，每一個細節都關係到病人的生死，想要在這裡工作不僅要聰明能幹，還要有極強的責任心，一點都大意不得。」自從當了老闆後，姚婧婧終於體會到人才才是第一資源，在沒有解決這件頭等大事之前，她絕不會再貿然擴張。

「這有何難？我手下養著許多能吃苦耐勞的學徒，這些年跟著我走南闖北也積攢了不少經驗，就差一個施展拳腳的機會，姚老闆若是信得過，明日我就給妳指派幾個，只要稍加調教一定能堪重用。」陸雲生說完，很有把握地拍了拍胸脯。

俗話說得好，強將手下無弱兵，雖然他說得輕巧，可姚婧婧知道這些人一定都是他精心培養出來的。姚婧婧也不多客氣，陸雲生此舉算是解了她的燃眉之急，她決定在接下來的幾單生意中多讓出兩分利，算是回報他的慷慨之義。

陪著陸雲生在太白樓裡喝了一盞茶後，姚婧婧正準備下樓離開，無意間瞥見那間專屬於蕭啟的客房房門虛掩，裡面似乎隱隱有人聲傳出。

「難道今夜他也在這裡應酬？」即便知道蕭啟內力深厚，想要偷聽他的牆根只怕不太容易，可姚婧婧依舊抑制不住心中的好奇，毫無聲息地湊了過去。

藉著門縫中透出來的幽暗燈光，她隱約看到一個嬌小的身影匍匐在地上不斷地哭訴求饒，只是那聲音卻讓她越聽越覺得心驚。這不是白芷那丫頭嗎？她怎麼會出現在這裡？自從她醒來後就一直是彩屏在身邊伺候，姚婧婧還有些納悶這丫頭跑到哪裡去了，沒想到此事居然會和蕭啟扯上關係。

「奴婢辦事不力，殿下想怎麼懲罰奴婢都可以，只求您千萬不要趕奴婢走。小姐是這個世上最好的主子，奴婢寧願死也不要和小姐分開。」

白芷這兩日過得異常煎熬，從前那個沒心沒肺、不知天高地厚的野丫頭一夜之間就哭腫了雙眼，看起來別提有多可憐了。

陰沈著臉靠坐在椅子上的蕭啟卻連看都不想看她一眼，他已經下定了決心，絕對不能再讓這樣的「廢物」待在姚婧婧身邊。

「南風，妳好大的膽子，本郡王還沒來得及追究妳的欺瞞之罪，只是命妳趕緊把這丫頭帶走，妳倒好，還任由她闖到這裡來，真真是豈有此理。」

許久不見的大美人南風此時一改往日的華麗風姿，穿著一身黑衣，如瀑的髮絲用髮帶高高束起，渾身上下沒有一點多餘的裝飾。

她的神色看起來有些倦怠，事實上她已經有小半年的時間沒有見到自家主子了。

衣帶漸寬終不悔，為伊消得人憔悴。相思成疾的她終於等來了主子的召喚，可她萬萬沒想到，馬不停蹄地趕來之後，迎接她的卻是一頓無情的斥罵。

南風將自己的玉頸挺得直直的，她並不覺得自己做錯了什麼，她辛辛苦苦為驚蟄堂培養出一批女細作是為了給蕭啟的宏圖大業添磚加瓦，而不是給那個厚顏無恥的狐媚子做侍女的。

她轉過頭鄙夷地瞪了白芷一眼，當初她之所以會收下這個毫無天分的野丫頭，完全是被她身上那股一往直前的勇氣所打動，可事實證明，這隻癩狗不僅扶不上牆，還缺乏最基本的自知之明。

還記得那時候她正頭疼該如何處置這個自我感覺良好、實際上永遠都不可能有出師之日的女弟子時，主子竟然突發奇想，讓她將自己最得意的門生送去伺候那個出生鄉野的賤人，這讓她如何能夠捨得？

於是乎，她便想出了這麼一個李代桃僵、兩全其美的好辦法，原本以為等這陣新鮮勁過去了主子就會徹底忘了那個賤人，可誰能料到那個女人的手段遠遠超乎她的想像。

「主子明鑒，這丫頭現在一心想著自己的新主子，就算我強行把她押回去又有何用？反正您也看不上她，倒不如現在就將她殺了，咱們驚蟄堂的規矩可是從來不養閒人。」南風的嘴角閃過一絲冷意，在她看來，白芷已經被那個狐狸精迷惑了心智，這樣的蠢貨根本就不配讓自己再在她身上浪費時間。

蕭啟突然轉過頭瞅了一眼房門的方向，眼中露出若有所思的表情。

南風卻以為主子默認了自己的提議，她從腰間抽出一條軟劍，朝著白芷的胸膛直直地刺了過去。

白芷似乎不敢相信南風真的會狠得下心取她的性命，一直到劍氣逼到自己面前才想起來躲避，幸而她的輕功還是及格的，否則只怕真的會血濺當場。

蕭啟的眼皮子低低地垂著，任憑這兩個女子在自己面前持刀動杖、妳追我趕，完全沒有一點阻攔的意思。

眼看白芷已經完全沒有招架之力，就連身上的衣衫都已被鋒利的劍尖給劃成了一片襤褸，躲在門外的姚婧婧再也看不下去，推開門怒不可遏地衝了進去。

「小姐，您終於來了。」白芷原本已經心灰意冷，可一看到姚婧婧的身影，她就知道自己這回絕對死不了了。她顧不上去管身後飛舞的劍花，一邊放聲大哭，一邊朝著姚婧婧撲了過去，想將心中的委屈全都說給她聽。

蕭啟的臉色終於變了，只見他雙手輕輕一撐，整個人就像一支離弦的箭，瞬間擋在姚婧婧面前，確保她不會受到一丁點兒傷害。

南風的眼中幾乎淌出血來，燃燒的妒火簡直讓她快要發狂，可她心裡非常清楚，有主子的庇佑，自己無論如何是動不了她的。

「噹啷」一聲，南風無力地將手中的利劍扔在地上，主子眼中流露出來的關切與疼愛是她這輩子都難以得到的，她的心就像被凌遲一般，痛到無法呼吸。

姚婧婧沒工夫去體會南風的感受，她瞪著眼睛，看著眼淚汪汪的白芷，心裡有一種上當受騙的感覺。「這到底是怎麼回事？」

「小姐，您聽我說，都是我不好，求求您千萬別生我的氣，千萬別趕我走啊！」白芷簡直哭到不能自已。

蕭啟忍不住皺了皺眉頭，在姚婧婧耳邊輕聲將事情的原委大致講了一遍。他的語氣中有幾分討好的意味，當初他之所以想要派個得力的人在她身邊，純粹是想保護她的安危，讓她的日子過得輕鬆點，可事到如今，他還真怕兩人剛剛升溫的關係會因這件事受到影響。

姚婧婧聽完後表情有些呆呆的，一時有些難以消化。

當初白芷十分蹊蹺地從天而降，她曾經懷疑過白芷接近自己的動機，可她作夢也沒想到這個看起來毫無城府，甚至有些缺根筋的小丫頭，居然會是蕭啟安排到自己身邊的。

「對不起，婧婧，當初我打聽到一些關於妳的事情，發現妳的生活雖然表面上風平浪靜，其實卻暗藏危機，於是我就想找個能保護妳的人一直守在妳身邊，關鍵時刻說不定能派上用場。沒想到這件事卻被辦砸了，這個白芷連自己都保護不了，根本就不配待在妳身邊，以後就讓彩屏伺候妳吧！」

「不，我不走，我不要離開小姐，永遠都不要。」

白芷伸出兩隻手抱住姚婧婧的大腿，一起生活的這段日子她已經習慣性地依賴自家小姐，難以想像離開她，自己將如何在這個艱難的世道中繼續活下去。

姚婧婧雖然有些生氣，可面對這張可憐兮兮的小臉還是忍不住動了惻隱之心。「就算白芷曾經是你們驚蟄堂的人，可如今我才是她的主子，沒有我的同意，你們根本無權處置她。」

南風的眼睛裡幾乎快噴出火來，太白樓是驚蟄堂在臨安城最重要的據點，所有人進出這裡都異常謹慎，可這個不知天高地厚的女人卻像是在逛自家後花園一樣，這讓她如何能夠忍受？「妳可想清楚了，這丫頭是我一手調教出來的，即使她跟了妳這麼久，我也依然有把握能夠控制她，妳確定還要將她留在身邊？」

面對著一臉篤定的南風，姚婧婧突然揚了揚嘴角，露出一個譏諷的笑容。「控制？我知道南風姑娘手段了得，可若想讓一個人心悅誠服地真心跟隨，靠的絕不僅僅只是手段而已。白芷如今是我的丫鬟，我奉勸南風姑娘還是少打她的主意，否則最後只怕會得不償失。」

「小姐，謝謝您。」白芷的心中充滿感激，在這種情況下姚婧婧還願意無條件地力挺她，遇見這樣的主子的確是她一生中最幸運的事。

南風氣得渾身發抖，這個女人仗著有主子撐腰，竟然敢肆無忌憚地威脅自己，實在是可惡至極。

「南風，這裡沒妳的事了，妳先退下吧！」眼看兩個女人針尖對麥芒，像是隨時都會打起來似的，蕭啟只能硬著頭皮先開口要南風離開。

「主子。」南風好不容易才見到蕭啟一面，還沒來得及仔細問候一聲就被這個賤人給攪了局，這讓她如何能夠甘心。

「出去領罰吧！」

蕭啟那漠然的眼神就像一把利刃刺痛了南風的心，她緊咬牙關，長長的指甲幾乎掐進了肉裡，最後只能轉過頭恨恨地看了一眼姚婧婧便黑著臉衝出了門。

「咱們也走吧！」姚婧婧的心情比南風好不了多少，她拉起地上的白芷，看也不看蕭啟一眼就要起身離開。

「婧婧，妳別誤會，妳聽我說……」

蕭啟長這麼大從來沒有如此窘迫過，那手足無措的模樣讓白芷忍不住想要發笑。她悄悄地扯了扯自家小姐的胳膊，示意她多少還是要給郡王殿下一點面子。

「沒什麼可說的，郡王殿下位高權重，自然可以隨意決定別人的人生，我們這些卑賤小民若是不感恩戴德地接受，那就是不識抬舉、不知好歹、罪該萬死。」

姚婧婧說完後，氣鼓鼓地瞪了蕭啟一眼，毫不客氣地一把將他推開，拉著白芷一道揚長而去。

第一百零六章 有情人終成眷屬

一連忙活了幾天的陸雲生好不容易尋到點空閒，正準備躲在房中喝點小酒放鬆一下，房門卻突然被人從外面一腳踹開，緊接著一道形如鬼魅的影子就衝到了自己面前。

「陸雲生，你受死吧！」

這些年每當南風在主子那裡受挫後就會習慣性地找陸雲生撒氣，而陸雲生秉持著好男不跟女鬥的原則一直百般忍讓。事實上，由於兩人武力相差懸殊，除了忍讓，他也沒有其他更好的辦法；可今日的狀況卻猶為慘烈，南風渾身上下殺氣騰騰，一出手便使出了十成的功力，陸雲生覺得自己的脖子都快被拗斷了。

「鬆……鬆開。」

陸雲生可不想就這樣莫名其妙地丟了性命，他只能拚了命地掙扎，一直到整張臉變成了豬肝色，連口水都抑制不住地流出來，南風才一臉嫌惡地鬆開手。

「妳……妳這個瘋子，自己沒本事討主子歡心，還好意思遷怒於別人，若被旁人知道孤高自許的南風姑娘實際上卻是這般狼狽，那些追捧妳的男人只怕通通都要自戳雙眼了。」因為瞭解所以才更覺心痛，一向溫和的陸雲生不惜口出惡言，想要罵醒這個執迷不悟的女子。

南風的眼中卻露出一絲嘲諷之色。「你又比我強到哪裡去呢？陸雲生，你就是一個縮頭烏龜，明明心裡喜歡那個賤人還要不停地把她往主子懷裡推，你以為她會感激你嗎？別作夢了，等有一天你喪失了利用的價值，她就會毫不猶豫地把你一腳踢開，這樣的賤人我見多了。」

陸雲生這下是真的怒了，色厲內荏地吼道：「南風，妳胡說八道什麼？姚姑娘根本就不是妳說的那種人，妳欺負欺負我就算了，若是再敢往她身上潑髒水，小心我對妳不客氣。」

南風的神情更顯癲狂。「呵呵，被我說中了吧？陸雲生，我鄙視你，即便我撞得滿頭是包，也好過你連喜歡一個人都不敢承認，你根本就不算是個男人。」

陸雲生像是瞬間被凍住了一般，呆了半晌後終於露出了一個苦澀的笑容。

「妳說得沒錯，我根本就沒有資格教訓妳。人活一世，若是不能轟轟烈烈地愛一場又有什麼意義呢？」一股濃重的悲涼之感突然湧上陸雲生的心頭，他懶得再管身邊的南風，自顧自地坐在桌子旁，舉起杯中的酒一飲而盡。

「既然咱們同是天涯淪落人，那今夜我就陪你喝個痛快。」

南風的提議簡直讓陸雲生有些受寵若驚，要知道，他們相識多年，她連一個笑臉都懶得給他，更別說主動陪他喝酒了。

「快給我。」南風見陸雲生一直待著不動，有些不耐煩地動手奪過他手中的酒杯，一杯接一杯肆無忌憚地暢飲起來。

陸雲生的臉上露出幾許疼惜之意，最後只能長長地嘆了一口氣。「想喝就喝吧，像咱們這樣的人，也許只有醉了才能看清楚真正的自己。」

這一夜，誰都沒有踏出房門，香醇的烈酒終於替兩個壓抑已久的年輕人找到了一個發洩的出口。

他們一起哭、一起笑，一起聊了許許多多原本這輩子都不會說出口的心事，一直到天快亮了，兩人終於用盡了最後一分力氣，才雙雙癱倒在床上相擁而眠。

在南風的印象中，她已經很久很久沒有做過如此香甜的美夢。

她的身邊從來不缺想要取悅她的男人，可與那些男人的每一次接觸都讓她感到無比的噁心，漸漸地，她甚至開始懼怕夜晚；可她心裡明白，自己選擇的是一條不歸之路，除非有一天她死了，否則永遠也不可能擺脫這樣的日子。

太白樓的夥計一直等到臨近中午還不見陸雲生踏出房門，心中不覺有些奇怪，要知道，這位陸東家可是一個相當自律的人，賴床這件事基本上不可能發生在他身上。

一位熱心腸的小夥計小心翼翼地敲了幾下房門，聽到裡面似乎沒有什麼動靜，心急之下便沒頭沒腦地衝了進來。

南風幾乎是在同一時間醒了過來，情急之下她想也不想便一腳將身邊的陸雲生踹了出去。

陸雲生還沒來得及睜開眼就重重地撞在小夥計的身上，兩人都被這突如其來的場景嚇了個半死，雙雙跌在地上，發出陣陣恐怖的尖叫。

「東……東家，您這是怎麼了？」

驚魂未定的小夥計推開壓在自己身上的陸雲生，顫巍巍地抬起頭想要朝房間裡面看去。

好不容易清醒過來的陸雲生就像一隻被踩中的螞蚱一樣，一下子跳起來擋在他的身前。

「我沒事，昨夜喝多了酒，有些上頭罷了。你先出去，沒有我的允許絕不能再隨意闖進來。」

「可是……」那可憐兮兮的小夥計還沒來得及說一句話就被陸雲生手忙腳亂地推了出來，他抬起手揉了揉雙眼，臉上露出異常震驚的表情。剛才躺在陸東家床上的，竟然是……一個女人。

眾所周知，陸雲生性格溫和，相貌堂堂，算得上是臨安城裡最財大氣粗的「鑽石王老五」，想要嫁給他的女子一直多如牛毛。

然而他對自己的終身大事似乎毫不在意，所有的心思全都撲在生意上，好像再美麗的姑娘在他眼中也與木樁無異。

漸漸回過神的小夥計眼中發出奇異的光芒，他們這些屬下原本還擔心自家主子是不是有什麼難以啟齒的隱疾，這下總算是能徹底放下心來了。

如此驚人的消息自然要第一時間與他人分享，小夥計猛地一拍腦門，轉身朝著樓下狂奔而去。

屋內的陸雲生終於鬆了一口氣，神情僵硬地衝著站在床邊的南風笑了笑。此時南風身上的衣衫已經收拾妥當，就連眉宇之間都恢復了往日的冷淡疏離。

陸雲生只得一臉歉疚地衝著她拱了拱手。「貪杯果然誤事，對不住，讓妳受委屈了。」

「有什麼對不住的？我本就是一個人盡可夫的煙花女子，就算我們兩人真的睡到了一起，你也不用負任何責任；更何況你醉酒後依舊自律如初，你我之間的關係也一如往常，昨天夜裡說的那些醉話也都忘了吧！」

南風說話的語氣格外強硬，可陸雲生卻莫名感到有幾分心疼。這個執拗又倔強的女子用一身鋒利的尖刺保護著自己惶然又脆弱的內心，結果被刺傷的卻只有自己。

「南風，妳這又是何苦呢？這些年妳將自己的身與心完完全全地獻給了驚蟄堂，妳對主子的忠心無人可比，可妳畢竟是個女子，總要為自己的未來考慮。等過段時間形勢緩和些我就向主子進言，讓妳離開埕陽縣，找個沒人認識的地方去過正常人的生活。」

南風抬起頭，有些意外地看著陸雲生，眼裡雖然露出了一絲感激之意，可最終還是苦笑著搖了搖頭。「未來？像我這樣的人哪還有什麼未來？我知道你是一個老好人，可不必再為我白費力氣。」

「南風……」陸雲生心中焦急萬分，他知道自己沒辦法改變南風的想法，可他更加不忍心看著她就這樣在苦海中無力地掙扎。

「別說了，照顧好主子，替我給你的姚姑娘轉告一句話，能夠有幸陪在主子身旁是她三世修來的福氣，請她千萬不要辜負了主子的一片深情厚義，否則我絕對不會放過她。」

南風說完，推開門閃身衝了出去，雖然心中依舊有千萬個不甘不願，可她似乎漸漸明白，自家主子對待姚婧婧是動了真心的，而她已無力再改變什麼。

陸雲生伸手想要拉住她，最終卻只碰到一片衣角。

姚婧婧很快便原諒了白芷，對於這個萬事以她為重的小丫頭，她實在不忍心多做苛責，然而她和蕭啟之間卻鬧起了小彆扭，以至於很長一段時間她都沒有見到他的身影。

從前她總是嫌他霸道專制，可猛然間清靜下來她又覺得很不習慣，一股莫名的失落感讓她做什麼事都提不起精神。

姚婧婧知道這是一個非常危險的徵兆，作為一個二十一世紀的現代女性，怎麼能將自己的喜怒哀樂全部都交付在一個男人身上？這無疑是一件極度愚蠢的事。

於是乎，她決定給自己找點事做。

這一天聽說阿拉要啟程回自己的家鄉了，她興致勃勃地帶著赤焰去給牠送行。

姚婧婧原本還有些擔憂，畢竟此行要跨越千山萬水，即使一路順利也要耗費個兩、三年左右，不知阿拉要吃上多少苦頭。

可真正見面後她才發現自己的擔心純屬多餘，蕭啟已經下令讓相關人員替他們做好了充足的準備，不僅帶上了足夠的食物和藥品，還為阿拉量身訂做了一輛超級無敵大的馬車，盡可能讓牠的旅途更加舒服一些。

自從中秋之夜一戰成名後，小赤焰便變得格外傲嬌，面對著兩個洋馴獸師的示好也是愛理不理，看得出那兩個洋馴獸師對牠是真的喜歡，若非姚婧婧是他們的救命恩人，他們還真存了奪人所愛的意思呢！

姚婧婧將他們一行送到城外，示意白芷將隨身帶著的一包銀子塞到兩個洋馴獸師手中，誰知他們卻連連擺手，異常堅決地拒絕了。

「多謝姚姑娘的美意，那位尊貴的郡王殿下已經賞賜給我們足夠的錢財，以後就算不再登臺表演，我們也能養活阿拉，請姚姑娘放心好了，以後我們一定會認真仔細地照顧牠。」

姚姑娘微微愣了一下，嘴角突然漾起一絲笑意。這個蕭啟還真是彆扭得緊，明明對待一隻動物都心懷慈悲，卻偏偏要用一副冷酷無情的外表來偽裝自己，也不知究竟是何道理。

依依不捨地送走了阿拉，姚婧婧正準備帶著小赤焰去附近的山上散散心，身後的彩屏突然扶住了她的胳膊，眼中露出欣喜之色。

姚婧婧順著她的目光抬頭望去，發現蕭啟孤身一人站在十步外的一座涼亭裡。

姚婧婧只覺得心中微微一痛，眼底不自覺地湧上一股暖流，直到此時她才不得不承認原來自己一直都在思念這個男人。

蕭啟遠遠地衝著她揮了揮手，姚婧婧深吸一口氣，一步步地走了過去。才幾日不見，他似乎又清瘦了不少，下巴上長出一片青色的鬍渣，就像是一連幾天都沒有休息過的樣子。

「出什麼事了？」原本兩人正為白芷的事互相鬥氣，可蕭啟可憐兮兮的眼神一下子讓姚婧婧心軟了下來，忍不住焦急地關心道。

蕭啟咧了咧嘴，笑得就像一個孩子。他上前一步，伸出手握住姚婧婧嬌小軟糯的手掌，整個動作無比自然，感覺就像是對待熱戀中的情人一樣。

姚婧婧的雙頰頓時像火燒一般，蕭啟在她面前是越發放肆了，要知道她並沒有答應過他什麼，他居然已經開始自顧自地把她當成了他的私有物品。

彩屏和白芷相視一笑，不約而同地退出亭外，在她們眼中，殿下與小姐就是一對神仙眷侶，兩人能有今天實在是太不容易了。

姚婧婧卻是越發覺得窘迫。「好好說話，再敢隨便動手動腳我就……」

蕭啟眨著眼睛，一臉不懷好意地笑道：「妳就怎麼樣？」

「我就不理你了。」

姚婧婧狠下心，甩開他的手，轉身佯裝惱怒地跨步而去，可還沒等她走出去兩步，蕭啟那堅實而火熱的胸膛就貼了上來。

「姓蕭的，你這個臭流氓，你不要臉我還要呢，趕緊放開我。」

姚婧婧並不是什麼貞潔烈女，可入鄉就要隨俗，在這個時代別說沒名沒分的未婚男女，就算是成親多年的老夫、老妻也不敢在光天化日之下公然親熱。

「別動，讓我靠一會兒，就一會兒，我真的太累了。」

若說這個世上有什麼東西能讓姚婧婧完全沒辦法抵抗，蕭啟突如其來的撒嬌絕對是第一名。當他那帶著濃濃鼻音的小煙嗓在耳邊響起時，姚婧婧只感覺自己的心都快化了，原本死也不會問出口的問題就這樣急不可待地從嘴邊溜了出來。「這幾日你究竟在做什麼？」

蕭啟轉了轉頭，將臉深深地埋在她的脖子上，貪婪地嗅著她身上散發出來的那股獨一無二的清新香氣。「沒什麼，接連有幾個故人前來拜訪，身為主人我理應要捨命陪君子。」

蕭啟的回答讓姚婧婧心中的疑惑更甚，到底是什麼樣的故友能讓他廢寢忘食到這個地步？他們究竟在一起謀劃什麼驚天動地的大事？

姚婧婧搖了搖頭，並沒有打破砂鍋問到底，有時候知道得太多反而是給自己徒增煩惱。

過了很久，在姚婧婧的再三催促下，蕭啟終於戀戀不捨地鬆開手，姚婧婧也不忍心多折騰他，兩人徑直登上馬車，踏上了回城的路。

「前些日子我聽衛老夫人說倚夢要回臨安城，不知究竟是真是假，淮陰長公主也會一同回來嗎？」

姚婧婧的話音剛落，蕭啟的臉色卻莫名變得有些凝重，他先是點了點頭，緊接著又用力搖了搖頭。

「皇姑母原本是有這個打算，想等皇上出關後回臨安小住幾日，可如今情勢遽變，她就算有心想走只怕也沒有那麼容易了。」

姚婧婧心裡一驚，突然冒出一個不太美妙的預感。「京城中到底發生什麼事了？你這幾天是不是也在為此事憂心籌劃？」

「此事一言難盡，如今形勢並不明朗，好在我如今身在異鄉，再怎麼樣也不會波及到我頭上來，妳就放心吧！」

蕭啟明顯不欲多言，他所選擇的那條路注定遍布詭譎陰謀、血雨腥風，唯一能保護她的方式，就是盡可能地不讓她牽連其中。

第一百零七章　王家生變

姚婧婧還沒來得及搞清楚蕭啟隱藏的秘密，臨安城內卻又發生了一件足以讓所有人跌破眼鏡的大事。

那個愛民如子、躬履儉素的知府大人竟然辭官了。

原來王子衿的陰謀敗露之後，自知逃無可逃的她居然親手放了一把火想要自盡，好在下人們撲救及時，雖然撿回了一條命，可原本的花容月貌卻全都毀了，這對一個女子來說簡直比死還要難受。

「王大人愛女如命，怎麼忍心看著女兒一直這樣痛苦下去，倒不如早早離開這是非之地，或許還能過兩天清靜日子。」

「小姐說得沒錯，王大人正準備舉家南遷，聽說他為王大小姐尋了一處風景絕美、四季如春的世外桃源，以後打算在那裡長居，再也不回來了呢！」

彩屏忍不住感嘆道：「王大小姐雖然心思歹毒，罪有應得，可她有這樣一心一意替她著想的爹娘，還真是讓人忍不住心生羨慕呢！」

白芷像是想起什麼，眨著眼小聲說道：「小姐，我聽說王大小姐毀容後深感難堪，竟然鬧著要和自己的夫君和離，孫大少爺卻是無論如何都不肯，眼下還不知結果如何呢！」

「和離？王子衿她怎麼肯？」同為女人，姚婧婧很清楚王子衿對孫晉維的癡戀與執著幾乎到了不瘋魔、不成活的地步，這樣的她又怎麼會主動放手呢？

和姚婧婧有同樣想法的還有即將被休棄的孫晉維，他一臉木然地看著眼前那張蓋上鮮紅色指印的和離書，只等他簽字畫押後，這一對新婚還不滿一年的夫妻便可勞燕分飛。

「我不會簽字的，子衿，我知道我欠妳太多、太多，妳之所以會變成現在這個樣子全都因我而起，我答應過岳父大人會一輩子照顧妳，又怎麼能在此刻離去？」

「我不需要你的憐憫。孫晉維，你別以為我不知道，你之所以不敢在此時離開就是害怕世人說你是忘恩負義的陳世美，你可要想清楚了，為了一個既不能吃、又不能喝的虛名，你要逼自己一輩子面對一張形如鬼魅的醜臉，你覺得這筆買賣划算嗎？」自從毀容之後，王子衿便再也沒摘下臉上的面紗，可想而知這塊面紗必將陪伴她的餘生，成為她身體的一部分。

「子衿，我知道我現在說什麼妳都不會相信，妳是我的妻子，而我卻沒有盡到一個做丈夫的責任，妳怨我、恨我都是理所當然的。」

「孫晉維，如今你的大仇已報，我爹也決定辭官歸隱，我們一家對你來說已經沒有半分利用價值了，所以請你不要再這樣假惺惺。我娘說得一點都沒錯，當初我就是受了你的蠱惑，才會做出這麼多瘋狂的蠢事，如今我看到你這張臉就覺得無比噁心，所以拜託你趕緊滾吧！」王子衿淒厲的嘶吼中帶著一絲無助的絕望，遇見眼前這個男人對她來說就是一場賭博，她傾盡所有賭上了自己的人生，賭上了父親的仕途，甚至於賭上了全家人的未來，可換來的卻是慘敗。「我原本以為只要我讓那個女人身敗名裂，徹底從這個世上消失，你的目光就會慢慢地轉移到我的身上，可那天夜裡你不顧我的哀求追隨郡王殿下去救她時，我才發現自己實在是錯得離譜；就算有朝一日她轉身嫁作他人婦，你還是會默默地在心裡想著她、念著她、愛著她。」王子衿說著說著，突然從懷裡掏出一個被蹂躪得面目全非的木偶。

孫晉維看了一眼，臉色突然由紅轉白，連嘴唇都變得有些哆嗦。「妳……這、這東西怎麼會在妳這裡？」當初剛到臨安時為了舒緩心中的相思之痛，孫晉維照著姚婧婧的樣子親手刻了一個木偶娃娃，這是他最寶貴的東西，也是他身邊有關於姚婧婧的最後紀念，可前些日子他突然發現它不見了，為了不驚動旁人，他沒有大肆聲張，只是一個人偷偷地四處尋找。

「為什麼不會在我這裡？你可別忘了，這是我的家。」王子衿故意將手中的木偶放在孫晉維眼前晃了晃，眼中露出一絲報復的快感。「你瞅瞅它是不是變得和從前有些不一樣了？這些日子只要你在我面前恍神一次，我就用小刀從這木偶身上砍下一塊，砍完胳膊就砍腿，削完耳朵再挖眼珠子，你別說，這主意還真是解氣得很，現在我的心裡一點都不恨她了。怎麼樣？是不是覺得很心疼？要不要我把這塊爛木頭再還給你？」

孫晉維的眼中露出不忍之色，他沈默了半晌，終於長長地嘆了一口氣。「子衿，妳這又是何苦呢？」

「是啊，何苦呢？孫晉維，我雖然犯了大錯，可也已經受到了懲罰，我真的累了，從今以後我們就不要再互相折磨，放彼此一條生路吧！」

殘缺的木偶無力地從王子衿手中滑落下來，掉在地上碎成了一片片散落的木塊，王子衿的心就像封凍已久的冰窖，面對著這個自己曾經極度深愛的男人也再難激起一絲漣漪。

望著那個漸行漸遠的背影，孫晉維的心裡卻像是壓著一塊千斤重的大石頭一般，沈痛無比。

王子衿說得沒錯，他就是一個為達目的不擇手段的卑鄙小人，他將王家害到這個地步卻連贖罪彌補的機會都沒有，這對他來說何嘗不是最殘酷的懲罰？

王大人去意已決，甚至婉拒了同僚們為他設下的餞行酒，在一個秋風習習、略顯蕭瑟的清晨帶著妻女輕裝簡從，踏上了一趟永遠沒有歸程的旅途。

孫晉維帶著阿慶在門口送行，王子衿卻早早地躲入轎中，甚至連多看他一眼都不願意。

王夫人出身世家，過了幾十年養尊處優的生活，沒承想到了這把年紀還要面對這些糟心的事情，她的眉頭幾乎皺成一團，對待孫晉維自然也不會有什麼好臉色。

王大人最後看了一眼這座由他親手建立起來的知府官邸，眼中還是不自覺地露出幾分不捨之情。「晉維啊，原本我一直對你寄予厚望，可沒想到你和子衿還是走到了這一步。我知道這一切並非你所願，所以我也不想責怪你什麼，以後各自安好吧！這座宅子原本就是公家所有，我已經和衙門打了招呼，你可以在這裡多住一段日子，等你想清楚去處後再搬走吧！」

孫晉維恭恭敬敬地行了一個大禮。「多謝岳父大人的垂憐，我知道現在說什麼都毫無意義，我對不起子衿，更對不起兩老對我的信任。」

王夫人一臉厭棄地對著他重重啐了一口。「哼！你就是我王家的災星，早知如此，當初就算豁出性命我也不會同意子衿救你。你就是天生的孤寡命，只要靠近你的人都會被你剋死，我要是你早就自尋了斷了，哪裡還有臉繼續苟延殘喘地活在這個世上。」

「好了，妳就積點口德吧！世事多艱，大家活得都不容易，孰是孰非都一筆勾銷吧！」王大人說完搖了搖頭，轉身想要上馬離去。

孫晉維卻像是突然想起什麼，匆匆忙忙地攔住了他。「岳父大人，請等一等。」

王大人有些疑惑地轉過頭。

孫晉維從阿慶手中接過一個小布包，不由分說地塞到了王大人手中。「前些日子我低價變賣了孫家在臨安城裡遺留的所有店鋪和地皮，差不多折現了八千兩銀子，還請岳父大人能夠收下。」

王大人顯然對此非常意外，並沒有在第一時間伸手接下孫晉維的饋贈。「晉維，這些銀子我不能收，你已經不再是王家的女婿了，根本沒有任何義務要這麼做。這些銀子是你父親留給你安家立業的財產，他肯定希望你用這些錢重振孫家的家業，你不必替我們擔心，我為官多年，手中多少還有些積蓄，維持基本的生活還是沒有多大問題的。」

「人都沒了還談什麼家？我一個赤條條的單身漢，怎麼樣都能活，這些銀子對我來說已經沒有任何意義。您這一趟南下既要買宅置地，重新安頓，又要請大夫替子衿療傷，裡裡外外都少不了要用錢，我能夠做的也只有這些了，還請岳父大人千萬不要推辭。」為了表明自己的誠意，孫晉維雙膝跪地，將手中的包裹高高舉起。

王夫人先是感到很驚訝，很快便有些心動了。其實她並非愛財之人，只是丈夫這些年為官清廉，家中開銷又大，手中根本就沒有攢下多少餘錢，孫晉維此舉無異於替他們解了燃眉之急，至少這一路心裡能夠踏實一點了。「你說得可是真的？八千兩銀子不是一筆小數目，有了它你盡可以一輩子錦衣玉食、使喚奴婢，你真的能捨得？我們一家已經被你給害成這個樣子了，你莫非還想耍什麼花招？」

孫晉維一臉懇切地回道：「如果夫人有所疑慮，晉維願意發下毒誓，和我虧欠王家的相比，這點身外之物實在是微不足道，只願能讓子衿過得稍微輕鬆一些，否則我心中永遠都不會安寧。」

「沒錯，這是你欠子衿的，今日我就替她收了下來，可你休想用這些臭錢來抵消你所犯下的罪孽，我會一輩子詛咒你，除非我死，否則一天都不會停歇。」

王夫人尖利的嗓音幾乎快震破人的耳膜，孫晉維只覺得手中一輕，她已拿著包裹鑽進了轎子裡。

王大人看得目瞪口呆，好半天才回過神來，看向孫晉維的眼神多了一絲慚愧之色。「晉維，你是個好孩子，只可惜造化弄人，可縱然再苦，這日子也得過下去，你好自為之吧！」

孫晉維呆呆地跪在原地，一直到王家的馬車消失在濃重的霧氣中，他的表情才有所鬆動。

阿慶手忙腳亂地將自家主子扶了起來，他雖然能夠理解孫晉維的做法，卻還是忍不住替他感到擔心。

「大少爺，我覺得王大人說得沒錯，您就這樣將家財散盡，可曾想過以後咱們要靠什麼生活啊？」

孫晉維扯了扯嘴角，露出一個比哭還難看的笑容。「放心吧，咱們兩個大男人難道還能把自己餓死不成？這臨安城雖好，卻不是咱們該待的地方，我決定要回到長樂鎮上重操舊業，一切從頭開始吧！」

阿慶的眼睛簡直快瞪得比銅鈴還要大，有些難以置信地驚呼道：「您的意思是……您要回去重開酒樓？這個主意還真是不賴，我相信咱們一定會成功的。」

孫晉維不置可否地搖了搖頭，人生走到這個地步，成不成功於他而言已經沒有絲毫意義，他只想靜下心來感受時光流淌，徹徹底底地為自己活一次。

第一百零八章　堂主權杖

白芷皺著眉頭在一旁小聲地嘀咕著。「小姐，最近這是怎麼了？怎麼人人都想要離開臨安？昨日我在集市上遇見陸大老闆，他正急著採購車馬、糧草，看樣子也像是準備要遠行呢！」

姚婧婧一下子從椅子上彈起來，瞪著眼睛大聲問道：「什麼？這是什麼時候的事？」

白芷的神情變得有些慌亂。「就是昨天晌午，陸老闆還特意交代讓我不要告訴您，可我心裡總覺得不太對勁，這事難道和郡王殿下有什麼關係？」

姚婧婧跺了跺腳，大聲喊道：「那還用說，白芷，趕緊叫上彩屏，咱們現在就出門。」

「啊？去哪裡？」白芷顯然沒弄明白小姐的意圖，搓著手，一臉的茫然。

「淮陰長公主府。」

姚婧婧已經很久沒有體會到這種氣急敗壞的感覺，開門的侍衛自然是認得她的，按例想進去通報一聲，卻被她飛起一腳給嚇得呆在原地。她就像個潑婦一般，在光天化日之下大剌剌地衝進了公主府。

白芷和彩屏原本還想勸自家小姐冷靜一些，可府裡與眾不同的氣氛卻讓兩人一下子噤了口。

原本富麗堂皇、景色絕美的府院此刻已變成了一個偌大的練兵場，冷夜侍衛帶著好幾百名身著黑衣的屬下正在默默地操練，空氣中只有刀劍揮舞的聲音，那場面顯得無比詭異。

姚婧婧哪管他三七二十一，站在院子中間就開始扯著嗓子大聲吼道：「蕭啟，你給我出來，再不出來我就到官府舉報你私自屯兵，意圖謀反。」

在場的眾人都被這一聲突如其來的河東獅吼給震住了，整齊地轉頭朝她瞅去。

冷夜侍衛的臉一下子變得比鍋底還黑，他簡直不敢相信自己的耳朵，天底下竟然有如此膽大囂張的女人，自家主子的口味還真是無比奇特。

原本待在屋裡的陸雲生聽到動靜不對，立即跌跌撞撞地跑了出來，不停地對著姚婧婧作揖求饒。「哎喲，我的姑奶奶，妳這是在做什麼？我求求妳可千萬別再喊了，妳若是再這樣喊下去，那可真是要壞了主子的大事。」

姚婧婧一改往日的沈靜有禮，不由分說地破口大罵。「好你個陸雲生，枉我還稱呼你一聲大哥，你卻處處欺我、瞞我，若不是我今日強行闖了進來，是不是等你們人都到京城了，我還依舊被傻傻地蒙在鼓裡？」

陸雲生苦著一張臉，神色哀戚地解釋道：「姚姑娘，這話是怎麼說的？我真是比竇娥還冤，就算借我一百個膽子我也不敢騙妳啊！只是此事實在是事出有因，一時半刻我還真和妳說不清楚。」

「說不清楚那就慢慢說，反正本姑娘一點也不著急，咱們盡可以就這樣一直耗下去。」

姚婧婧說完，也不等陸雲生開口，帶著白芷和彩屏昂首挺胸地從那些黑衣侍衛中間穿過，直奔蕭啟的書房而去。

蕭啟見到姚婧婧似乎並不感到意外，他伸手掃掉面前的沙盤，露出一個略顯疲態的笑容。「妳來得真巧，我正準備忙完手頭的事就去找妳一起吃餛飩，幾天沒吃還真覺得有點饞了。」

「姓蕭的，你真當我是三歲的孩童，隨便給顆甜棗就能蒙混過關？我告訴你，今日你若是不給我一個交代，我就跟你沒完。」

姚婧婧一邊說、一邊架勢十足地在蕭啟對面的貴妃榻上坐了下來，彩屏和白芷互相看了一眼，非常識趣地退了出去。

姚婧婧打起精神準備應對蕭啟的巧言舌辯，畢竟這一向是他的專長所在，誰知蕭啟只是直直地望著她，最後輕輕吐出一句話。

「對不起。」

姚婧婧一下子愣住了，那感覺就像是一拳打在棉花上，讓人心中感到無比憋屈。

蕭啟一臉誠懇地繼續解釋道：「是我交代東雲不要告訴妳，其實我並未想過能瞞妳多久，以妳的聰慧機敏早晚都會知道的。」

姚婧婧越想越覺得不對勁，自己大張旗鼓地跑來可不是為了一句輕飄飄的「對不起」，蕭啟明顯是在以退為進，想要混淆視聽。

「廢話少說，我問你，你突然聚集這麼多人手是不是因為京城中生了巨變？」

蕭啟點了點頭算是默認了。

「你們打算什麼時候開拔進京？」

蕭啟略微遲疑了一下，最後還是決定老老實實地回答。「今夜子時準時出發。」

姚婧婧憋著心中的怒火繼續問道：「如果我今日沒來問你，你也不會主動向我提起吧？」

蕭啟的神色突然變得有些凝重。「我寫了一封信，明日一早就會送到妳的手中，事發突然，我相信妳一定會理解的。」

「理解你個頭！」

姚婧婧再也按捺不住，猛地一拍桌子，厲聲咆哮道：「這幾個月你處心積慮，鬧得滿城風雨，現在世人都以為我是你的女人，結果你卻連招呼都不打一聲，拍拍屁股就想跑，天底下哪有這麼便宜的事。」

「婧婧，妳……」蕭啟被震得瞠目結舌，兩隻眼珠子都快瞪出來了，彷彿第一天認識眼前這個女子。

「你什麼你！姓蕭的我告訴你，本姑娘可不是那種能容你撩了就跑的女子，你既然選擇要招惹我，那就必須要負責到底，否則就別怪本姑娘心狠手辣。」

話音剛落，姚婧婧竟然以迅雷不及掩耳之勢從懷裡掏出一支自製的防狼噴霧，牢牢地鎖定蕭啟的面門。

「噗哧。」蕭啟被姚婧婧的模樣給逗樂了，居然露出一個比蜜還甜的笑容。

姚婧婧有些羞惱地嗔怒道：「笑什麼笑？你以為本姑娘是在跟你開玩笑嗎？不許笑，否則我真的動手了。」

「好了，我真的知道錯了，就請您饒了我這一次吧，姚大俠。」

在擁有絕世武功的蕭啟面前，姚婧婧那三招兩式簡直沒有絲毫震懾力，他抬起手輕輕一揮，姚婧婧便覺得身子一顫，整個人像失了重心似地往前撲去。

姚婧婧一頭栽倒在那個堅硬如鐵的懷抱中，手中的秘密武器也飛出去老遠，她並不甘心就這樣「束手就擒」，然而只要蕭啟低沈的嗓音在耳邊響起，她渾身上下便覺得酥麻無比，再也使不出一分力氣。

「謝謝妳，婧婧，今天是我這一生中最歡喜的一天，我會一輩子記在心裡的。」

姚婧婧搗著微微發紅的臉，繼續嘴硬道：「有什麼好歡喜的？我在跟你談一件很嚴肅的事情，請你端正自己的態度。」

「謝謝妳讓我知道這一切並不只是我一廂情願的幻想，我沒有愛錯人，遇見妳是我今生最最幸運的一件事。」

這……這算是告白嗎？姚婧婧終於體會到什麼叫做小鹿亂撞，她抬起頭呆呆地凝視著蕭啟的眼睛，一時之間只覺得有漫天的煙花在周圍綻放。「你……你是不是喝醉了？怎麼滿口的胡言亂語？」

「沒錯，遇見妳的第一天起我就已經醉了。我知道以我如今的處境並沒有資格說這些話，可我真怕現在不說以後就再也沒有機會了。妳總是懷疑我對妳的真心，今日我就以蕭氏先祖之名起誓，不管是過去還是將來，妳都是我蕭啟這輩子唯一愛過的女人；說來妳也許不信，從見到妳的第一眼開始我就知道有些人是命中注定，就算想逃也逃不掉。」這回就連蕭啟自己都覺得很驚訝，要知道，這些情意綿綿的肉麻話可是他曾經最嗤之以鼻的，如今居然能如此自然地從他的嘴裡說出來，難道愛情真的能讓人迷失了心智？

「你……你別說了，花言巧語，我一句也不信。」姚婧婧只覺得渾身輕飄飄的，好像風一吹就能飄走似的，她偷偷地掐了自己一把，強迫自己千萬要冷靜下來。

蕭啟的嘴角露出一個頗為自信的笑容。「妳若是真不信，今日也不會出現在這裡，妳早已經對我動了心，只是妳自己還不知道而已。」

「我哪有？你不要自作多情了，我可沒說過我喜歡你，你的破事我也懶得管了，你自己好自為之吧！」姚婧婧說完伸出手使勁地推他的胸膛，想要甩開他的禁錮，可蕭啟的身子越貼越近、越貼越緊，讓人完全無處可逃。

「從前我總感覺時間緊迫，有太多事來不及去做，可現在我只想就一直這樣抱著妳，真怕一鬆手就再也沒有機會一起到白頭了。」

蕭啟的嗓音微微發顫，連帶著姚婧婧的心也跟著一起顫抖。

「你這是什麼意思？難道這一趟真的有那麼危險？」

蕭啟並沒有回答姚婧婧的問題，只是輕輕地在她的額頭上留下一吻。「乖乖地待在這裡，哪裡也不要去，如果這次我還能活著回來，一定抬著八抬大轎前來娶妳，如果我回不來了——」

「不准說。」姚婧婧的眼淚就像決堤的洪水一般奔流而出，她伸手摀住蕭啟的嘴，慌忙無措地搖著頭。「沒有如果，蕭啟，你說過要保護我一輩子，怎麼能夠食言？你的命不僅僅是你自己的，沒有我的允許你怎麼敢去死？」

看著姚婧婧肝腸寸斷的模樣，蕭啟的心都碎了，他強逼著自己不讓眼淚流下來，輕輕地揉了揉她的頭髮，露出一臉輕鬆的表情。「或許並沒有我想像中的那麼嚴重，這些年我苦心經營，不敢說做好了萬全的準備，可到底還算是有幾分勝算的。」

「非去不可嗎？都是同宗同源，難道就沒有更溫和一點的法子嗎？」姚婧婧明知道自己說的是廢話，可還是忍不住開了口。她兩世為人，一直在不停地失去，可從來沒有一刻讓她如此害怕。

「對不起，我知道我的選擇對妳很不公平，可多少年了，父母在天之靈尚未得到慰藉，還有先太子府的百餘條冤魂，我欠他們一個交代，更欠自己一個交代，這不僅僅是我的執念，更是我生而為人的責任。」蕭啟說話的語氣無比溫柔，可眼神中卻閃著堅定的光芒。

姚婧婧一把推開他的懷抱，一臉焦急地說：「你若是非要去那就帶著我一起吧，刀劍無眼，有我在身邊照顧多少能夠安心些。」

「不行。」蕭啟想也沒想就直接開口拒絕道：「我什麼事都可以依妳，唯獨這一件沒得商量。妳就乖乖地待在這裡哪裡都不要去，妳我之間的關係早已不是什麼秘密，臨安城也非穩妥之地，我安排了一支護衛隊貼身保衛妳的安全。萬一我回不來了，他們會立刻護送妳離開大楚，等所有的風波全部平息之後妳再回來。」

「那怎麼行。」姚婧婧簡直急得快要跳腳。「如今正是用人的時候，多一個人就多一分勝算，讓他們來保護我豈不是大材小用？我會照顧好我自己，你用不著擔心我。」

「妳若真不想讓我擔心就乖乖聽我的安排，妳是我最大的軟肋，只有妳好好的，我才能變得無堅不摧，妳明白嗎？」此刻的蕭啟就像一個無助的孩子一般，眼裡露出乞求之色。這些年他經歷過的大戰、小戰數不勝數，卻是第一次體會到這種椎心之痛。

姚婧婧的心情比他好不到哪裡去，可她知道兩人剩下的時間不多了，她應該懂事地選擇放手，畢竟愛一個人並不是自私地占有，她希望他的餘生能夠過得安然而快樂，所以她只能支持他去完成自己的使命。「我會乖乖在這裡等你的，可是我絕對不會一個人離開大楚，所以你一定要平平安安地回來。」

「傻丫頭，妳讓我說妳什麼好呢！」蕭啟知道眼前這個女子有她自己的堅持，可正因為如此才讓他更加心疼。「婧婧，妳還記得咱們第一次見面時，我送給妳的那塊千年寒鐵嗎？」

「寒鐵？什麼寒鐵？」如此高大上的名稱讓姚婧婧瞬間為之一愣，她歪著頭想了半天後，突然一拍腦袋，匆匆忙忙地跑出門外對著白芷一陣耳語。

大約過了一炷香的工夫，白芷上氣不接下氣地跑了回來，伸開手掌遞給姚婧婧一塊黑不溜丟、還帶著污泥的馬蹄鐵。

蕭啟看得眼睛都直了，難以置信地驚呼道：「這……這是什麼鬼東西？」

姚婧婧掏出懷裡的手帕仔仔細細地擦拭著馬蹄鐵上的污泥，一臉抱歉地衝著蕭啟笑了笑。

「實在是對不住，當初你說要拿這東西抵藥錢，可後來我知道了你的身分，自然不會上門找你兌現；況且我也不認識什麼千年寒鐵，越看越覺得它只是一塊沒用的廢鐵，後來碰巧有一隻馬駒半路上掉了一塊馬蹄鐵，我就讓胡文海把它給釘上了，你別說，還真是合適得緊。」

蕭啟簡直哭笑不得，這個女人還真是隨心所欲，難道在她眼裡，自己就是一個滿口白話、專門忽悠人的？「白芷，去廚房端一碗醋來。」

姚婧婧對蕭啟的安排一頭霧水，見白芷很快將一大碗醋放到兩人面前，一股濃重的酸味撲面而來，姚婧婧忍不住嚥了嚥口水。

蕭啟將手中的玄鐵丟入碗中，神奇的一幕便發生了，碗中的鐵片像是燃燒了一般，發出「噼哩啪啦」的聲響，還冒出了許許多多細小的氣泡。

白芷嚇得尖叫一聲，躲在自家小姐身後。

姚婧婧倒是很淡定，和小時候做過的科學實驗相比，這些只能算是小孩子扮家家酒，她化學學得雖然不太好，也知道有一些稀有的金屬會和酸性物質發生反應。

正如她所料，很快地碗裡便恢復了平靜，原本裝得滿滿的醋只剩下一半，而那塊毫不起眼的鐵片也完成了華麗的蛻變。

「這究竟是什麼寶貝？」姚婧婧撈出那只閃著金光的圓形權杖仔細地端詳著，她並不知道這塊權杖是由什麼材質鑄成的，只是摸上去堅硬無比，很有質感。

權杖兩面全都雕刻著複雜的龍紋，代表著至高無上的權力，最中間還牢牢地嵌入一顆光彩奪目的紅寶石，更為其增添了神秘之感。

「這是驚蟄堂的堂主權杖，當初父親創立驚蟄堂時曾立下一個規矩，若自己不幸身死，手握這塊權杖的人就是驚蟄堂的現任主人。」

「堂主權杖?!」蕭啟說得輕描淡寫，姚婧婧卻差點驚掉了下巴。照他這樣說，這塊權杖背後所代表的權力、財富及江湖勢力簡直無法想像，而自己居然拿它當了一年多的馬蹄鐵，實在是暴殄天物。「既然是這麼珍貴的東西，當初你為何要把它交給我？你就不怕我轉身把它給扔了，到時候你要上哪裡去找啊？」

蕭啟揚了揚嘴角，輕輕地笑了笑。「丟就丟了吧！我寧願驚蟄堂就此解散了，也好過落入那些居心叵測之人手中。」

姚婧婧突然有些明白了。「你是說，那天在靈谷寺追殺你的人就是想要得到這塊權杖？」

蕭啟點了點頭。「原本這是一個不為人知的秘密，可驚蟄堂當時出了內鬼，消息不脛而走，引來了許多眼紅之人。當時那些人知道我受了重傷，便像塊狗皮膏藥一樣緊追不放，想要徹底將我拖死，不得已之下我只有躲入靈谷寺，遇到妳時我已經精疲力盡，我怕我難以堅持下去，就孤注一擲地將這東西交給了妳，至於結果如何就看它的造化了。」

一旁的白芷聽得瞠目結舌，若不是親耳所聞，她實在不敢相信這樣玄之又玄的事情會發生在自己身邊，就算是說書的匠人怕是也不敢這樣編排。

「這就叫做冥冥之中自有天意，小姐救了殿下的命，就是整個驚蟄堂的大恩人，這塊權杖由您保管那是再合適不過了。」

「說得好，婧婧，我和歐陽老兒商量過了，這塊堂主權杖暫時先放在妳這裡，如果我真的回不來了，以後驚蟄堂的命運就交由妳掌控，何去何從就全靠妳的意思了。」

「開什麼玩笑！」蕭啟的話對於姚婧婧而言無異於晴天霹靂，她又是搖頭、又是擺手，渾身上下寫滿了抗拒。「我只是一個手無縛雞之力的小女子，如何能擔此重任？驚蟄堂人才濟濟，隨便找一個都比我強上許多，這東西我不能收，你還是另請高明吧！」

「婧婧，我並不是一時心血來潮，這件事我已經考慮了很久、很久，妳就是最適合的人選。這些年驚蟄堂的弟兄們跟著我出生入死、擔心受怕，沒有過過一天安穩日子，如果我真的敗了，請他們不必為我復仇，從此跟著妳過回正常人的生活吧！」

蕭啟說話的語氣就像是在託孤寄命，姚婧婧的眼淚抑制不住地流了下來，在蕭啟深切的目光下鄭重地點了點頭。

臨別的時光總是格外短暫，轉眼間外面已是明月高掛，姚婧婧倚在蕭啟懷中靜靜地聽著沙漏流動的聲音，心中的情愫卻比這夜色還要濃稠。

「殿下，時間到了，咱們該啟程了。」冷夜的聲音如冰裂般乍然在窗外響起。

姚婧婧突然覺得有些慌亂，她緊緊地拉住蕭啟的手，就像攥著生命中最珍貴的寶藏一般。

蕭啟的聲音也有些哽咽，可如今並不是兒女情長的時候，他堅定地抽出自己的手，最後一次給了她一個大大的擁抱。

姚婧婧只覺得自己快要窒息了，整個人像是要被揉爛捏碎嵌進蕭啟的身體裡一般。

她正無比貪戀地感受著這最後的溫存時，突然覺得渾身一冷，蕭啟已經轉過身子大踏步地出門。

姚婧婧無力地癱倒在地，從這一刻起，她的心已經隨著那個男人遠去，再也無法獲得片刻的安寧了。

第一百零九章　救駕勤王

從臨安到京城，原本要十來日的路程，蕭啟帶領著屬下，硬是在第七天的黃昏就看到了那一道朱紅色的圍牆。此時城門外已經聚集了好幾方軍隊，大家的目的卻是出奇地一致——救駕勤王。

蕭啟並沒有急著進城，而是趁著夜色鑽進了一頂屬於陷陣大軍的主帥大營。

與外面的緊張氣氛不同，身著主帥軍服的衛然四仰八叉地躺在軟榻上，拿著一壺酒悠哉悠哉地自斟自飲，看起來別提有多愜意了。

蕭啟一把奪過他手中的酒壺，輕聲叱道：「城裡都快鬧翻天了，你還有心思在這裡喝酒？六皇叔讓你千里迢迢跑來是為了勤王，可不是來看戲的。」

如今的衛然雖然只是名義上的副帥，可隨著威龍大將軍的身體日益虛弱，他已經開始全權接管陷陣大軍的所有軍務，不管是身分還是身價，與以往相比都不可同日而語了。

「郡王殿下這位主角還未登場，我們這些搭臺子唱戲的著什麼急呢？依我說啊，咱們就該再等等，畢竟看著皇城中那對薄情無義的父子倆像兩條瘋狗一般互相撕咬實在是太解氣了。」對於衛然來說，蕭啟既是良師、也是益友，再加上兩人年紀相仿，他對這位隱忍蟄伏的郡王殿下欽佩有加，這才一聽到他的召喚就立即帶著三萬大軍一路奔走而來。

「你實在不太瞭解我那位太子堂弟，這些年他雖然名為皇儲，可文治、武功都略顯平庸，再加上底下的幾位弟弟個個都不是省油的燈，因此任憑他再怎麼恭敬順從，皇上依舊對他生起不滿之心。這些年朝堂上廢立太子的呼聲從未斷絕，他的日子也著實不太好過啊！」

蕭啟的話卻招來衛然的一頓白眼。「郡王殿下，您何必將他說得如此可憐？咱們這位太子爺也不是什麼善主，這些年為了打擊異己，鞏固自己的地位，他做下的缺德事難道還少嗎？別的不說，我祖父的死和他就脫不了干係，如此血海深仇，我衛家還和他記著呢！」

蕭啟輕輕地拍了拍他的肩膀，示意他千萬不要衝動。「這幾個月皇上的身子三天兩頭出岔子，幾位皇子再也按捺不住，頻頻在暗中運作，聽說皇帝已經開始命人著手草擬廢位詔書了，被逼到絕境的太子這才孤注一擲，趁著皇上休養生息的時機突然發難，掌控京城，占領皇宮，逼迫自己的父王提前傳位。」

衛然一臉了然地搖了搖頭。「咱們這位皇上可不是初出茅廬的愣頭青，沒有萬全的準備他怎麼可能讓這樣的傳言流到太子耳中，這不是逼著父子離心，反目成仇嗎？太子之所以會冒著天下之大不韙起兵造反，郡王殿下可算是功不可沒啊！」

蕭啟的嘴角微微揚了揚，算是默認了衛然的「指控」。這一年多他的確在太子身上花費了不少心思，沒有太子做引子，有些沈積的暗湧永遠不可能翻到檯面上。

「我只想提醒你，太子心中的怨恨比我們想像中更加深，若他一個沒忍住，真將自己的親爹給殺了，那我苦心積慮做的這一切就都失去了意義。」

衛然一拍腦門，像是突然想起了什麼，從善如流地點頭道：「郡王殿下言之有理，那咱們今天晚上就連夜攻城吧！我爹和我娘都在城裡，我心裡還真有些放心不下。」

「太子想要名正言順地得到皇位，只要皇上沒有在禪位詔書上簽字畫押，他就不會大肆動手清除異己，朝中的那些朝臣們暫時還是安全的。」

蕭啟的勸解讓衛然的心稍稍安定了一些，可對於攻城的時間蕭啟卻有自己的想法。

「太子如今一定是坐立難安，越是深夜他的警戒性肯定越高。如今他手中掌握的禁衛軍和城防軍加總一起大概有八萬左右，而你手中只有三萬人馬，就這樣冒冒失失地衝進去無異於以卵擊石，所以咱們還是要從長計議，確保萬無一失才行。」

衛然揮了揮手，一臉豪氣地說道：「打仗一事原本就是瞬息萬變，哪有什麼萬無一失？我雖然只有三萬人馬，可個個都是身經百戰的好手，絕對能以一當十，所以咱們還是有些勝算的。」

蕭啟的語氣有些無奈。「知道你所向披靡，那就將攻城時間定在黎明之前，此時人的精神最為鬆散，咱們務必要一擊即中，到時候我會先派堂中的高手提前潛入城中，咱們裡應外合，一定能事半功倍。」兩人商議完後，蕭啟匆匆忙忙地就要往外走。

衛然卻一把拉住了他。「現在時間尚早，郡王殿下一路辛苦，倒不如坐下來讓屬下陪您喝一杯酒，聽說您和姚姑娘已經私訂終身，屬下心裡著實羨慕不已啊！」

蕭啟知道這傢伙準沒安好心，立即垮著臉瞪了他一眼。「你也不要太過大意輕敵，人人都知道起兵造反是誅滅九族的死罪，就算是為了活命，他們也會殊死抵抗的。如今城外駐紮的還有其他幾路人馬，我現在就去聯絡一番，若大家能夠一同進退，那才能真正算得上勝券在握。」

衛然的眼睛猛地一亮。「哈哈，大將軍所料果然沒錯，大楚百萬雄師估計已有大半被郡王殿下招入麾下，還怕何事不能成？」

蕭啟眉頭輕皺，神情突然變得嚴肅起來。「休要胡言，身為大楚的將士，唯一的責任就是保家衛國，不管任何時候軍隊都不應該淪為某個人謀取私利的工具。今日大家齊聚京城是為了擁君護主，我蕭啟從未有過謀逆之心，只是想還世人一個公道而已。」

衛然目不轉睛地盯著蕭啟的眼睛，嘴角露出一絲別有深意的輕笑。「郡王殿下真的不打算再進一步？若論血脈、正統，沒有人比您更適合坐那個位置，換句話說，您只是拿回原本就屬於自己的東西罷了。」

「你不用再費盡心機來試探我，在世人眼裡，那個位置可能代表著至高無上的權力以及永生永世的烜赫，可當你真正身處其中時你才會發現，這些東西全都需要你拿生命中最珍貴的東西去交換。」蕭啟的眼中泛起一絲悲涼之意。

衛然默默地鬆開手，這一刻他似乎才開始真正讀懂這個男人。

「小夥子，好好幹，你的未來注定會被載入大楚的史冊，不管登上那個位置的人是誰，都無法掩蓋你的光芒。」蕭啟輕輕地拍了拍衛然的肩膀，這還是他第一次直截了當地表現出對這位後起之秀的認可與欣賞。

衛然的心中突然湧上滿滿的歡喜，簡直比得到威龍大將軍的誇讚還要激動。

蕭啟就像一陣來去無影的疾風，消失在蒼茫的夜色之中，衛然彷彿看到一抹璀璨的光輝在前方冉冉升起。

今夜過後，大楚的天就要變了。

蕭氏建國數百年，這是第一場發生在都城中的內亂，京城裡的百姓陷入了巨大的恐慌之中，全都躲在家中不敢出門，街道上只有一隊隊快馬加鞭的士兵呼嘯而過。

蕭啟帶著驚蟄堂的兄弟們在半個時辰之內攻破了城門，讓各路大軍以迅雷不及掩耳之勢衝入京城，給了敵方措手不及的一記重擊。

可那些禁衛軍和城防軍也不是吃素的，利用地利之便不斷牽扯、分散義軍的隊伍，一時之間戰況竟有些僵持不下。

蕭啟的心中逐漸變得焦灼，皇宮裡的情況瞬息萬變，這種完全不能掌控的感覺讓他實在難以忍受，最後他當機立斷，選了十個身手最好的屬下，毫無聲息地離開大部隊，直奔宮門而去。

如今的宮門附近幾乎一步一崗，被守衛的禁軍給圍得水洩不通，就連一隻麻雀都休想飛進去，更別提這一行十來個活生生的人了。

負責探路的冷夜難得露出焦躁的神情。「主子，這下該怎麼辦？實在不行的話，屬下帶幾個弟兄去引開他們的注意。」

蕭啟想也不想地拒絕道：「不行，這道宮門是太子最後的屏障，那些守衛個個非同尋常，武藝說不定還在你們之上，這樣貿然地硬闖無異於自尋死路。」

冷夜低著頭一言不發，他也知道這並非什麼高明的主意，可他的身分就是死士，只要能替主子實現心願，他就算粉身碎骨也絕不會皺一下眉頭。

「跟我來。」蕭啟輕輕一揮手，身後的黑衣人身形如鬼魅，一路在宮牆外穿梭閃躲，成功地避開了那些巡邏隊的視線。

終於，蕭啟在一處陰濕之地停了下來，附近不管是地面還是牆面都長滿了濃密的苔蘚與灌木，甚至將整面宮牆都遮蓋得嚴嚴實實。

冷夜有些不解地看著自己的主子，要知道，宮牆與一般人家的圍牆不一樣，歷代的皇帝為了讓自己能夠高枕無憂而不斷地對其加高、加固，直到現在已經有幾丈高了，再加上牆頭處還設有許多機關、暗道，稍有異樣便會招來大批禁衛軍的注意，所以不論你輕功再好，想從這裡翻牆而入根本是一件不可能完成的任務。

蕭啟並沒有出言解釋，只是拔出手中的長劍將腳下的亂草清理乾淨，露出一個四四方方的青石蓋板。

冷夜似乎想到了什麼，不等主子吩咐便招手喚來幾個兄弟，一齊發力將那塊重達五、六百斤的厚石板給移開了。

石板底下藏著的是一條奔騰澎湃的暗渠，要知道，大楚皇宮裡人數雖然不算太多，可主子、奴僕加在一起也有上萬之眾。

這麼多人生活起居，自然會產生許多廢水，這些廢水也要想辦法排出宮外，而這條暗渠就是其中之一。

皇宮的構建圖屬於一等一的機密，知道這條暗渠的人更是少之又少，蕭啟也是因為小時候曾經無意中發現了這個秘密，沒想到關鍵時刻能派上大用場。

冷夜突然意識到主子挑出來的這些人都是水性極佳者，看來他的心裡早就已經有了計劃。

暗渠裡的水還算乾淨，只是無論是水深、還是長度都遠超蕭啟的預料，想從這裡進入皇宮，至少要在水裡憋著氣奮力潛行許久，這對人的身體來說是一項無比艱巨的挑戰。

冷夜沒有絲毫遲疑，深吸一口氣後率先跳了進去，其他人也沒有一句多餘的廢話，一個個默默地跟了下去。

當所有人重新從水裡冒出頭時，心中不約而同地感謝上蒼的眷顧，他們竟然真的成功了。

蕭啟四處望了一眼，發現此處似乎是浣衣局的地盤，只是外面的情勢如此緊張，那些太監、宮女自然也沒有心思洗什麼衣裳了，偌大的宮殿竟然空無一人。

雖然當了多年的儲君，可事實上太子蕭泓翊只是一個剛剛年滿十八歲的少年，自從三年前母后因病逝世後，他在宮中便更顯孤寂。

父皇的猜忌，兄弟的傾軋，還有那些如牆頭草般左右搖擺的朝臣，足以將這個原本立志要做一代明君的少年給逼成自己都不認識的模樣。

不僅僅是浣衣局空無一人，偌大的皇宮都陷入了風聲鶴唳的緊張氣氛，為了方便管理，蕭泓翊將大部分宮女、太監都遣了出去，剩下的基本上都聚在專供皇上日常起居的正陽宮。

蕭泓翊雖然囚禁了自己的父皇，可每日依舊好吃好喝地伺候，包括皇上最寵愛的幾個妃子也都被允許陪伴在側。

不到萬不得已的情況下，他並不想揹上「弒父奪權」的罪名。在他原本的預想中，只要父皇能夠體諒他的難處，答應將皇位傳給他，他一定會恭恭敬敬地侍奉父皇，讓父皇做一個安享天年的太上皇。

可事實上他的確低估了一位天子的傲氣，在蕭元清眼裡，這個被自己寄予厚望的兒子就是一頭披著羊皮的惡狼，他只恨自己沒有早日識破太子的狼子野心，才使得自己陷入如此難堪被動的處境。

外面的戰報一封接著一封地傳進來，蕭泓翊的耐心一點一點被耗盡，他知道那些義軍衝進皇宮只是早晚的事情，他必須在此之前得到父皇親筆簽下的傳位詔書，否則等待他的結局可能比死亡更加悲慘。

當他氣急敗壞地拖著一把長劍衝進父皇的寢宮時，蕭元清正穿著明黃色的龍袍高坐在寶座之上，那副蔑視一切的面孔絲毫不像一個被囚禁的囚徒。

「那些前來勤王的義軍已經衝進城裡來了吧？你以為你控制了城裡的禁軍就可以為所欲為嗎？簡直是癡人說夢。這天下都是寡人的天下，你先是寡人的臣子，然後才是寡人的兒子；這皇位寡人願意給你是你的造化，即使不給你也是因為你德行不夠，你若動手來搶那就是禍國殃民的亂臣賊子，人人得而誅之。」

蕭泓翊被罵得胸中氣血翻湧，拿著長劍的手不停地顫抖，連眼睛都快要滴出血來。「父皇，我可是您的嫡長子啊。可您何曾有半點偏愛於我？這些年無論我如何努力，在您眼裡都是愚笨不堪、不可大用，我這個太子在旁人眼中就是一個笑話。」

蕭元清似乎完全看不到這個兒子心中的痛苦，眼中甚至露出一絲嘲諷之意。「寡人早就跟你說過，儲君之位並不是誰都能夠當的，至於嫡庶之分在寡人眼中根本就是可有可無的事情，你身為皇子原本就占盡了上天的恩寵，做一個閒散王爺一世逍遙快活有什麼不好？是你自己一直貪權戀位，不願意認清楚事實，才陷入這樣騎虎難下的境地，你又有什麼臉面來怨懟寡人？」

「父皇，您說得倒輕鬆，那可是皇位啊！試問天底下有誰會心甘情願將它拱手讓與他人？原本我只想做一個孝順的兒子，可為什麼您卻一直苦苦相逼？既然父不仁，那就別怪子不義了，我只想得到原本就該屬於我的東西。」

蕭泓翊的威脅卻換來了蕭元清無情的嘲笑。說來也怪，這父子兩人的容貌雖然有七分相似，可渾身上下顯露出來的氣質卻有著天壤之別。

「寡人如今落在你手裡，要殺要剮全隨你的心意，可你若想脅迫寡人親口昭告天下，讓你名正言順地繼承皇位，那是絕對不可能的事情。賊永遠是賊，就算你真的當上了皇帝，史書也會將你造反的事實一字不差地記下。」

蕭泓翊的眼中突然露出幾許癲狂之色，拖著長劍一步步走到父皇跟前，直直地盯著他的眼睛。「沒錯，我就是要造反。若我真當了皇帝，還怕那些史官的三寸之舌？您說我名不正、言不順，那您自己呢？當初先太子府中的那場大火是如何燃起來的，您難道真的都忘了嗎？」

「你……你胡說八道什麼？」蕭元清的面上終於有了一瞬間的慌亂。也許是做了太長時間獨攬大權的皇帝，他從未想過有朝一日竟然還有人敢在他面前提起這段塵封的舊事。

蕭泓翊的手指在金燦燦的龍椅上輕輕劃過，眼底閃著妖豔而灼熱的光芒。

「我是不是胡說八道，父皇心裡比誰都清楚。從前我當您是父皇，所以才竭力替您掩飾、隱瞞，兩年前您身邊的一位貼身侍衛突然叛逃，您在宮中急得直跳腳時，他的屍體卻無比詭異地出現在城外的一處深潭裡，您該不會真的以為這一切都是巧合吧？」

「是……是你？」蕭元清的心裡猛然一驚。當了這麼多年的皇上，他拚盡全力將每一件事都掌握在自己的股掌之間，可唯獨那場意外成為扎在他心裡的一根刺。

「怎麼，父皇沒有想到愚笨如我還能有替您分憂解勞的一天吧？我不僅殺了那名侍衛，還從他身上得到一封極其重要的密函，裡面詳詳細細地寫著您是如何謀害自己的大哥，又是如何內外勾結，最終謀取皇位的，與您的狠毒謀算相比，我做下的這點事實在不值一提。」

蕭泓翊說話的語氣中滿是得意之色，從小到大父皇在他眼裡就是神一般的存在，他從未想過有朝一日能夠抓住他的把柄，這種感覺實在是太過奇妙。

皇帝的臉色變得十分難看，冷笑一聲，幾乎是咬牙切齒地叱道：「泓翊啊泓翊，你可真是寡人的好兒子，你到底想做什麼？」

「您說得沒錯，在您面前我既是臣子、又是兒子，我下不了手要您的性命，如果您還是不同意傳位於我，明日一早這封密函裡的內容就會傳遍整個京城，到時候就算您恢復了自由之身，又有何臉面面對世人的質疑與譴責？一個為達目的、不擇手段的陰險小人，根本就不配做大楚的國君。」

蕭泓翊一聲高過一聲的斥責使得皇帝的心裡感到莫名地發冷，他知道蕭泓翊說得沒錯，這件事若真被人重新翻出來，那後果簡直不堪設想。

「寡人可是先皇親封的真命天子，你這個毛都沒長齊的黃口小兒憑著一封狗屁密函就妄想中傷寡人，你以為有人會相信嗎？」

蕭泓翊扯了扯嘴角，露出一個意味深長的表情。「旁人信不信我不知道，可有一個人一定會深信不疑。」

蕭元清只覺得有一道雷從腦中劈過，他猛然抬起頭，一臉慌張地反問道：「你是說……啟兒？」

「沒錯，我那位堂哥的能耐可比您想像中大得多，只可惜您一心只想著自己的清譽，總以為自己有法子壓制他，誰知到頭來卻是養虎留患。」蕭泓翊的眼中露出鄙夷的神色，在他看來，父皇的做法無比愚蠢，他曾經數次密謀對這位身分特殊的堂哥施行暗殺，可這傢伙的命簡直就像茅坑裡的石頭又臭又硬，一般人真沒辦法奈何得了他。

「這些年來他從未忘記這筆血海深仇，只要那封密函到了他手裡，我相信他絕對有法子將事實的真相揭露於人前，到時候您這位『真命天子』又該如何自處呢？」

蕭元清突然感到一陣惡寒，他知道自己兒子所說的這些話並不只是威脅之詞，在對待蕭啟的問題上，他可能真的犯了一個大錯誤。

然而就這樣讓眼前這個不孝子稱心如意，他的心裡又完全無法說服自己坦然接受，父子倆正劍拔弩張地相互僵持之際，突然聽到門口處響起一聲奇怪的異動。

蕭泓翊知道他與父皇之間的談話並不適合被人知曉，因此進門之前他特意將所有伺候的下人全部支開，沒有他的命令之前絕對不會有人敢冒然闖入。

「難道是義軍這麼快就打進來了？」

在恐懼的驅使下，蕭泓翊著急地伸出手將長劍架在了皇帝的脖子上，事到如今，父皇已經成為他最後的護身符，就算是死他也要轟轟烈烈，從此以後看看誰還敢輕視他。

可很快地，父子兩人就意識到事情並沒有他們想像得那樣簡單。

大門無聲地開啟，一個絕對不該出現在這裡的身影正一步步朝他們走來。

第一百一十章　脅迫

在燭光的映襯下，那雙比夜色還要幽深的眼散發出懾人的光芒，蕭啟就像是從地獄歸來的復仇者，渾身上下都透著死氣。

「大……大哥，是……是你嗎？」也許是作賊心虛，蕭元清居然有一瞬間的錯覺，以為那個被他用烈火活活燒死的大哥回來找他了。

「蕭啟，你好大的膽子，來人——」蕭泓翊還沒來得及叫出口，便無比驚恐地發現自己身邊多了幾個從天而降的黑衣人，他們看向自己的眼神不帶絲毫感情，慘白而修長的手指就像一雙雙可以毀滅一切的鐵爪。

蕭泓翊突然意識到他們並不是人，而是蕭啟手中的武器，只要自己敢輕舉妄動，他們便會毫不猶豫地扭斷自己的脖子。

蕭泓翊跺了跺腳，咬著牙輕斥道：「蕭啟，你到底想做什麼？」

「我想做什麼太子殿下不是已經猜到了嗎？沒想到啊沒想到，整個蕭氏一族最瞭解我的竟然是太子殿下您，以往我真是失敬得很呢！」

蕭啟說話的語氣似有幾分惋惜，在他看來，自己這位太子堂弟絕非旁人眼中的愚鈍之輩，若皇上能夠多給他幾分信任，這對父子或許不會淪落到今天這個局面。

蕭泓翊彷彿從他的神情中看到了一絲轉機，他扯了扯嘴角，露出一絲諂媚的笑容。「咱們兄弟兩人從前的確聯繫得太少，都怪這個老匹夫一直想方設法地想將你孤立在皇族之外，他殺了皇伯伯和皇伯母，搶了原本應該屬於你的皇位，我保證這些事情和我一點關係都沒有。」

蕭啟非常俐落地點了點頭。「你放心吧，冤有頭、債有主，你比我還小上兩歲，這些陳年舊事自然不會找到你的頭上。」

「大哥果然洞徹事理，這麼多年了這個老匹夫還是一如既往地冷血無情，居然被妖人所惑，想對自己的親兒子下手，我之所以會選擇這條路也是被逼到沒有辦法了。」

蕭泓翊雙手抱頭，露出一臉痛苦之色。此刻他並不知道蕭啟手中的底牌有多少，所以他急切地想知道蕭啟對於如今情勢的看法。

「太子殿下不必多慮，我只想為死去的父母討回一個公道，至於其他的事我不想管，也管不了，只要殿下肯將那封密函交給我，其他的事我一概不會過問。」

果然，蕭泓翊的眼睛一下子亮了。「此話當真？」

蕭啟點了點頭，一臉的坦然讓人想不相信都難。

「可是那封密函如今並不在我身上，還請大哥在這裡稍等片刻，我這就派人去取。」

蕭泓翊說完，轉身就想出門，身旁的黑衣人突然伸出手抓住了他的肩膀，他立刻就聽到一陣骨頭裂開的聲音，疼得他忍不住發出一聲哀鳴。

「太子殿下莫非是在和我鬧著玩？我若是就這樣讓你走了，只怕再沒機會活著走出宮門。殿下既然打定主意要來和皇上攤牌，這麼重要的東西怎麼會不隨身攜帶？如果殿下實在找不到，那這幾個奴才倒可以幫忙您找。」

蕭啟不加掩飾的威脅使得蕭泓翊一個激靈，瞬間起了一層冷汗。

「我把它給你，你就不殺我了？」

蕭啟並沒有回答他的問題，只是一臉凝重地看著大門的方向。

蕭泓翊很快便明白，自己已經沒有選擇的餘地。他掀開衣角，小心翼翼地從衣服的夾層中取出一個巴掌大的信封交到蕭啟手中。

蕭啟打開後飛快地看了一眼，緊接著又仔仔細細地將它摺好，藏進了懷中。

「太子殿下和皇上有要事要談，我就不在這裡打擾兩位了。」

此地不宜久留，得到了最想要得到的東西，蕭啟說話算話，正準備帶著黑衣人離開，卻突然感到眼前寒光一閃，緊接著一個人便撲通一聲跪倒在地。

「父皇，你……你……」

蕭泓翊到死還不敢相信自己的父皇真的忍心要自己的命，望著胸前那貫穿而出的劍尖，他突然覺得心裡一片荒涼。

蕭元清幾乎用盡了渾身的力氣才將利劍從蕭泓翊的身體裡拔出來，這把劍是兩年前太子大婚時自己特意交代內務府精心打製的，他希望自己的兒子能像個真正的男人一樣，擁有掃平天下的勇氣，這樣他才能下定決心把這得來不易的江山交到他手裡。

可誰也不會想到，有一天自己精心培養的兒子會將這把劍架在自己的脖子上，而他居然又用這把劍要了兒子的性命，這一切似乎是冥冥中自有天意。

蕭泓翊的身體無力地癱軟在地，他的眼睛瞪得老大，裡面寫滿了困惑與不甘。他這一生有著至高無上的起點，結果卻是中途草草收場，無論換成任何人，都會和他一樣死不瞑目。

蕭啟站在一旁冷冷地看著這場人倫慘劇，最後輕輕地發出一聲感嘆。

「皇爺爺總共有十二個兒子，結果卻是最不顯山露水的八皇子坐上了那把龍椅，如此看來，這一切絕非偶然。」

「你是想指責寡人冷血無情嗎？對於這種不守君臣及父子之道的逆臣賊子，寡人只恨沒有早點將他亂刀砍死，還容他在太子之位這麼多年，實在是寡人這一生最大的恥辱。」

算起來蕭元清的年歲並不算太大，可長時間殫精竭慮的宮中生活使他整個人呈現出一副猶如秋後黃葉一般的蕭瑟老態。

殺掉自己的兒子幾乎用盡了他全部的力氣，他無力地扔掉手中滴血的長劍，轉身想要重新回到自己的寶座上，結果腳下一軟，最終只能狼狽地倒在地上，就連頭上的冕旒都散落一地。他掙扎了幾下沒有爬起來，於是便轉過頭用無比仇視的眼神瞪著這個被自己視為眼中釘、肉中刺的皇姪。

「這個蠢蛋還以為你真的會放過他，如果寡人所料不錯，外面的義軍早就已經是你蕭啟的囊中之物了吧？你不是來報仇的，你也是來奪位的，所以你不要以為自己有多麼高尚，從這點來看你與寡人、與那個逆子沒有任何區別。」

蕭啟輕輕地揮了揮手，身後的兩名黑衣侍衛立刻上前將蕭泓翊的屍體藏到了一個看不見的角落中，只在大殿中間留下一灘觸目驚心的血紅。

「皇上這次可真是冤枉姪兒了，進宮之前我已答應衛然將軍，會將太子殿下留給他處置，好讓他親手替老衛國公報仇雪恨，現在弄成這樣，我還真不知該如何向他交代呢！」

「衛家？好……真是太好了，一個個都是養不熟的白眼狼。寡人如此寵愛賢妃和純王，他們卻在背後陰謀算計，想要置寡人於死地，這些大逆不道的畜生，寡人就算是死也不會放過他們。」皇帝這回是動了真怒，自己最為信任的人卻是背叛自己最深的人，這種事情發生在任何人身上都難以接受，更何況是大楚至高無上的王。

蕭啟毫不掩飾眼中的譏笑之色。「皇上，您真是太不瞭解女人了，您以為後宮裡的那些妃子整日爭得頭破血流僅僅只是為了得到您的寵愛嗎？她們也有自己想要保護的人，一旦發現您所謂的寵愛並不能給自己帶來一絲便利，反而會替自己招來無盡的麻煩，她們也只能自己另闢蹊徑，各顯神通了。」

蕭元清的神情瞬間變得愕然，顯然在此之前他從未考慮過這些事情。在他眼裡，後宮這些女人都是他召之即來、揮之即去的玩物，他給予她們尊崇的地位，她們就該叩謝天恩，誰也不能再有旁的非分之想。

「那個逆子說得沒錯，寡人早就應該殺了你，如今落得這般下場也算是寡人咎由自取，你動手吧！寡人當了這麼多年的皇帝實在是有些累了，至於其他的事寡人也不想再管了。」

蕭元清似乎受到了很大的重創，他頹然地趴在地上，渾身上下再無半點天子之氣，只是一個眾叛親離的垂垂老者，等待著命運最後的審判。

蕭啟蹲下身子，一臉漠然地看著他。「皇上不打算再為自己辯解兩句嗎？您一向是最愛惜羽毛的，您就這樣死了，後世之人又該如何評述呢？」

蕭元清閉上眼睛，緩緩地搖了搖頭。「沒什麼好辯解的，寡人本就命不久矣，死在你手上也算是死得其所。寡人的確害死了自己的大哥，可這麼多年來寡人從來沒有後悔過，既然身在皇族，那就不要妄想什麼兄弟親情、父子倫常了。人之將死，其言也真，等有一天你坐上那個位置就會明白的。」

蕭啟驟然起身，語氣中滿是激憤。「誰說我要坐那個位置？那可是您一輩子的心血，您真的忍心將他拱手讓於他人？」

蕭元清乍然睜開眼，臉上滿是難以置信的驚異表情。「你……你什麼意思？」

「八叔，您真的以為所有人都像您一樣，把追逐那個位置當成人生第一要務？我只是想替死去的父母以及先太子府中的百條冤魂討一個公道罷了。我可以不殺您，甚至可以讓您名正言順地傳位給自己的兒子，只是有一點，您必須親自寫下一份罪己詔昭告天下，給世人一個交代。」

蕭啟的神情如寒冰般堅毅，為了這一刻他付出了太多、太多，好在正義可能會遲到，但永遠都不會缺席。

蕭元清呆了片刻，卻是顧慮重重地開口道：「你想讓寡人下罪己詔？大楚建國數百年來根本就沒有這個先例，寡人若是這麼做了一定會受到後人的指責謾罵，連帶著寡人的子孫都會以寡人為恥，寡人就算是死了也不得安寧啊！」

「事到如今，皇上以為自己還有更好的選擇嗎？如果您乖乖配合還能有機會安享天年，享受後世子孫的供奉，否則就等著暴屍於市、挫骨揚灰吧！」

蕭啟的威脅讓蕭元清瞬間敗下陣來，作為一個病入膏肓的老人，他可以不懼死亡，可身為一個天子，他實在無法容忍自己的屍身被人肆意褻瀆。

憑心而論，面對著與自己不共戴天的殺父仇人，蕭啟能夠這樣處置他，也算是仁至義盡了。

第一百一十一章 罪己詔

在蕭啟的暗中「關照」下，時隔數日，皇帝終於又一次出現在眾人面前。

當太陽逐漸升起，蕭泓翊的屍首出現在城樓之上，那些被他要脅利誘的禁衛軍頓時如同一盤散沙，要麼繳械投降，要麼倉皇逃跑。

這場聲勢浩大的宮廷叛亂，就這樣莫名其妙地結束了。

衛然帶領的義軍也很快掃平了城中一些負隅頑抗的城防軍，為了不驚擾百姓，他下令所有的部隊退到城外安營紮寨，自己則和幾方軍隊的首領一同進宮面聖。

如今皇帝表面上恢復了自由，可接二連三的沈重打擊已經讓他的身子徹底垮了下來，就連下床都變成了一件難以完成的艱巨任務。

所有的朝臣都能看出陛下已經處於彌留之際了，當務之急就是重新挑選出一位儲君成為這個國家的新主人。

在叛亂發生之初，蕭泓翊就下令將自己的幾個弟弟囚禁在天牢裡百般折磨，在他的潛意識裡，假如父皇只餘自己一個兒子，那所有的問題都會迎刃而解。

可讓他沒想到的是，一向最讓他忌憚的純王，也就是賢妃所生的八皇子蕭泓鈺竟然莫名其妙地消失了，叛軍幾乎將整個京城翻了個底朝天，依舊沒有找到他的身影。

氣急之下的蕭泓翊將所有的怒火全部都發洩在其他幾個兄弟身上，等蕭啟帶著人將他們從天牢中解救出來時，那淒慘的模樣簡直讓人目不忍睹。

換句話說，縱然他們有幸能夠保住一條性命，也會留下非常嚴重的殘疾，這樣的皇子在大臣眼中根本已與廢人無異。

如此算下來，如今能繼承大統的只有八皇子蕭泓鈺一人了，可他到底身在何方實在讓眾人有些為難，就在所有人都急得團團轉時，盛裝打扮的淮陰長公主終於帶著人進宮了。

原來這些天蕭泓鈺一直躲在淮陰長公主府裡，由於淮陰長公主在大楚的超然地位，那些叛軍就算前去搜查也多少有些顧忌，因此他才能毫髮無傷地躲過這場叛亂。

原本一直三緘其口的賢妃看到兒子平安歸來終於承受不住，抱著他嚎啕大哭起來。

這些年這對生活在深宮裡的母子表面上極盡恩寵，可內裡的辛酸卻只有自己知道，好在終於守得雲開見月明，從今以後這天下便是他們的了。

許多朝臣對淮陰長公主的做法很不理解，畢竟這些皇子都是她的皇姪，誰做皇帝對她來說根本沒有什麼差別，再加上以往她也沒有表現出對八皇子的格外偏愛，怎麼會突然在此緊要關頭伸出援手？

直到一個身穿一襲素錦宮衣，巧笑嫣然、美得傾國傾城，宛若天女降世的嬌媚女子悄悄地從長公主身後露出頭來，眾人這才驚覺八皇子的眼神為何一直流連在此，久久不願挪開。

「那位姑娘是長公主新認的義女，被陛下親封為樂溫縣主。她原本姓什麼來著？哎呀，這已經不重要了，攀上長公主這根高枝，她今後的造化只怕難以想像呢！」

「就是，這位樂溫縣主雖然不是正兒八經的世家貴女，可這通身的氣派比起真正的公主也不遑多讓，如此看來她和純王殿下還真有幾分像，難道這一切都是天意？」

在眾人壓低聲音的議論聲中，哭得泣不成聲的賢妃掩面抬頭，對著淮陰長公主重重地點了點頭。

躺在病榻上的皇帝別無選擇，即使他心裡已經將賢妃母子倆恨到了骨子裡，可他若想保住身後的哀榮，就只能乖乖地在冊立太子的詔書上蓋上御印。

大事底定，蕭元清又命令欽天監尋了一個黃道吉日，帶領著百官以及蕭氏族人來到先太子蕭元衡的陵前。

此時皇帝就連說話都變得有些困難，只能指派自己的兒子，新晉太子蕭泓鈺跪在蕭元衡的墓碑前，語氣悲慟地唸出那道一字一句都經過精雕細琢的罪己詔。

蕭啟跪在蕭泓鈺身後不遠的地方，與在場之人的震怒、驚恐相比，他的神色倒是平靜得可怕。

當蕭泓鈺讀完最後一個字時，原本湛藍的天空突然轉為烏雲密布，一陣狂風吹過，周圍的樹枝搖搖欲墜，在場的眾人惶恐不已，紛紛衝進一旁的殿內躲避。

蕭啟依舊一動也不動地跪著，他的身旁突然響起一聲飽含絕望的哀鳴，原來那些宮人只顧自己逃命，居然忘了把躺在轎椅上的皇帝給抬走。

蕭元清被眼前的景象給嚇破了膽，掙扎了幾下後，居然從高高的轎椅上跌落下來，那呼嘯而過的風聲在他聽來就是一陣陣冤魂索命的聲音，他知道，是他的大哥回來找他了。

「對……對不起，饒……饒命啊！」蕭元清雙手抱頭，匍匐在地上對著大哥的墓碑不停地叩著頭，他似乎看到遙遠的過去，作為太子的大哥對其他的兄弟關懷備至，他們也曾經度過一段毫無芥蒂的歡樂時光。「也許我真的錯了……」蕭元清的意識逐漸變得模糊，他人生中第一次對自己的所作所為生出一絲悔意，只可惜，一切都太遲了。

「父親、母親，孩兒不孝，讓你們苦苦等待了這麼多年，那些害死你們的惡人都將受到懲罰，你們在天之靈終於可以安息了。」蕭啟的眼淚肆無忌憚地滴落下來，這一刻他只覺得揹負在自己身上多年的重擔終於卸了下來，他哭得就像一個孩子，盡情地在父母面前訴說著自己的想念與委屈。

從元衡太子的陵墓回來之後，皇帝便再也沒有睜開眼睛。在賢妃的默許下，宮人們以養病清修為由將他搬到了一座早已荒廢的冷宮。

這位大楚的國君到頭來過得還不如街邊的一個乞丐，不得不說這是一個多麼大的諷刺。該做的事已經做完，蕭啟歸心似箭，幾乎連片刻都待不下去。就在他整理行囊，準備快馬加鞭直奔臨安時，一場巨大的危機就這樣毫無徵兆地降臨了。

蕭元清被丟在冷宮裡默默等死，所有的軍國大事便全都落在新任太子蕭泓鈺的身上。可無論他再勤勉，到底只是一個十五歲出頭的少年，有很多事別說處理了，就連聽起來也很費勁。

關鍵時刻，他只能將才從邊關卸甲歸來的威龍大將軍蕭元時請出來坐鎮。

為了給衛然成長起來的時間，蕭元時幾乎榨乾了自己最後一分心力，這次重新站上朝堂對他的身子而言無異於一道催命符，可他卻連想都沒想便滿口答應下來。

蕭啟心疼這位一直在暗中默默支持自己的六皇叔，臨行之前特意趕去告別，卻無意中聽到一件匪夷所思的事情。

原來自從叛亂平息之後，宮裡就接二連三有人毫無徵兆地陷入昏迷。最開始只是伺候的宮人，緊接著連妃嬪和皇子、公主都難以倖免，整個後宮看起來死氣沈沈，著實安靜得可怕。

更嚴重的是，整個太醫院的太醫都沒辦法查清楚原因，於是，那些暫且無事的人只能膽戰心驚地等待著，或許下一個倒下的就是自己。

蕭泓鈺為了這件事，甚至一夜間生出了幾根白髮，他還沒有登基就體會到了做皇帝的艱辛。如此可怕又神秘的困境讓他心中打起了退堂鼓，他幾乎有了想要逃跑的衝動。

「六皇叔、啟哥哥，怎麼辦？我該怎麼辦？外面的人都傳言是泓翊大哥臨死之前在皇宮裡布下了一道極其厲害的巫術，只要生活在這裡的人將無一倖免，每一個人都會陷入昏迷，永遠不可能再醒過來。」

此時大殿裡沒有旁人，蕭泓鈺就是一個受驚的孩子，渾身上下不停地顫抖，最後竟然伏在蕭元時的懷裡嚎啕大哭起來。

蕭元時一臉愁苦地拍了拍他的肩膀。「唉，可憐的孩子，我知道你心裡難受，賢妃娘娘吉人自有天相，一定不會有事的。」

原來昨天夜裡蕭泓鈺的生母賢妃娘娘也不幸倒了下去，偌大的後宮連一個管事之人都沒有，其餘的人更是陷入了無盡的恐慌之中。

「六皇叔一生南征北戰，應該知道這世上根本就沒有所謂的巫術，那些不過是蠱惑人心的障眼法罷了。依我看，宮裡的這些人只是中了一種我們從未見過的毒，只要能找到解藥，一切都會迎刃而解的。」

蕭啟的話讓蕭泓鈺看到了一絲希望，他猛地抬頭，發出一聲難以置信的驚呼。「啟哥哥，你說的可是真的？我母妃還能再醒過來？那些昏迷的人都還有活過來的機會？」

蕭啟一臉堅定地點了點頭，此時此刻只有先將蕭泓鈺的心穩下來，整個皇室才有活下去的機會。

「可就連太醫院的院判也查不出個所以然來，咱們又怎麼知道他們中了什麼毒？到底是怎麼中毒的？更別提什麼解藥了。」

面對著眼前這個毫無頭緒的死結，一生中從未退縮過的威龍大將軍也忍不住感到有些絕望，他甚至已經開始考慮棄宮遷都的可能了，只要能夠保住蕭泓鈺，就是保住了大楚的希望，其他的只能走一步、看一步了，他將心中所想說了出來。

「不可。」蕭啟幾乎是想都不想就直接否定了這個提議。剛剛經過一場內亂，如今朝堂上本就人心浮躁，許多利益受損的世家貴族對蕭泓鈺的上位原本就心存不滿，此時最重要的就是穩住局面，若貿然遷都只會給那些別有用心的奸佞小人提供可乘之機，萬一虎視眈眈的鄰國趁此機會舉兵來犯，那對大楚來說就是滅頂之災。「太子殿下，我知道這對您來說並不是一件容易的事，可您身為未來的國君，此時此刻正是百姓需要您的時候，所以無論如何您都要穩住陣腳。」

蕭泓鈺似懂非懂地看著這位從前被自己忽略的大堂哥，心中竟然湧出一股男子漢的豪邁之氣，他突然覺得好像沒那麼害怕了。

蕭啟沈吟了片刻後繼續說道：「六皇叔，請您立刻派自己信得過的親兵衛隊接手宮中的一切事務，從此刻開始，所有人的飲食吃穿全部都由宮外供給；至於宮裡，只要發現有可疑的事物立刻封存起來，等我回來再做處置。」

蕭泓鈺瞪大眼睛反問道：「啟哥哥，你要去哪裡？」

蕭元時卻已經反應過來。「你要去找姚姑娘？」

蕭啟點了點頭，他堅信如果這世上有人能夠解決眼前的危局，那就是姚婧婧無疑了。

蕭元時雖然和姚婧婧只有一面之緣，可對她的醫術卻是十足的信任，一想起那張淡如幽蘭的笑臉，他的心裡突然覺得輕鬆不少。

事不宜遲，蕭啟與兩人告別後便帶著幾名侍衛輕裝上路，一路馬不停蹄地直奔臨安而去。由於憂心宮中之事，再加上相思成疾，蕭啟這一路就算是打盹也是伏在馬背上，在接連換了十幾匹快馬之後，他終於看到了臨安城的城樓。

這大半個月的時光對於姚婧婧來說就像是生了一場重病，她努力想讓自己過得充實，可蕭啟的模樣卻完完全全地占據了她的腦子。

不管是睜開眼還是閉上眼，和他之間的過往就像是電影一般不停地在腦海裡翻騰，除了想他，她已經完全沒有心思、也沒有力氣去做其他事情。

這樣的情況一直到歐陽先生帶著一大批驚蟄堂的屬下趕到臨安來保護她時才有所舒緩，她依舊是大門不出，二門不邁，每日靜靜地坐在院子裡聽歐陽先生講述從小到大發生在蕭啟身上的故事。

關於這個男人，瞭解得越深她心裡就越發覺得心疼，她甚至有些後悔為什麼沒有早一點進入他的生命裡，這樣當他痛苦、絕望的時候，自己至少可以給他一個輕輕的擁抱。

與歐陽先生一同前來的，還有前一陣子剛剛被蕭啟嚴加懲治的南風姑娘。

也許是自己想開了些，她對待姚婧婧的態度與往常相比好了不少，雖然還是免不了一些冷言冷語，可至少不會再動不動就拔刀相向。

南風自幼跟隨蕭啟，總以為自己是這個世上最為瞭解他的女人，可這幾日歐陽先生口中的那個男人卻與自己印象中的人相差甚遠。

她這才意識到，也許自己看到的只是他想讓旁人看到的，而他最真實的內心自己居然從未有機會走近過。

在蕭啟回來的前一天，一直忙著轉運糧草的陸雲生率先從南方趕了回來。

南風看到他的身影，臉上的神情莫名變得有些古怪，她正在心裡猶豫著要不要上前打個招呼，可匆忙走下馬車的陸雲生卻完全沒有注意到她的存在，捧著一個大大的包裹衝進了姚婧婧的房間。

南風只覺得心裡空盪盪的，她鬼使神差地跟著陸雲生的腳步來到姚婧婧的門外，結果眼前的一幕卻讓她怒火中燒，所有的隱忍在瞬間功虧一簣。

兩人親密的舉動遠遠超過她的想像，那個賤人居然主動攀上了陸雲生的脖子。

在此之前她好不容易說服自己接受主子的選擇，可沒想到這個女人竟然如此水性楊花，膽敢在主子出生入死時暗自勾搭別的男人，這樣的女人如何配得上主子的癡情與真心？

還有那個不知廉恥、道貌岸然的陸雲生，他似乎很享受這種美人在懷的感覺，相識這麼多年，她還是第一次在他的臉上看到如此明朗又歡欣的笑容。

南風緊咬牙關強迫自己鎮定下來，長長的指甲幾乎快掐進肉裡。這對該死的狗男女，她一定要讓他們為自己的行為付出代價。

蕭啟進城時正值清晨，他強忍住心中如海浪般翻湧的情緒，繞道到南街的包子鋪買了兩籠姚婧婧最愛吃的水晶灌湯包。雖然他的身體已經累到了極限，可一想起她流著口水的饞貓樣，他的嘴角就忍不住微微上揚。

為了能讓心愛的女人盡快吃到熱氣騰騰的早點，蕭啟一路將包子揣在懷中，幾乎是三步併成兩步地衝進了大門。

由於時辰尚早，院子裡依然一片寂靜，只有歐陽先生盤坐在一張石桌上默默地練著氣功，看到蕭啟平安歸來，他忍不住激動得仰天大笑。

「你這個臭小子，竟然瞞著我自己偷偷一個人就把大事給了了。好，實在是太好了！」

「殿下，您總算是回來了。」

彩屏和白芷正忙著在廚房裡燒水、煮飯，聽到動靜雙雙跑出來，一連懸了多天的心終於放了下來，兩人一邊笑、一邊抹著眼淚，一時之間竟然不知如何是好。

「婧婧起來了嗎？我給她買了新鮮出爐的包子，一定要趁熱吃。」面對著眾人的噓寒問暖，蕭啟卻完全沒有心思搭理，一雙眼睛不住地朝後院瞟去。

「殿下稍等片刻，奴婢這就去伺候小姐起身。這真是太好了，小姐要是知道您回來了不知道會有多高興呢！」彩屏說完，拉著白芷的手興高采烈地朝小姐的房間跑去，誰知兩人剛跑出去沒多遠，前面卻突然冒出一個人影擋住了她們的去路。

蕭啟的臉色猛然一黑。

歐陽先生察覺出異樣，連忙出言勸道：「南風姑娘，妳這是何意？殿下好不容易回來了，妳不來拜見，卻跑去和那兩個丫頭較什麼勁？」

南風一臉木然地看了一眼蕭啟，朱唇輕啟，冷冷地說出一句話。「妳們別白費勁了，妳們家小姐不在自己房裡。」

白芷的眉頭猛地一跳，她實在搞不懂南風姑娘所言何意，昨天晚上是她負責值夜的，她可以保證小姐絕對沒有離開過院子，今天早上也沒看見小姐從房裡出來，小姐不在房裡又會在哪兒呢？

蕭啟一個箭步衝到南風面前，那冷冽的眼神就像一把利刃直刺她的內心。「妳又在搞什麼鬼？南風，我已經和妳說得很清楚了，如果妳再敢傷害她，我絕對不會輕易放過妳。」

「主子誤會了，奴婢只是說姚姑娘不在自己房裡，至於她去哪裡是她的自由，跟奴婢沒有半點關係。」

南風的回答越發讓人覺得一頭霧水，白芷和彩屏心急之下，開始扯著嗓子大聲呼喚。

「啊——」就在此時，突然從北方的客房中傳來一聲驚恐的尖叫，眾人第一時間聽出此人正是姚婧婧。

蕭啟的心瞬間墜入谷底，他一邊在心裡默默地禱告，一邊提起身子飛奔而去。

其他人也慌裡慌張地跟在後面，可很快地彩屏就覺得事情有些不對勁，因為這間客房裡住的不是別人，正是昨天才趕回來的陸雲生。

果不其然，當蕭啟一腳踹開房門衝進內室時，展現在眾人眼前的是一副不堪入目的香豔畫面。

白芷哪裡想得到會是這種情景，大驚之下整個人就像是被雷劈中一般，呆若木雞地站在原地。

歐陽先生愣了一下，很快就轉過身退到了門外，可心裡卻著實替蕭啟感到擔心，不知道他會如何處理眼前的情景。

第一百一十二章　悲慘往事

姚婧婧的模樣實在讓人沒膽多看，只見她如瀑般的秀髮披散著，渾身上下只穿著一襲嫣紅色的褻衣、褻褲，再加上那迷茫不知所措的眼神，看起來實在無比誘人。

「小姐，這……這到底是怎麼回事啊？」彩屏率先回過神，紅著臉衝到床邊扯過被子，將姚婧婧裸露在外的身體嚴嚴包住。

「我不知道……我真的不知道。」

姚婧婧只覺得頭痛欲裂，昨天夜裡聽到陸雲生帶回有關於京城的消息，大喜之下她就不自覺地多喝了兩杯，後來的事便逐漸變得模糊。

她抬起頭想要詢問跌落在地的陸雲生，卻第一眼看到了站在門口默默無語的蕭啟，她的眼眶瞬間便紅了起來。「你……終於回來了。」

蕭啟臉上的表情很複雜，是那種憤怒中夾雜著心痛，甚至還有一股深切的悲傷。

面對著姚婧婧灼熱的眼神，他張了張嘴，卻連一句回應的話都沒有說出口。

南風的眼中閃過一絲狠毒，好不容易逮著這樣的機會，她自然不會嘴下留情。「姚姑娘可真是臨危不亂，主子千里奔馳就是想早點回來看妳，可妳是如何回報他的呢？這可是實實在在地捉姦在床，妳不打算好好解釋一下嗎？」

「我……」事到如今姚婧婧已經是百口莫辯，只能目不轉睛地盯著蕭啟。這世上只怕沒有哪個男人會接受這樣的事情吧？她和蕭啟好不容易才走到今日，難道就要這樣結束了？

「嘖嘖，姚姑娘不說話，難道是默認了？賤人永遠是賤人，主子才走幾天妳就迫不及待地爬上了別人的床，而且這個男人還是主子最信任的屬下，你們的良心到底何在？」南風說到激動處竟然上前一步，伸出手想要甩陸雲生一個響亮的耳光。

可陸雲生的表現卻很是出人意料，他雖然赤裸著上身，盤著腿坐在光溜溜的地板上，可臉上的神情卻是一如既往的淡定，彷彿這件事完全和他沒有任何關係似的。

其實這麼多年來陸雲生早就已經習慣了被南風欺負，可這一次他卻一反常態地躲過了她的巴掌，甚至還一把拽住了她的胳膊。「南風，枉我跟妳說了那麼多，妳卻依舊執迷不悟，妳知不知道自己的行為純粹是在找死？」

南風的臉色瞬間變得有些慘白，她惱羞成怒地甩開陸雲生的手，言語間充滿了憤恨。「找死的人是你！陸雲生，你明知道這個女人不是你能夠沾染的，為何還要心存幻想？你這樣做就是赤裸裸的背叛，就算主子能原諒，我也不會放過你。」

面對著南風的聲聲責難，陸雲生居然扯了扯嘴角，露出一個自嘲的笑容。「我和姚姑娘昨夜喝得並不算多，遠沒有到酒後亂性的地步，彩屏和白芷都可以作證，姚姑娘昨晚的確是進了自己的房間，可她為什麼最後會出現在這裡，這可全都是妳的功勞。」

南風冷冷一笑。「陸雲生，你到底是不是男人，自己做下的荒唐事卻沒膽承認，還想扯到我頭上？難道是我拿刀逼著你們睡到一張床上的？」

「夠了。」暴怒之下的蕭啟猛地一揮手，一股強勁的掌風瞬間將南風掃倒在地。

南風掙扎著抬起頭咳了兩聲，居然吐出一口猩紅的鮮血，她的臉上寫滿了震驚與不可思議。「主子，都這個時候了，你還要維護那個賤人？」

蕭啟的額頭青筋暴出，眼睛裡幾乎快要滲出血來。「這亂愁香是驚蟄堂的獨門迷香，除了妳還有誰會把它點在東雲的屋子裡？妳三番兩次使出這種下作手段，真以為我是死人嗎？」

站在門外的歐陽先生使勁嗅了兩口，眉頭一下子舒展開來。「沒錯，真是亂愁香，東雲和姚姑娘是被人陷害的。」

「亂愁香？」姚婧婧搖了搖頭，想讓自己清醒一點，只可惜劇烈的疼痛讓她完全喪失了思考的能力，她的嘴裡甚至忍不住發出一聲痛苦的呻吟。

蕭啟連忙走到床前，輕輕地將她摟在懷裡，眼裡是掩飾不住的關心與心痛。「千萬不要用力，這亂愁香極其霸道，妳乖乖地躺好，等藥勁散去後再想別的事情。」

彩屏默默地鬆了一口氣，看著姚婧婧乾裂的嘴唇，關切地問道：「小姐，您要不要喝點水？奴婢這就去給您倒。」

「主子，您是不是瘋了？就算奴婢用了亂愁香故意陷害，可他們倆苟且一夜已是事實，這個女人已經是不潔之身，無論如何您都不能再要她了。」

南風的臉上浮現出癲狂之色，她絕非愚蠢之人，明明知道自己的詭計很容易被拆穿，卻依舊冒著喪命的危險也要把姚婧婧拉下水，這樣的仇怨實在讓人心驚膽寒。

姚婧婧只覺得身子一僵，昨夜的事她的確是半分都想不起來了，就連到底有沒有失身於陸雲生也不敢確定，她不由得有些怨恨自己，為什麼這麼容易就著了別人的道？這讓她今後如何面對蕭啟？

蕭啟似乎察覺出她的異樣，為了安撫她的情緒，他居然當著眾人的面在她額頭上留下輕輕一吻。「傻丫頭，妳沒有做錯任何事，不用感到自責，更不用感到驚恐，我會一直陪著妳的。」蕭啟的語氣簡直比窗外逐漸東升的旭日還要溫柔。

姚婧婧只覺得鼻尖一酸，眼前這個男人當真不介意？

「主子，您糊塗啊！您身為皇族子弟，身邊卻跟著這麼一個殘花敗柳，就算您可以忍受，旁人的唾沫星子也會將您淹死的。」

「滾出去！看在妳爹娘的面子上，我不會取妳的性命，可從今日起妳正式從驚蟄堂除名，以後妳做的任何事情都與驚蟄堂無關，希望妳能好自為之。」

蕭啟連看都沒看南風一眼，揮了揮手，示意白芷和彩屏將她拉出去，他們主僕的情義自此便煙消雲散了。

「主子，為了這個賤人您居然要趕我走？」淚水模糊了雙眼，南風忍不住仰天發出一聲絕望的哀號。「就算您將我逐出驚蟄堂，也改變不了這個賤人已是殘破之身的事實。姚婧婧，我若是妳早就一頭撞死了，為了主子的聲譽，妳還有何顏面苟活在這個世上？」

「住口！」暴跳如雷的蕭啟乍然起身，伸出強勁有力的手掌直劈南風的後頸，這一下幾乎灌入了他十成的功力，眼看南風就要慘死於掌下，再無生還之機了。

「主子請息怒。」危急時刻，坐在地上的陸雲生側身擋了過去，他的臉色看起來無比陰沈，簡直比暴雨之前的天空還要可怕。

只可惜南風並不打算領這份情，反而死死地瞪著他怒聲斥道：「你走開！我本就是該死之人，能死在主子手裡也算是我的造化，你別以為你救了我，我就會感激你，你和那個賤人一樣都該去死。」

「我以性命起誓，我與姚姑娘之間清清白白，妳這樣毫無底線地大鬧一場，傷害的也只有妳自己罷了。」

與其說是解釋，陸雲生的語氣卻更像是感嘆，只是那份漠然與篤定讓在場的人都微微一愣。

南風卻像是聽到了一個最好笑的笑話，雙手拍掌，發出陣陣癲狂的大笑。「哈哈！你以為你這麼說就會有人相信嗎？孤男寡女、衣不蔽體地共處一室，再加上有亂愁香的迷情作用，除非你根本不是個男人，否則怎麼可能什麼都沒有發生過？」

「沒錯，我早就跟妳說過我根本不是男人，妳為何總是不相信呢？」陸雲生一字一句，一臉鄭重地說出這句毫無頭緒的話。

南風的笑聲戛然而止，所有人的臉上也都露出迷茫的不解之色。

蕭啟長長地嘆了一口氣，有些不忍地輕聲道：「東雲，你實在不必如此。」

陸雲生淺淺一笑。「主子，多謝您這麼多年來一直替我保守著這個秘密，為了您和姚姑娘的清譽，我也該回到原來的位置上去了。」

「陸大哥，你這話是什麼意思？」陸雲生這話說得實在有些詭異，聯想到以往他的那些反常舉動，姚婧婧心裡突然有了一種不祥的預感。

陸雲生抬起頭，微笑地看著她。「妳不是一直很好奇為何堂裡的弟兄都稱呼我為東雲嗎？」

姚婧婧迷惑地點了點頭。「我記得你說過這是郡王殿下親自為你取的名字。」

「沒錯，可我之所以會乞求殿下賜名，是因為我已經沒臉再面對陸家的列祖列宗，更不想讓爹娘和妹妹因為我而蒙羞。」陸雲生有些痛苦地閉上了眼睛，那段不堪回首的過往是他心裡最大的隱痛，每次提起就是將結痂的傷疤重新撕開。「大約十年前，我離開清平村獨自一人前往京城求學，當時娘親為了我的前程特意寫信給舅家求助。良弼舅舅也很仗義，很快就疏通關係，將我送進了國子監，只可惜當時我年少氣盛，和那些囂張跋扈的世家子弟相處得很不愉快。」

有許多話陸雲生並沒有說出口，可姚婧婧卻可以想像得到在那樣的環境之下，孤苦無依的小小少年要承受多少委屈與排擠。

「有一次我無意中得罪了一位尚書家的大公子，他便糾結了一夥人在學堂裡當著所有同窗的面羞辱我，讓我跪在地上學狗叫，還讓我在自己的臉上刻上『賤民』兩個字。」

姚婧婧氣得肺都快炸了。「真真是豈有此理，這些狗仗人勢的東西，憑什麼隨便欺負別人？難道這世上真的沒有王法了嗎？」

「也許有吧，只是那個時候的我還不懂得臥薪嘗膽、含垢忍辱的道理，我憤怒得像一隻受傷的小狼，不顧一切地撲了上去，咬傷了那位尚書公子的手指，迫使他在家中養了一個多月的傷。這一個多月我過得無比舒暢，學堂裡再沒有人敢隨便欺負我，所有人看見我都繞道而行，我以為自己打了一場勝仗，可沒想到，那只是悲劇的開始。」陸雲生的語速越來越快，就連手指都在微微顫抖。「那位尚書公子傷好的第一天就帶著幾名家丁將我敲暈了，後來我醒來時發現自己躺在一個完全陌生的地方，我的下體不停地流著血，我失去了作為一個男人最寶貴的東西。」

「怎麼會這樣？陸大哥，你……」姚婧婧已經明白了一切，可事實卻如此殘酷可怕，她只覺得心中痛到了極點，竟連一句安慰的話都說不出口。

「不可能！不可能！你怎麼會是……不會的，你一定是在騙我。」南風拚命地搖著頭，她與陸雲生相交多年，自從那天晚上和他徹夜長談後，她對他的態度已經悄悄起了變化。她之所以會想要陷害他和姚婧婧，與其說是洩憤，倒不如說是嫉妒。如今她願意為自己的錯誤承擔起一切後果，只要陸雲生能夠告訴她，這一切都不是真的。

「天知道我有多麼希望這一切都只是一場噩夢而已，等到夢醒後我又會變回那個初生之犢不怕虎的陸家傻小子，只可惜命運永遠不會給人重來的機會。」

兩個小丫鬟摀著嘴哭得泣不成聲。

蕭啟扯過一件袍子，輕輕地替他披好。這麼多年了，自己是這個世上唯一一個能夠瞭解他苦楚的人，正是因為知道這一切有多痛，自己才更加不忍心聽他繼續說下去。

然而陸雲生卻不願意停下來，他彷彿找到了一個出口，一個可以將壓抑在心底多年的情緒全都釋放的出口。

「我躺在那張臭氣沖天的床上，整整流了三天的血，我以為我會死，可沒想到最後還是活了下來。後來我才知道，我醒來的那個地方是宮裡專門負責給太監淨身的淨事房，去到那裡的人餘生就只有一條出路，那就是像一條毫無尊嚴的狗般依附著那些高高在上的主人而活；外表金碧輝煌的皇宮就是囚禁他們的牢籠，除非身死，否則永遠都沒有出去的可能。」

姚婧婧只覺得胸中氣血翻湧。「實在是太可惡了，區區一個尚書之子就可以隨意處置旁人的身體，這與殺人放火又有何異？難道這世上真的沒有王法了嗎？」

「所謂王法就是那些上位者為了名正言順地欺壓他人所制定的規則，一個連自己都保護不了的人，注定只能是砧板上的魚肉，任人宰割。原本我已經失去了活下去的希望，可此時上天居然賜給了我一雙神奇的手，一雙把我從無盡的深淵之中拉出來的手。」陸雲生望著蕭啟的眼神已經不是簡單的感激可以形容了，更像是一種無比虔誠的信仰。

「我不知道，我真的不知道，對不起……對不起……」此時此刻南風終於意識到自己的行為對陸雲生來說是多麼大的傷害，她跪在地上崩潰大哭，可事已至此，再多的懺悔都是徒勞。

陸雲生的表情漸漸變得平靜，最後長長地出了一口氣，好像要將心中鬱結多年的苦悶全部一掃而空。「其實算起來我也不虧，在主子的安排下，我已經親手替自己報了仇，那位尚書之子淨身為奴，至今還在辛者庫裡做著最卑賤的差事，永遠都不會有出頭之日了。」

姚婧婧忍不住發出一聲驚呼。「這怎麼可能？堂堂尚書之子竟然會淨身為奴？他爹怎麼會答應？」

「他爹早就先他一步去了陰曹地府，哪裡還能顧及到他？不光如此，他們整個家族都因為牽連到一起金額滔天的貪腐案而被皇帝下令滿門抄斬，連一具全屍都沒有留下。」

姚婧婧回過頭看到蕭啟一臉淡然的模樣，心知此事絕對和他脫不了干係。她終於知道為何陸雲生會一直死心塌地地忠於他，這份彌足珍貴的情誼足以讓陸雲生交付出所有的真心，只為幫助蕭啟實現自己的理想。「陸大哥，真是難為你了，這些年你究竟是怎麼熬過來的？」

陸雲生搖了搖頭，像是在自我安慰。「最痛苦的時光已經過去，現在我也漸漸想開了，老天給了我一副殘敗之軀，我卻偏偏要用它行非常之事；只是覺得太對不住生我、養我的爹娘，他們心心念念地盼著我成親生子，好給陸家留後，可我今生注定要讓他們失望了。」

「陸大哥，你放心，我們一定會替你保守秘密，這件事絕對不會再有其他人知道。在我心裡，你永遠都是最最能幹、最最貼心的陸大哥，認識你是我來到這個世上最大的幸運。」

白芷抹了抹眼淚點頭道：「沒錯，以往都是陸公子事無鉅細地照顧我們，從今以後就讓咱們來照顧您吧！」

「噗哧。」陸雲生似乎被她著急慌忙的樣子給逗樂了，竟然忍不住笑出了聲。「行啊！我這個廢人以後就衣來伸手、飯來張口，等著大夥兒的伺候了。早知道能有這麼好的待遇，我又何必一直隱瞞到今天。」

白芷終於意識到自己好像說錯話了，連忙又面紅耳赤地解釋道：「陸公子，我、我不是這個意思。」

「沒關係，我今天之所以說這麼多話，就是想讓大夥兒明白，姚姑娘依舊是清白之身，從此以後若有誰再敢亂嚼舌根，別說主子不會答應，就是我陸雲生也不會放過。」陸雲生蹙著眉頭看了失魂落魄的南風一眼，終究還是不忍心太過苛責。他掙扎著想要從地上爬起來，無奈亂愁香的藥性還沒有過去，渾身上下完全使不出一點力氣。

白芷和彩屏見狀，連忙上前將他攙扶起來，還細心地替他整理好身上的衣衫。

陸雲生的臉色蒼白如紙，看起來極其虛弱，他恭恭敬敬地對著蕭啟和姚婧婧拱了拱手，轉身慢慢地走出了門。

跪在地上的南風看著他漸行漸遠的背影，突然覺得自己的心被生生扯成了兩半，她再也無法忍受胸中翻湧的情緒，踉蹌著爬起身，哭喊著衝了出去。

蕭啟和姚婧婧默默地對視了一眼，眼底都是隱藏不住的擔憂之色。

尤其是姚婧婧，總覺得心裡沈甸甸的，一時之間還是難以接受這個事實。

蕭啟萬般溫柔地將她抱回自己的房中，用自己的內力替她祛散身上的藥性。

一翻折騰後，姚婧婧覺得渾身上下輕鬆多了，可蕭啟的笑容裡卻是藏也藏不住的疲憊之色。姚婧婧心疼地撫了撫他的眉頭，好像這樣就能讓它變得舒展一些。

「又是好幾天沒休息吧？我知道你很厲害，可到底也是血肉之軀，這些年你總是片刻不停地奔馳，如今大事已了，你也該學會好好照顧自己了，否則元衡太子和太子妃在天之靈如何能夠安心呢？」

太長時間沒有聽到這樣的甜言軟語，蕭啟忍不住心中一蕩，索性一個倒頭睡在了姚婧婧的身旁，將臉埋在她的脖子之間，閉上眼享受這片刻的繾綣時光。「婧婧，前幾天在皇陵中我已經將咱們的事告訴父親、母親了，還有皇爺爺，他們若是知道我替他們找了這麼一個聰明能幹、知書達禮的媳婦，不知道會有多高興呢！」

姚婧婧的臉瞬間紅得像隻熟透了的大蝦，扯著他的耳朵嗔怒道：「你胡說八道什麼？誰答應要嫁給你了，我年紀還小，還有很多事沒做，成親的事過幾年再說吧！」

「那可不行。」蕭啟的眼睛一下子瞪得比銅鈴還大，鄭重其事地抗議道：「妳小、我可不小了，不先想辦法把妳鎖在身邊，以後萬一妳被別的壞男人給拐跑了怎麼辦？」

姚婧婧很是無語地翻了一個白眼，這明明是她的臺詞，居然被他搶先占了去，這要讓旁人聽到了說不定會笑掉大牙呢！

「好了，這些問題暫且放下，咱們先抓緊時間好好睡上一覺，趕在城門落鎖之前咱們還要起身趕路呢！」

「趕路？你才剛剛回來又要去哪裡？」姚婧婧一聽這話立即著急了。

蕭啟連忙一把抱住她，輕聲細語地在她耳邊將宮裡所發生的怪事講了一遍。

姚婧婧越聽越覺得心驚，正想仔細詢問一番，卻發現蕭啟已經慢慢地閉上了眼睛，他的確是太累了。

姚婧婧不忍心打擾他，於是便輕手輕腳地爬起來。聽他所言宮裡的這場災難絕非尋常病症，她必須在臨行之前做好萬全的準備。

在白芷的陪同下，她先到杏林堂裡走了一圈，這次昏迷的病人那麼多，光靠她一人只怕是捉襟見肘，思來想去，她指派了小姜大夫和胡文海隨同自己一塊兒入京。

除此之外，她還開了一張數量龐大的藥單，將可能用到的解毒藥材一一載明。

秦掌櫃很快就發現鋪子裡的庫存根本就不夠應付大東家的藥單，於是便心急火燎地四處調派，一直到最後一刻才勉強湊齊。

將藥鋪裡的事安排好後，姚婧婧又返回家中，她心裡一直放心不下陸雲生，想要趕在臨走之前好好和他談一談。

可還沒等她走到陸雲生的房門口，便被彩屏給攔了下來，弄得她一頭霧水。

彩屏將她拉到一旁，壓低嗓門神秘兮兮地說：「小姐，您現在還是不要進去得好，南風姑娘還在裡面沒出來呢！」

「還沒出來？」姚婧婧記得自己出門前南風就已經進了陸雲生的房門，這都大半天過去了，兩人居然還沒有聊完？

彩屏也一臉不解地問道：「小姐，奴婢怎麼覺得南風姑娘有些怪怪的？陸公子明明已經原諒她了，可她卻依舊追著不放，真不知道到底想要幹麼，難道她還想讓陸公子替她求情，讓主子收回成命，不要趕她走？」

姚婧婧輕輕地搖了搖頭，依照她對南風的瞭解，事情可能沒有這麼簡單。

「殿下，您怎麼起來了！」

隨著彩屏的一聲驚呼，姚婧婧一轉頭便看到蕭啟伸著懶腰從房間裡走出來，整個人的精神看起來比早上好多了。

蕭啟一看姚婧婧臉上的表情就猜到她在想什麼，於是便坦然地走上前來拉住她的手。

「這些年那麼多大風大浪他都挺過來了，也許東雲並沒有妳想像中那麼脆弱，我們一定要相信他。」

姚婧婧歪著頭想了想，最後使勁地點了點頭。蕭啟說得沒錯，旁人的憐憫和刻意的區別對待對於陸雲生而言反倒可能是另外一種變相的傷害。

作為朋友，她要相信他已經足夠強大。

第一百一十三章　進京

這是姚婧婧來到異世之後經歷過的最為遙遠的旅途，一路上的艱辛、狼狽自不必說，可一想起終於能領略到嚮往已久的古都風貌，她的心裡還是忍不住欣喜雀躍。

蕭啟為了她能夠稍微好過一點，特意挑選了一輛寬大舒服的馬車。

無奈皇宮裡的形勢已是迫在眉睫，太子殿下更是一天放了好幾隻信鴿前來催促，蕭啟只好命人快馬加鞭，只求能快一點趕到京城。

這一路的顛簸直到最後姚婧婧整個人都已經陷入了一種半昏迷的狀態，就連什麼時候進城的都搞不清楚。

蕭啟雖然心疼，也不敢多耽擱，一行人就這樣直奔皇城而去。

蕭泓鈺聽到消息，不顧身分，堅持在宮門口迎接他們。

姚婧婧在彩屏和白芷的攙扶下，磨磨蹭蹭地下了馬車，連人都沒看清就暈頭暈腦地往下拜。

「姚姑娘切莫多禮，妳可是我蕭氏一族的貴人，這幾日我天天站在城樓上望著，就盼著你們早些出現呢！」

縱然蕭泓鈺萬般客氣，可面對著這位未來的國君，姚婧婧絲毫不敢托大，堅持要行禮跪拜。

「婧婧，妳終於來了，我真是想死妳了。」

就在此時，一個清脆如夜鶯的聲音乍然在耳邊響起，姚婧婧還沒反應過來，就感覺懷裡多了一個香香的大美人，更誇張的是，這個美人還以迅雷不及掩耳之勢在她的面上親了一口。

眾人都被這誇張的一幕驚得說不出話來。

尤其是站在太子身後的淮陰長公主，氣得臉都白了。「夢兒，太子殿下在此，休要胡鬧！」

陸倚夢已經隨著淮陰長公主在京城生活了快兩年的時光，難能可貴的是，她身上率性單純的真性情並沒有被皇室中那些紛繁複雜的爾虞我詐、明爭暗鬥給消磨殆盡。

姚婧婧看到這麼長時間不見的密友自然也非常激動，可她卻比陸倚夢多了一分警惕與顧慮，畢竟如今的陸倚夢身分極其敏感，不能因為自己而有所閃失。

一想到這兒，姚婧婧立刻不動聲色地退了兩步，對著陸倚夢屈身下拜。「民女給太子殿下請安，給淮陰長公主請安，給樂溫縣主請安。」

陸倚夢明顯愣了一下，臉上的神情頓時有些失落。這些日子她作夢都盼著能和姚婧婧再相見，可若是因為身分的改變讓她們之間的關係變得生疏而冰冷，那一定是她最不願意看到的事情。

蕭泓鈺雖然年紀不大，可對待陸倚夢卻是動了真情，很快便捕捉到她臉上最細微的變化。「夢兒心裡一直惦念著姚姑娘，好不容易見到了自然有說不完的話，這裡也沒有外人，皇姑母不必一直拘著她們，都說年少時的友誼最為珍貴，說句老實話，我還真是羨慕她們呢！」太子殿下的臉上洋溢著寵溺的微笑。

淮陰長公主見狀也不好再多說什麼，再加上她已經知道姚婧婧與蕭啟之間的關係，想了想終於長嘆了一口氣。「也罷，我們終究是老了，這個世界就交給你們這些年輕人去折騰吧！本宮還是去大將軍府看看六哥好了，昨夜一場大雨，他身上的舊疾發作，眼看已經下不來床了。」

其實依照蕭元時的身體狀況，能夠一直堅持到現在已經大大超出了姚婧婧的預料，聽到淮陰長公主這麼說，她和蕭啟心裡也無比焦急，可他們卻沒辦法隨長公主一同去探望，因為眼下有更重要的事等著他們去做。

姚婧婧首先來到朝霞宮替昏迷數日的賢妃娘娘診治，然而一番望聞問切之後，她卻不由得感到為難，因為不管如何檢查，賢妃娘娘的身體都沒有絲毫異樣，不管是脈搏還是心跳都很正常，就連呼吸都像往常一般平穩。

換句話說，賢妃娘娘就像是童話故事裡的沈睡公主一般，被惡毒的老巫婆給封住了魂魄，不知什麼時候才會醒來。

小姜大夫檢查的情況和她如出一轍，那些宮女、太監身上既沒有傷口、也沒有中毒的痕跡，甚至在昏迷之前也沒有任何異象，就這樣毫無徵兆地變成了「植物人」。

陸倚夢堅持要跟在姚婧婧身後，可看得越多便越覺得頭皮發麻。「莫非他們真的是受到了詛咒？」

姚婧婧一臉堅定地搖了搖頭。「這個世上哪有什麼詛咒？人們之所以會感到恐懼，就是因為不夠瞭解。」

一旁的蕭泓鈺急得直跳腳。「那咱們現在該怎麼辦？最近我和六皇叔一直想方設法地封鎖消息，可出了這麼大的事，哪裡能夠隱瞞得了？外面現在流言紛紛，再不解決只怕會釀成大禍。」

「既然暫時治不了病，那咱們就先想辦法查出病因吧！」

姚婧婧打定主意，帶著一大幫人幾乎將皇宮裡所有可疑的東西全部都翻了個底朝天，只可惜過去的時間太長，很難再發現什麼有價值的線索。

正當所有人都垂頭喪氣，心生絕望之際，姚婧婧突然聞到空氣中飄來一陣隱隱約約的腐敗之氣，若不是對味道特別敏感的人根本就不會注意到。

姚婧婧一路探尋，最後在靠近御膳房的地方發現了一口被封存的深井，姚婧婧聞到的那股味道正是從這口井裡傳出來的。

蕭泓鈺一下子變了臉色，頗為緊張地說道：「這……這到底是怎麼回事？前些日子我還特意派人檢查過宮中所有的水源，根本就沒有發現任何問題，只因聽了啟哥哥的叮囑，我才命人把所有的水井都封存起來，這才過了幾天，這井水怎麼就變成這樣？」

姚婧婧讓人打了一桶井水上來細細檢查，發現這井水不僅是氣味變了，就連味道和顏色都發生了改變，根本就沒辦法正常飲用。

姚婧婧皺著眉頭問道：「御膳房裡的用水都是從這口井裡取的嗎？」

蕭泓鈺一時之間竟然答不上來，慌忙召喚了一名負責管理御膳房的太監首領，那名太監首領一看這情景，以為自己惹上了什麼大禍，險些嚇得尿了褲子。

「太子殿下明鑒，這口井用了上百年，以往都好好的，況且每天都有專人用銀針檢查，從來沒有發現過什麼問題，奴才真的不知道它怎麼會變成這樣啊！」

蕭啟只覺得這件事越來越不可思議。「這就奇了，難道是有人趁著封井後偷偷在裡面添了什麼？可自從封井後，宮中所有的飲食便全部都從宮外運進來，這樣做根本就沒有任何意義啊！」

姚婧婧低頭思索了片刻便搖頭道：「這毒應該是很早就加了進去，只是之前這井口一直敞著，藥性得到了及時的揮發，引起的水質變化也是微乎其微，所以才讓人難以察覺。太子殿下讓人把井口封死之後，那些殘存的毒藥在裡面發酵，井裡的水才慢慢變成了這副模樣。」

「照妳這麼說，那宮中所有人幾乎都是吃御膳房的伙食，用的自然也是這口井裡的水，可為何有的人陷入了昏迷，有的人卻毫髮無傷呢？」

這不僅僅是蕭泓鈺的疑問，就連蕭啟都對此百思不得其解。

「清除叛軍後，我還在宮裡住了幾天，吃的也是御膳房的膳食，可包括跟著我的那十幾名侍衛全都沒有中招，這又是什麼緣故呢？」

姚婧婧沈聲解釋道：「剛才我替那些中毒者檢查時發現他們大多是一些上了年紀的婦人，或是一些體弱多病者，這說明下毒者非常謹慎，所用的劑量十分微小，所以那些身體較差的人才會率先中招。」

「如此說來，還多虧了郡王殿下的建議，否則這皇宮裡的所有人，包括太子殿下都會變得像賢妃娘娘一樣，這實在是太恐怖了。」陸倚夢拍著胸脯，一副後怕不已的表情。

蕭泓鈺卻早已驚出一身冷汗，這些惡人的心思果然無比歹毒。

「好在已經確定是中毒。婧婧，妳快替他們開一劑解藥，好讓大家早點清醒過來。」在陸倚夢心裡，姚婧婧就是這個世上最高明的大夫，根本不可能有她解決不了的問題。

姚婧婧的面上卻露出一絲苦澀，對於這種罕見的奇毒，別說是配製解藥了，在此之前她甚至連聽都沒聽說過。

雖然希望渺茫，可姚婧婧還是決意盡力一試。她在太醫院裡專門開闢了一間房，將所有能用得上的太醫全都召集起來，開始日夜不停地配製解藥。

就這樣不眠不休地在藥房裡待了整整兩天，姚婧婧覺得自己的鼻子已經被各種苦藥味給熏得毫無嗅覺，可關於解藥的研製卻依然沒有絲毫進展。

一想起後宮中那一具具被「封凍」的軀體，姚婧婧就覺得心急如焚，連飯都吃不下去。

「婧婧，我知道妳已經盡力了，妳不要把自己逼得太狠，我看著心裡真不是滋味。」

這幾天蕭啟一直寸步不離地在身邊陪著她，姚婧婧知道這對於萬分恐懼藥味的蕭啟來說實在不是一件容易的事。

姚婧婧按著額頭，無比焦躁地答道：「救人如救火，他們雖然現在看起來沒什麼大礙，可時間長了就會引發肌肉鬆弛，肢體能力下降，到時就算醒過來也會喪失行動能力，所以咱們必須要快點找到解藥。」

蕭啟依舊是一臉溫柔地安撫道：「婧婧，妳太累了，一直待在這裡也不是辦法，我陪妳到外面走一走，透透氣，說不定會有新的靈感。」

姚婧婧真覺得自己的腦袋像要爆炸似的，她知道這種狀態對工作沒有任何益處，於是便隨著蕭啟的腳步走出了太醫院的大門。

外面的空氣果然比較新鮮，姚婧婧深吸了一口氣，感覺整個人又慢慢地活了過來。

皇宮裡已經漸漸恢復了繁忙的景象，為了彌補之前的空缺，內務府又召集了許多新的宮人，大家都忙著挖鑿新井，開闢新的水源，一切似乎都在朝好的方向發展。

兩人就這樣毫無目的地走著，不知不覺竟然來到了一處專供宮人進出的側門，兩人正準備轉頭往回走，突然聽到門外傳來一陣嘈雜的吵鬧聲。

「走走走，拿了賞銀趕緊滾蛋，你們這群厚顏無恥的坑蒙拐騙之徒，連皇家的賞都敢騙，要不是太子殿下心懷慈悲，早把你們一個個抓起來砍頭了。」

姚婧婧聽到這些穢語污言，忍不住皺眉問道：「發生什麼事了？」

蕭啟隨手招來一名管事太監，那名太監似乎很生氣的樣子，當著兩人的面依然難掩憤憤不平之色。

「郡王殿下有所不知，由於宮裡多人被毒倒，太醫院的人手不夠，太子殿下便下令在民間廣招賢才，說不定會有哪些奇人異士能解這奇毒。」

姚婧婧點了點頭，俗話說得好，高手在民間，太子殿下這一舉措的確是不失睿智。

「太子殿下的初衷自然是極好的，只可惜有些不學無術的江湖騙子眼紅賞銀豐厚，紛紛跑來濫竽充數，結果一點忙都沒幫到不說，還把好端端的太醫院給弄得烏煙瘴氣，院判大人為此差點氣得吐血。」

管事太監為了證明自己所言非虛，領著兩人來到宮門口，指著外面一大片攢動的人頭怒斥道：「郡王殿下您看，這些人個個蓬頭垢面，哪裡有一點神醫的模樣？倒像丐幫弟子聚在這裡開大會呢！」

「噗哧。」姚婧婧被管事太監誇張的表情給逗樂了。

蕭啟見狀，心裡終於鬆了一口氣。

「太子殿下要推行仁政，這些人到底也是大楚的子民，若非迫不得已，誰會冒著殺頭的危險來宮裡行騙？趕緊賞些銀子遣散了吧，讓百姓看到成何體統。」

「奴才明白了，奴才這就照辦。」

管事太監衝著兩人躬了躬身，轉身又去忙活了。

姚婧婧正準備原路返回，突然聽到身後響起一個怯怯的聲音，似乎是在呼喚自己。

「師父……師父……」

姚婧婧轉頭一看，發現人群之中跪著一個衣衫襤褸、瘦骨嶙峋的身影。

他的臉被污泥給染得髒兮兮的，完全認不出原本的面貌，只是一雙漆黑發亮的眼睛看起來充滿靈性。

姚婧婧心中一動，試著開口喚了一聲。「你是……小南星？」

原本跪著的小小少年突然向前撲了一步，臉上的神情別提有多激動了。「沒錯，是我啊！師父，您真的還認識我啊？」

一旁的管事太監難以置信地問道：「姚姑娘，您真的認識這個小叫花子？」

「他不是什麼小叫花子，他是我的徒弟，名叫南星。」

姚婧婧說完，親自走出宮門，將小南星扶了起來，完全不顧他那雙滿是污漬的手弄髒了自己潔白的袍子。

小南星的狀態看起來很不好，整個人無比虛弱，像是隨時都要暈倒的樣子。

第一百一十四章　師徒相見

姚婧婧命人將小南星抬回太醫院，安排了一間屋子供他起居，讓兩個小太監伺候他洗了一個熱水澡，接著又親自陪著他吃了一頓熱氣騰騰的飯菜，他的臉色終於慢慢緩了過來。

「天啊！真的是當初外祖家中那個可愛的小藥僮啊？兩年不見，你竟然長得這般高了，這兩年你都跑到哪裡去了？為何會混得如此淒慘？」陸倚夢聽說姚婧婧找到了自己的小徒弟，立刻巴巴地跑到宮裡來看熱鬧。在她的印象裡，這個小南星既然得到姚婧婧的教導，不說成長為一代神醫，至少也該能養活自己，怎麼會淪落到和一群乞丐為伴？

小南星的臉簡直比熟透的柿子還要紅，他偷偷地抬起頭，不好意思地看了姚婧婧一眼，心中也覺得自己愧對師父的信任。

「好了，南星，樂溫縣主是在和你開玩笑呢！世道艱險，你孤身一人在江湖上闖蕩一定吃了不少苦頭，你既然認了我這個師父，我就有義務照顧你，從今以後你就跟著我吧！」

姚婧婧無微不至的關心讓小南星忍不住紅了眼眶，他撲通一聲跪倒在師父面前。「師父，您對我實在是太好了，這兩年我沒有一日不在想您，真沒想到今生還有機會再見到您，徒兒給您磕頭了。」

姚婧婧一臉欣慰地看著他恭恭敬敬地磕了三個響頭，才彎下腰將他扶了起來。

蕭啟在一旁默默地看著，心中也頗為感動，他終於知道為什麼所有相識之人提起眼前這個女子都是一臉感佩，只因她始終堅持以一顆真心對待身邊的人。

好不容易歡喜夠了，小南星終於平復好自己的情緒，開始講述這兩年發生在自己身上的故事。

原來當初和姚婧婧辭別之後，他就直奔京城而來，滿懷信心地想到這個人才濟濟的國都闖出一片天下。

只可惜外面的世界遠沒有他想像中那麼美好，涉世未深的他剛走出臨安就被一個惡貫滿盈的人販子給盯上了，不僅坑光了臨行前姚婧婧送給他的盤纏，還黑心腸地將他賣給一個商隊老闆當奴隸。自此他的京城夢徹底破碎，開始跟著商隊老闆走南闖北地倒賣貨物。

這名商隊老闆性情暴躁，為人刻薄，整日裡不僅把他當牛一樣使喚，還動輒打罵，不給吃穿，小南星的生活一度陷進了水深火熱的泥淖。

有一次商隊押運著幾大車名貴的絲綢去到了遙遠的西夏國，一路的艱苦跋涉再加上水土不服，小南星終於倒下了。

商隊老闆既捨不得替他花錢買藥，也不會白白養一個只會扯後腿的病秧子，便狠心將他拋棄在異國的街頭。

小南星原本已經做好了等死的準備，然而上天有好生之德，一位過路的宮廷御醫見他可憐，向他伸出了援助之手。

最終他不僅活了下來，還搖身一變進了西夏國的宮廷，做起了自己的老本行，重新拿起蒲扇做了一名熬藥、煎藥的小藥僮。

只可惜這樣安穩的日子並沒有持續多久，有人的地方就有爭鬥，尤其是在殺人不見血的後宮。

那位救他性命的宮廷御醫就因此而受到牽連，最終被滿門抄斬。

小南星雖然僥倖活了下來，卻慘遭一頓毒打，之後便像條野狗一樣被逐出宮廷。

遍體鱗傷又身無分文的小南星決定要回到大楚，這一路自然是困難重重，可他終究還是堅持了下來，並且提著最後一口氣來到了自己嚮往已久的京城。

小南星紅著臉，不好意思地解釋道：「昨日聽破廟裡一同乞討的人說太醫院正在招募人手，我想著自己多少有些經驗，便想來碰碰運氣，沒想到就遇到了師父。」

「這就叫有緣千里來相會，既然來了你就安心住在這裡吧！一會兒我就去跟太子殿下稟告一聲，以後你就留在太醫院當差了。」陸倚夢原本就對這個眉清目秀、勤奮機靈的小南星心存好感，此番聽到他的悲慘遭遇更是深感憐憫，當即便決定要幫他一把。

「真的？我真的可以留在太醫院當差？」

小南星的眼睛一下子亮了，太醫院幾乎是所有學醫之人的終極夢想，他完全不敢相信自己可以如此輕易地留在這裡。

姚婧婧捣著嘴樂道：「樂溫縣主既然發話了，那就一定假不了。你還愣著幹什麼？趕緊謝恩吧！」

小南星這才反應過來，滿臉驚喜地跪在地上。「多謝樂溫縣主成全，多謝師父成全，南星給妳們叩頭了。」

夢想達成的小南星幾乎連片刻都閒不下來，立刻主動請纓跟著小姜大夫去後宮察看那些昏迷者的情況。

「這……怎麼會這樣？不可能，不可能啊！」

才剛剛檢查了兩個人，小南星的臉色就變得慘白，最後居然一個踉蹌跌坐在地上。

小姜大夫察覺出異樣，立刻追問道：「怎麼了？莫非你曾經見過這樣的病人？」

小南星一臉痛苦地閉上眼睛，似乎觸動了一段不願提及的記憶，過了良久他終於輕輕地點了點頭。

小姜大夫大喜過望，這可是一個天大的好消息，他立刻帶著小南星回到太醫院。

姚婧婧覺得此事重大，立刻派人稟報給太子殿下，蕭泓鈺聽說這邊有了很大進展，立即放下手頭的事務趕了過來。

陸倚夢有些不放心地問道：「小南星，你真的認識這種毒藥？這可不是鬧著玩的，你可一定要想清楚啊！」

小南星的臉色已經逐漸恢復了平靜。「不會錯的，這毒是當初救我性命的那名西夏御醫親手製成，名叫金蠶蠱毒。」

姚婧婧突然覺得有些不對勁。「金蠶蠱毒？這名字……難道……」

「西夏國全民都奉行神龍教，而神龍教的教主原本就是一名巫師，如果我所料不錯，救你的那名宮廷御醫其實是一名巫醫吧？」

蕭啟的猜測立刻得到小南星的肯定。「沒錯，西夏皇宮裡盛行巫蠱之術，表面上看起來玄之又玄，其實說白了只是把各式各樣的毒藥用到了登峰造極，足以駭人耳目的地步罷了。」

當初在西夏皇宮時，小南星雖然只是一名小小的藥僮，可由於他的身分特殊，和各方勢力都扯不上邊，反而讓大家對他的警戒之心降到最低，他也因此接觸到許多見不得光的秘辛。

「原本救我的那名老御醫再過兩年就可以卸甲歸田，回家享清福了，只可惜他還想為了子孫的富貴前程奮力一搏，於是便傾盡畢生所學製出了這一千古奇毒，更因此而引發了一場無比慘烈的宮廷鬥爭。」

小南星的臉上滿是惋惜之色，師父曾經教導他，醫者的職責就是救死扶傷，因此那名老御醫的行為在他看來就是本末倒置，失了本心，實在是可悲可嘆。

「後來的事大家都知道了，那位老御醫為此丟了性命，可這種極其厲害的毒藥卻留了下來，成為西夏皇宮裡人人都想得到的寶貝。」

陸倚夢又想不通了。「若小南星說得沒錯，賢妃娘娘他們正是中了金蠶蠱毒之毒，可大楚與西夏相隔十萬八千里，他們的宮廷秘藥怎麼會跑到咱們這裡來？」

蕭泓鈺想也不想地開口道：「這有什麼稀奇？我記得泓翊大哥身邊有一位非常得寵的側妃正是出自西夏，好像還是西夏皇宮裡一位庶出的公主。」

姚婧婧點了點頭表示讚許。「沒錯，或許她一開始把這毒藥帶到大楚來只是想用來爭寵，至於為什麼後來她會把它交到先太子手中，那就不得而知了。」

「小南星，既然你對此毒如此熟悉，那就一定知道該如何解毒吧？這可是大功一件，若是你能救了賢妃娘娘，太子殿下一定會重重嘉獎你的。」

不僅是陸倚夢這樣想，在場的所有人都將希望放在了小南星的身上，只可惜他卻垂著頭，無力地搖了搖。

「西夏的許多毒藥都沒有解藥，只因他們原本做的就是生與死的買賣，大家都在全力以赴研製更厲害的毒藥，誰有多餘的時間去想解藥的事。」

陸倚夢的臉色瞬間變得慘白。「啊？那怎麼辦？若真是這樣，那咱們豈不是白費了這麼多工夫？這該如何是好啊！」

姚婧婧一直低著頭在思考什麼。

陸倚夢急得直跳腳，忍不住伸手推了推她。「婧婧，妳快想想辦法啊！」

姚婧婧終於抬起頭。「南星，關於這金蠶蠱毒你到底瞭解多少，它是如何製成的你都知道嗎？」

「所謂金蠶蠱毒其實就是用西夏五種特有的毒蟲提煉而成，當時那位老御醫誰都信不過，唯獨對我沒什麼防備，我才能暗中將那五種毒的配方記得清清楚楚，師父若覺得有用，我立刻就可以寫給您。」

「有用，太有用了！」姚婧婧只覺得心中豁然開朗，臉上露出了自進宮以來第一個舒心的笑容。「萬物相生相剋，無上則無下，無低則無高，再厲害的人或物都有東西能夠克制他，只要知道毒物的配方，再配解藥那就容易多了。」

陸倚夢高興地跳了起來。「太好了，婧婧妳真是太棒了；還有小南星，你可真是咱們的小福星，等解藥配製出來，你們兩人就是當之無愧的大功臣，太子殿下一定要好好地獎賞他們。」

「賞，一定要重重地賞。」君子一諾擲地有聲。

第一百一十五章　封賞

十日之後，蕭泓鈺親手餵賢妃娘娘服下姚婧婧精心特製的解毒丸，眾人眼巴巴地在一旁瞅著，連眼睛都不敢眨一下。

好在蒼天憐憫，半個小時後，賢妃娘娘突然發出一聲劇烈的咳嗽，緊接著便幽幽地睜開了眼睛。

「母妃，您醒啦！您真的醒啦！」蕭泓鈺激動得喜極而泣，拋開未來儲君的身分，這一刻他只是一個心繫母親的孩子。

「太好了，真的是太好了。」

在場的所有人都興奮得語無倫次，畢竟這場勝利來得太不容易了。

賢妃娘娘知道是姚婧婧救了自己，自然是萬分感激，和她攀談了幾次後更是喜歡得不得了，居然起了將她留在宮裡的念頭。

「母妃，萬萬不可。」

最近這段日子蕭泓鈺目睹了蕭啟與姚婧婧兩人同進同出、濃情密意的有愛畫面，他自然知道這位醫術了得的女神醫在啟哥哥心裡的地位是多麼重要；果不其然，他一轉頭就看到蕭啟的臉色比御膳房燒水的鍋爐還要黑。蕭泓鈺有些慶幸自己拒絕得夠乾脆俐落，若讓啟哥哥誤認為自己對他的心上人有什麼企圖，那自己一定會死得很慘。

賢妃能在美女如雲的後宮中屹立十幾年不倒，自然少不了一顆玲瓏剔透心，兒子的異常反應讓她很快明白了事情的關鍵。

「你想到哪裡去了？本宮只是覺得和姚姑娘十分投緣，想仿效你皇姑母認下一名乾女兒。本宮膝下只有一子，時常感到空虛寂寞，日子難挨，若是能有姚姑娘這般乖巧可人的女兒時常陪伴左右，那本宮只怕作夢都會笑醒。」

眼看賢妃娘娘笑臉盈盈地望著自己，姚婧婧頓時覺得無比為難。私心裡她是一千個、一萬個不願和這些皇室之人走得太近，可若是就這樣直截了當地拒絕又顯得自己太不識抬舉。

「姪兒替婧婧謝過賢妃娘娘的厚愛，只可惜婧婧並沒有打算長居京城，再加上她一向自由散漫慣了，對於皇家的禮儀、規矩都不甚瞭解，還是不要給賢妃娘娘添麻煩了。」

姚婧婧暗暗地鬆了一口氣，悄悄地衝著蕭啟眨了眨眼，算是感謝他的仗義執言。

「這樣啊！那還真是可惜了。其實想想還是郡王殿下考慮得周全，這些宮殿看起來金碧輝煌，一派花團錦簇，可對於身處其中的女人來說與牢籠又有何異？姚姑娘有勇氣追求自己想要的生活，本宮心裡真是替她感到高興。」賢妃娘娘並沒有因為蕭啟的拒絕而心生惱怒，反而把慈愛的眼神轉移到了他的身上。「本宮知道泓鈺能走到今天這一步，離不開郡王殿下的鼎力支持，衛然也數次寫信給本宮，說沒有你的教導和幫助，他不可能這麼快便在陷陣大軍中站穩腳跟，所以說你不僅是本宮和太子的恩人，更是衛家的恩人。」

「賢妃娘娘言重了。」蕭啟對後宮裡這些命婦並沒有什麼好感，尤其是像賢妃娘娘這樣手段極高的宮鬥高手，和她聊天簡直比研究兵法還要勞神費力。

「這些日子泓鈺一直為該如何感謝你而傷神，他有意想封你為天下兵馬大元帥，統領整個大楚的軍防事務，卻又害怕你推辭不肯受——」

「沒錯，微臣拒絕。在世人眼中我就是一個扶不上牆的紈袴，如何能受得了這樣的重任，所以還是請太子殿下和賢妃娘娘另請高明吧！」賢妃娘娘的話還沒說完，蕭啟就一臉漠然地打斷了她。關於未來，他的心裡已經有無數種美好的設想，他實在不願意在旁的事情上再浪費一分一毫的時間。

「唉！本宮知道金銀珠寶、高官厚祿在你眼裡都是無關緊要的東西，可如今的大楚外有強敵環伺，內有佞臣作祟，你六皇叔眼看就快熬不住了，屆時偌大的朝堂連個可以鎮住人心的重臣都沒有；太子羽翼未豐，又無半分治國經驗，蕭氏先祖用性命打下的江山眼看就要朝不保夕，到時本宮和太子就是大楚的罪人啊！」

賢妃娘娘說到心焦處，竟然紅著眼眶，一副泫然欲泣的模樣。「本宮知道這些年你受了很多委屈，可你身為蕭家男兒，有些事是你今生注定逃脫不了的責任。」見蕭啟的表情似乎有所觸動，賢妃娘娘乘勝追擊，使出最後一招殺手鐧，居然掙扎著起身，拉著太子的手就要跪下去。

「賢妃娘娘，您這是做什麼。」

蕭啟避無可避，只能伸出雙手穩穩地將兩人扶住，面對這對母子倆殷切的眼神，他卻下意識地轉頭去看站在身後的姚婧婧。

姚婧婧沒有絲毫猶豫，衝著他露出一個無比燦爛的微笑。她明白他心中的想法，也尊重他做下的所有決定，只因自己和他一樣都是心中有夢的人。

「婧婧曾經說過，權利和義務是對等的，微臣從出生起就享受著皇家供奉，也做好了為家國百姓犧牲自己的準備，微臣可以起誓，如果邊境有戰，微臣隨時可以上陣殺敵，至於朝堂上的那些結黨營私、爾虞我詐，請恕微臣實在是無能為力。」

蕭啟的回答算是表明了自己的態度，他寧願去危機四伏的邊關駐守，也不想參與朝臣之間的爭鬥，蕭泓鈺母子若想要坐穩自己的位置，那就必須自己想辦法。

賢妃娘娘還沒來得及開口，蕭泓鈺倒先搶著應了下來。

「我懂了，啟哥哥，謝謝你，你是一個真真正正的男子漢，也是我這輩子最最欽佩的人。我尊重你的選擇，只希望以後你有時間可以經常到宮裡陪我說說話、練練劍，我真的有很多問題想要向你請教。」

「唉！怪不得長公主說拿你們沒有辦法，你們真的已經長大了。也罷，有你這句承諾，至少本宮和太子晚上能睡一個安穩覺了，至於其他的事就走一步、看一步吧！」賢妃娘娘說完，若有所思地看了姚婧婧一眼，嘴角微微上揚，露出一個意味深長的笑。

「雖說郡王殿下不願受賞，可本宮有一樣禮物保准你一定會喜歡，不知郡王殿下想不想聽一聽？」

「賢妃娘娘客氣了。」蕭啟的態度一如既往的恭敬而疏離。

「本宮老早就想當一回月老，只是苦於一直沒有尋到機會，如果郡王殿下瞧得起本宮，本宮想為你和姚姑娘賜婚。」

「賜……賜婚？」姚婧婧驚得舌頭都打結了，誰都知道賢妃娘娘就是未來的太后，她若有心替誰賜婚，那可算是莫大的榮耀，自己根本就沒有理由拒絕。

「多謝賢妃娘娘體恤，這件事就煩勞您多費心了。」

姚婧婧沒想到蕭啟會答應得如此索利，氣得她悄悄轉過頭賞給他一個大大的白眼。

誰知蕭啟卻一臉狡黠地衝著她眨眨眼，彷彿在向她暗示著什麼。

「郡王殿下不必客氣，宮裡已經很長時間沒有這樣的喜事，到時本宮一定會替姚姑娘準備一份豐厚的嫁妝，風風光光地把你們兩人的事給辦了。」賢妃娘娘越說越激動，已經開始在心裡盤算著禮單，一定要讓內務府按照嫡出公主的最高規格訂製，這樣才不算委屈了自己的救命恩人。

姚婧婧終於明白蕭啟的意思，原來這件事不光是表面風光，內裡還有這麼多實惠。一想到各式各樣金光閃閃的寶貝擺滿整個房間，她便忍不住暗自吞了一口口水，拒絕的話怎麼都說不出口了。好吧，她承認自己的確是個見錢眼開的主。

從賢妃娘娘宮裡退出來後，她還沒來得及好好和蕭啟商討此事，就聽到不遠處傳來一陣陣昭示著國喪的鐘聲。

已經快要被人遺忘在角落裡的皇帝蕭元清終於駕崩了。

幾乎在同一時間，為了家國安危一生鞠躬盡瘁的威龍大將軍蕭元時也帶著自己未完成的心願撒手人寰。

大楚皇室中分量最重的兩個人同時離世，整個國家頓時陷入了深深的悲慟之中。

按照威龍大將軍的遺願，他的遺體並不葬入皇陵，而是將火化後的骨灰撒在邊境上，預示著即使身死，他的魂魄也要鎮守邊關，守護著大楚的安危。

當他的靈車出京的這天，京城的百姓自發地前來送行，偌大的長安街頭看上去白茫茫一片，所有人都強忍著淚水，只怕驚擾了心目中的大英雄。

蕭元時的死在某種意義上昭示著一個時代的結束。

與之形成鮮明對比的就是皇帝蕭元清的葬禮。

雖然場面極其隆重，那些後宮嬪妃、文武百官、太監、宮女們個個都哭紅了雙眼、喊啞了嗓子，可沒有一個人的傷心是真正到達了心裡。

若是蕭元清在天有靈，看到這樣的場景會不會覺得無比諷刺？

喪禮之後，太子蕭泓鈺正式登基，號敬宗皇帝。

新帝繼位，自然要對前朝後宮大加封賞，他先是將自己的生母賢妃尊為太后，移居壽安宮。

接著又下詔要立與自己早有婚約的淮陰長公主之義女樂溫縣主為后，只等喪期過後便可正式入主後宮。

郡王蕭啟平叛有功，擢升為正一品親王，新帝不僅大手筆地將靠近臨安一帶的大片富庶土地都劃為他的封地，還賜給他一塊極其神秘的兵符。

憑著這塊兵符，蕭啟可以在任何時候隨意調派大楚的任一支軍隊。

等於說新帝親手將自己的身家性命都託付到了蕭啟手裡，這樣毫無保留的信任足以讓整個朝堂為之震動。

在這些可以預見的封賞後，新帝又下了一道非常奇怪的詔書，冊封醫女姚婧婧為大楚第一藥商，日後所有的官家採購都交到她的手上。

這筆「天降大單」對姚婧婧來說可算是意外之喜，她開始計劃繼續擴大自己的事業版圖，勢必要將現代醫學的福利帶給每一位大楚子民。

第一百一十六章　還有我在你身旁

三年後，已經榮升為臨王妃的姚婧婧每日依舊事必躬親地處理著藥鋪的各項雜事，臨安城裡不管是誰家有了救治不了的傷病，第一時間想到的便是臨王府裡那位仁民愛物、施仁布德的「菩薩」王妃。

只是這可苦了臨王蕭啟，他平日裡忙於軍務，在邊關一待就是一、兩個月，好不容易有時間回來一趟，卻整日裡連自家媳婦的影子都看不到，那可真叫一個啞巴吃黃連，有苦說不出。

這樣的情況直到姚婧婧有了身孕以後才稍微有所改善，為了妻兒的安危，蕭啟強令她將所有生意上的事全都交給陸雲生打理，自己則留在王府安心養胎。

姚婧婧原本並沒有打算這麼早要孩子，尤其是在目睹了娘親養育弟弟的辛苦後，她更覺得孕育生命是一件非常嚴肅的事，而自己好像還沒有做好充足的準備。

不過既然這是上天的恩賜，她很快便調整好自己的情緒，開始為迎接這個小生命做著各式各樣的準備。

只可惜她似乎是天生的勞碌命，突然閒了下來便覺得渾身上下哪兒都不舒服，就算彩屏和白芷她們整日裡絞盡腦汁想要逗她開心，她卻依然覺得心中焦躁難安。

不行，再這樣憋下去肯定會得產前憂鬱症的。熟知心理健康的姚婧婧當即決定要逃離王府，出門散散心。

於是乎，趁著蕭啟赴京述職的工夫，她收拾了簡單的行李，帶著白芷和彩屏登上了出城的馬車。

望著窗外的青山綠水，姚婧婧倒是舒服了，只是可憐了兩位貼身丫鬟，一個個拍著胸脯，後怕不已。

「小姐，咱們就這樣走了，王爺回來找不到您一定會很著急的，您現在身子重，這一路上萬一有個什麼閃失，奴婢們可是萬死難辭其咎啊！」

「放心吧，咱們又不是滿世界亂竄，回一趟娘家而已，有什麼大不了的？」

說來有些慚愧，這幾年姚婧婧一直忙著開鋪子、做生意，忙著與蕭啟成親，學著如何做一個合格的命婦，以至於離家鄉清平村越來越遠，連回去看上一眼的工夫都沒有。

當然，姚婧婧並非魯莽之人，這一路輕車熟路，走走停停，原本三、四日的路程足足走了小半個月才到。

姚老三夫妻倆聽聞女兒有了身孕，正高興得不知如何是好，張羅了一大堆有營養的吃食準備給女兒送去，誰知閨女竟然在這個時候跑回了家裡；更誇張的是，身邊除了趕車的胡文海，就只有兩個文弱的小丫鬟。

姚老三夫妻倆的反應和她們如出一轍，尤其是賀穎，驚喜之餘更是嚇出了一身冷汗。

「爹、娘，你們還不知道吧，彩屏可不是普通的小丫鬟，她自幼習武，身手了得，一般的山賊、強盜遇到她算是倒了大楣。」

好不容易回到了日思夜想的家，看著那一件件和記憶裡毫無二致的家具擺設，姚婧婧似乎找回了當姑娘時那種輕鬆愜意的美好時光。

「大姊，真的是妳嗎？太好了，大姊終於回來看我了。」

一眨眼，姚家小弟就到了進學的年紀，他的身體壯實得就像一頭小牛，眉眼之間倒與自己的姊姊有七、八分相似。

這幾年姚小弟每隔兩個月就會跟著爹娘一起去臨安城看望自己的姊姊，姚婧婧對這唯一的弟弟自然是極盡寵溺，因此縱然姊弟倆在一起相處的時間不長，可感情卻頗為深厚。

看著他眉飛色舞的模樣，姚婧婧卻故意板著臉回道：「我回來可不光是為了看你，還要替爹娘檢查你的功課，你不是總鬧著要去城裡住嗎？如果你能把《三字經》一字不差地背下來，我就帶你一塊兒回去，請臨安城最好的教書先生來教你，你覺得怎麼樣？」

「太好了，大姊一定要說話算話，我這就去背書，一定會趕在妳走之前全部背會的。哦！終於可以去城裡了、終於可以去城裡了。」

對城市生活的嚮往終於戰勝了對背書的恐懼，小傢伙這次著實下了狠心，攥著肉肉的小拳頭，滿臉堅定地衝進了書房。

賀穎看著眼前這一幕，只覺得哭笑不得。平日裡這個小兒子就是家裡的小霸王，天不怕、地不怕，誰的話都不好使，這世上唯一能治住他的就只有他姊姊了。

「二妮，妳可別盡寵著他，他若是去了臨安只怕每日都會鬧得妳不得安生，妳現在正是需要清靜安養的時候，不能留這麼一個『禍害』在身邊。」

姚婧婧不以為意地揮揮手。「娘，瞧妳說的，他是我的親弟弟，照顧他原本就是我這個做姊姊的責任，妳別忘了我是幹什麼的，我自個兒的身子自個兒知道，哪裡就有那麼矜貴了。」

「娘知道妳主意大，娘說不過妳。時間過得還真快，就連妳現在也是快要做娘的人了，想想真跟作夢似的。」賀穎一激動就紅了眼眶。

姚老三連忙拍了拍她的肩膀，輕聲細語地安慰自己的妻子。「好了，閨女好不容易回來一趟，咱們就留她多住些日子，妳們娘兒倆有什麼體己話慢慢說，現在先讓閨女好好歇息歇息吧！」

正如姚老三所說，姚婧婧這一趟回來本就打算小住一段時間，否則等以後孩子出生，她只怕更抽不出空回來了。

村裡的日子似乎格外悠長，姚婧婧在家裡休息了兩日，緩過旅途的疲憊，便堅持要跟姚老三一起上山察看藥田。

一向隨興的姚老三這回卻無論如何不肯鬆口，最終只帶著女兒到山腳下遠遠地眺望了一番。

經過這幾年的建設，須彌山離姚婧婧預想中的樣子越來越近，每年從這裡產出的各種藥材產量占大楚的十分之一還多，它已經成為一座名副其實的藥材寶庫。

受其影響，清平村已經由原來的「貧困村」逆襲為聞名於世的藥材集散地，村裡的人幾乎全部都從事著與之相關的行當。

因此當姚婧婧回娘家的消息漸漸傳出去後，前來拜見的村人就絡繹不絕，險些把河上的小橋給擠塌了。

姚婧婧懷著身孕原本就不便見客，這樣的陣仗她的身子也承受不住，於是便由姚老三出面給每一位村人準備了一份豐厚的回禮，用來感謝鄉親們對自家姑娘的厚愛。

縱使這樣，可有些客人卻是無法回絕的，比如說已經榮升為國丈的陸老爺和陸夫人。

親生女兒做了皇后，陸家的地位自然是今非昔比，陸老爺被皇帝女婿親賜為一等公，陸夫人也成為正一品的誥命夫人，不僅如此，還獲得了隨時隨地自由出入皇宮的特權。

原本夫妻倆可以留在京城頤養天年，享受人間富貴，然而陸老爺卻捨不得離開家鄉，更不放心這一村的百姓。

於是乎，夫妻倆商量之後，決定只要清平村的百姓還需要他們，他們就會一直堅守在這裡，一直到幹不動的那一天。

他們依舊不知道兒子藏在心裡的那個秘密，但這些年過去了，他們也說服自己接受兒子不成親的事實，只要他能過得平安喜樂，一切都好。

一想起陸大哥，姚婧婧的嘴角便忍不住要往上翹，這兩年他和南風姑娘之間的感情糾葛簡直可以寫成一部笑中帶淚、曲折坎坷的言情小說了。

而且這兩人都是百折不撓、不達目的誓不干休的主，姚婧婧有一種預感，這兩人只怕窮其一生都沒有消停下來的時光。

除此之外，來得最勤的便是五嬸湯玉娥了。前幾年姚五郎自臨安回來後便立刻找到湯家，要求與妻子破鏡重圓，為了表達自己的決心，他甚至主動要求到湯家做上門女婿。

湯老太太被他的誠意打動，再加上湯玉娥心裡也著實割捨不下，最後還是湯致和自掏腰包，在鎮上給妹妹、妹夫買了一處小小的宅院，自此徹底脫離姚老太太的影響，和和美美地過自己的小日子去了。

在三哥的幫襯下，姚五郎的小生意做得也是有聲有色，一家人雖說不上大富大貴，可基本的衣食無憂還是沒有問題的。

此時的湯玉娥又是大腹便便，臨盆在即，還被斷言一定會是個男胎。

正所謂人逢喜事精神爽，相比前兩年，湯玉娥無論是精神、還是氣色都更顯嬌俏，姚婧婧也是打心眼裡替她感到高興。

與之形成鮮明對比的便是姚家大房那幾個人的狀態，雖然有姚老三在背後不斷接濟，可整個姚家大院還是呈現出一片死氣沈沈的垂暮之色。

精明一世的姚老太太這兩年明顯大不如前，有時糊塗起來甚至連自己的子孫都認不清楚。或許是精神方面出了問題，如今的她不僅畏光還畏懼生人，一點點風吹草動都會引發她無比激烈的反應，因此大部分時間她都躲在自己那間狹小陰冷的屋子裡，過起了與世隔絕的生活。

姚婧婧回來後曾在爹娘的陪同下去老宅看望她一次，可無論姚老三如何呼喚，她只是木然地坐在炕上，沒有一點反應，望向眾人的眼神簡直比乾涸的枯井還要空洞。

姚婧婧心裡說不上是什麼滋味，默默地站了一會兒便吩咐胡文海將帶來的禮物放在炕上，轉身隨著爹娘步出了房門。

就在姚老三將房門關上的一剎那，姚婧婧無意之中回過頭，卻無比驚訝地看見姚老太太的眼中似有淚光在閃爍，她的臉色是那樣的哀傷，彷彿藏著無限的悔意。

姚婧婧看著緊閉的房門，愣了好一會兒，終於長長地舒了一口氣，這一刻她真正地釋然了。

姚老大和姚老二兄弟倆的情況也好不到哪兒去。

自從兒子入獄之後，姚老大的頭疾便越來越嚴重，每逢變天以及陰雨時節就痛得無法忍受，甚至不惜以自殘來減輕痛苦。

斷了一指的姚老二脾氣就越發古怪了，除了兒子小勇外，幾乎沒有人能夠與之溝通，村裡人都覺得他是被什麼不乾淨的東西附體，一個個都對他避之不及。

唯一讓人感到欣慰的就是長孫姚子儒挨過了牢獄之苦，提前半年刑滿釋放，寬赦他的正是新上任的埕陽縣令——湯家二公子湯致遠。

正所謂吃一塹、長一智，經此一難，姚子儒的心智似乎成熟了不少，從未下過地的他從除草、捉蟲做起，一點一點地恢復一個農家漢子應有的樸素與勤勞。

雖然看起來很艱難，可心懷希望總是好的。

一轉眼，姚婧婧在家裡已經住了一個多月，每日吃吃喝喝、聽聽鳥鳴、看看夕陽的日子實在太過美好，以至於她似乎忘記自己已為人妻的事實。

這天早上她正坐在小河邊悠閒地打著水漂兒時，侍立在身後的白芷突然發出一聲急促的驚叫。

她抬頭一看，一身風塵僕僕的蕭啟正形單影隻地站在河對岸，那冷冽面孔，比烏雲還要陰沈的眼神，在在表明他心裡的憤怒。

「糟糕！」

姚婧婧突然想起自己可能是逍遙過了頭，竟然忘了寫封信回去報個平安，府中之人發現自家王妃憑空消失，只怕早已亂成了一鍋粥。

白芷緊張地搓了搓手，一臉不安地輕聲問道：「小姐，怎麼辦？」

「什麼怎麼辦？趕緊跑啊！被這個閻王給抓到豈不是死定了。」

姚婧婧一骨碌地爬起身，提著裙子就往後山跑去。

對面的蕭啟見狀，嚇得心肝肺都在顫抖。真是豈有此理，這個女人懷著他的孩子還想要逃到哪裡去？

姚婧婧才剛跑出去沒多久，就覺得身子一輕，下一秒她便跌入了一個無比熟悉的懷抱。

這樣的情景發生了太多、太多次，姚婧婧連掙扎的慾望都喪失了，索性整個人像隻無尾熊一般吊在他的身上，還別說，這個堅挺的人肉墊子靠起來還真是舒服。

「哼！我可是擁有獨立靈魂的二十一世紀新女性，怎麼能被一個有幾千年代溝的男人給吃得死死的？說出去真的是丟死人了。」

蕭啟似乎早就習慣了娘子時不時冒出來的「瘋言瘋語」，他緊緊地抱著懷中嬌軟的身子，就像抱住了整個世界。「妳若嫌丟人，那就換我被妳吃得死死的，反正現在整個大楚的人都知道我離了妳不能活，我已經向皇上告假，以後哪兒也不去，就留在家裡伺候娘子大人。」

姚婧婧面色一紅，十分嘴硬地駁斥道：「胡說八道，你可是讓敵軍聞風喪膽的常勝將軍，不去戰場上建功立業，倒留在家裡伺候一個婦人，天底下哪有這種道理？」

「道理？疼愛娘子還需要什麼道理？從此以後妳說的話就是天大的道理，為夫一定毫無保留地遵從。」

「嘴這麼甜？你到底有什麼企圖？」

原本早已做好受罰準備的姚婧婧突然遭遇到這麼多糖衣炮彈，惹得她心裡不由得生出幾絲警惕。

蕭啟哭笑不得地答道：「企圖？我能有什麼企圖？如果娘子覺得為夫尚有可調教的餘地，可否為為夫唱支小曲以示鼓勵？」

「又來？」姚婧婧忍不住默默地翻了一個白眼。也不知那首曲子有什麼魔力，眼前這個男人就像是中毒了一般，聽了一萬八千遍了都不覺得膩。

好吧，看在他千里迢迢來尋自己的分上，就勉為其難地再為他唱一回吧！

姚婧婧輕輕地閉上眼，將臉深深地埋在他的胸膛裡，緩緩地開口——

手牢牢不放，愛念念不忘，

人生何須多輝煌。
浮華的終成空，執著的都隨風，
情路何須多跌宕。
要遇多少風浪，心不再搖晃，
一起細數這過往。
陪你等，風停了，霧散了，雨住了，雪化了，
再見絕美月光，
還有我在你身旁。

——全書完

2019年7月出版

廚神童養媳

文創風 763～764

雖說當了多年的童養媳，但她還是個清清白白的黃花大閨女，
可當年在逃離主人家魔手的路上，她偏偏撿了個跟她極相像的孩子，
這下可好，就算她有嘴都說不清了，只得對外說自個兒是寡婦，
本想就這麼守著孩子過完此生的，她心心念念的夫婿卻找到了她，
看著他震驚的表情，她實在是啞巴吃黃蓮，有苦說不出啊……

不道離情正苦　空階滴到天明／六月梧桐

王秀巧是他朱蕤的童養媳，他倆成親多年，心繫彼此，
無奈在他赴京趕考之時，家鄉遭逢天災，父親傷重，
為了籌錢替父親醫病，媳婦兒把她自己給賣了，
分離五年，總算皇天不負苦心人，他找著了她，
然而，他漂亮的小媳婦身邊卻有了個三歲大的兒子！
就算是迎著十來個殺手，他都不曾膽怯退縮過，
但此時僅僅是看著他們母子相似的臉，他就懦弱得只想逃！
本以為她是改嫁了，可孩子卻說自個兒沒有爹，
這麼說，媳婦兒她是因為失了清白才有了孩子的？
如若不是失了他的依靠，她又怎會淪落至此？
雖說他如今是朝廷重臣、皇帝的心腹，想要什麼樣的姑娘沒有，
但他根本放不開她，因此決定帶他們母子回京，重拾夫妻情分，
即便會因著綠雲罩頂而遭朝臣攻訐、百姓嘲笑，他也無所畏懼，
就在此時，她忐忑不安地告訴他，孩子是撿來的，問他信嗎？
他當然信啊，可為何孩子長得跟她簡直是一個模子刻出來的呢？

為流浪貓狗加油 和貓寶貝 狗寶貝 廝守終生(一定要終生喔！)的幸福機會

對人來說，貓寶貝狗寶貝只是生活的一部分，
但妳（你）對牠們來說，卻是生活的全部，領養前請一定要考慮清楚——

▲ 尋找永久居留地的貓貓　小黑皮

性　　別：男生
品　　種：米克斯
年　　紀：約五個月
個　　性：適應力極好，親人、親貓
健康狀況：需要獨居（可與人住，不可與貓住），
　　　　　因冠狀病毒呈陽性，要六個月大才能再次檢驗是否排除
目前住所：台中市霧峰區

『小黑皮』的故事：

小黑皮在不到一個月大時，到了第一位中途的家中，但由於被檢驗出冠狀病毒呈陽性，無法與其他貓同住，便趕緊將牠轉移到第二位中途的住處安置。當時小黑皮很快就適應了環境，而且還玩得特別high，沒有不良的狀況發生。然而，第二位中途因為某些家庭因素，無法再繼續照顧小黑皮，因緣際會之下，牠來到第三位中途的家裡，但也只能短期安置，因此總是在為小黑皮徵求中途。

目前小黑皮獨自住在志工的一間出租套房內，且志工每天都會不辭辛勞去陪伴牠幾次，讓牠不會總是一隻貓地待著。即便小黑皮到哪都能玩得很開心，也能在不同環境下適應得非常好，但真的要讓牠在一個又一個新環境下渡過嗎？委託者反覆地想著。

小黑皮是個非常喜歡撒嬌的小男孩，很愛發出咕嚕咕嚕聲，也很愛自high，現在已經會自行吃飼料。而關於小黑皮被驗出冠狀病毒的問題，委託者表示，雖然目前尚未確實的認定，但若被證實，只要提高貓咪的免疫力，基本上不太會有太大的問題，請有意的認養者無須過於擔心。

若您願意帶小黑皮回家，歡迎來信leader1998@gmail.com（陳小姐），或傳Line：leader1998，或是私訊臉書專頁：狗狗山-Gougoushan。

認養資格及注意事項：

1. 認養者須年滿23歲，有穩定經濟能力，並獲得全家人的同意。
2. 須同意簽認養寵物切結書，並讓中途瞭解小黑皮以後的生活環境。
3. 同意送養人日後之追蹤探訪，對待小黑皮不離不棄。
4. 同意讓小黑皮絕育，且不可長期關、綁著小黑皮，亦不可隨意放養。
5. 為讓中途對您有更深入的瞭解，中途會先有份線上問卷請您填寫。

來信請說明：

a. 個人基本資料：姓名、性別、年齡、家庭狀況、職業與經濟來源等。
b. 想認養小黑皮的理由。
c. 過去養寵物的經驗，及簡介一下您的飼養環境。
d. 若未來有結婚、懷孕、出國或搬家等計劃，將如何安置小黑皮？

文創風
783

醫女出頭天 4 完

國家圖書館出版品預行編目資料

醫女出頭天 / 陌城著. --
初版. -- 臺北市 : 狗屋, 2019.09
冊 ; 公分. --(文創風)
ISBN 978-986-509-040-1(第4冊 : 平裝). --

857.7 108013849

著作者 陌城
編輯 黃淑珍
校對 沈毓萍 周貝桂
發行所 狗屋出版社有限公司
地址 台北市104中山區龍江路71巷15號1樓
電話 02-2776-5889～0
發行字號 局版台業字845號
法律顧問 蕭雄淋律師
總經銷 知遠文化事業有限公司
電話 02-2664-8800
初版 2019年9月
國際書碼 ISBN-13 978-986-509-040-1

本著作物由廣州阿里巴巴文學信息技術有限公司授權出版

定價250元
狗屋劃撥帳號：19001626
網址：love.doghouse.com.tw E-mail：love@doghouse.com.tw